Kurt Oesterle

Die Stunde, in der Europa erwachte

Roman

k, n

Inhalt

Minot oder *Zur Heldin der Ruinen*   9

Das Ehepaar Max und Magda Krüger 34

Elsie Norton und ihr Mann 44

Franz, Kriegsgefangener Nummer 2341 74

Gorm der Hund 95

Ankunft im wüsten Land 111

Leichenhandel 135

Franz nimmt von sich selber Abschied 156

Reisevorbereitungen für einen Toten 175

Elsie sieht und hört den Krieg 193

Heimatabend im Niemandsland 199

Im singenden Trichter 212

Ein Mensch wird gerettet 226

Ein Hund kehrt heim 233

Epilog 249

Anmerkung 259

*Die Menschenseele war zu tief gesunken
für Mitgefühl.*

Isaac Rosenberg

Minot oder *Zur Heldin der Ruinen*

Das erste Gebäude auf dem ehemaligen Schlachtfeld war ein roh gezimmertes, schlichtes Holzhaus, das vor allem als Trink- und Aufwärmstube diente und den Namen *À l'héroine des ruines - Zur Heldin der Ruinen -* trug. Die wenigen Gäste, die darin verkehrten, waren Kupfersucher oder Knochensammler, die sich, jeder auf seine Weise, bei der Räumung des Schlachtfelds nützlich machten und nicht schlecht daran verdienten. Oder es kamen, besonders an den Abenden, ein paar von den Siedlern ins Haus, die seit Beginn der wärmeren Jahreszeit versuchten, in diesem verwüsteten Landstrich wieder heimisch zu werden. Bisweilen schauten auch Soldaten aus den Sprengtrupps, die Äcker und Wiesen von Blindgängern befreiten, in der *Heldin* vorbei, um nach getaner Arbeit zwei, drei Schnäpse zu kippen. Und sogar einer der deutschen Kriegsgefangenen aus dem Lager ganz in der Nähe drückte sich immer öfter und von Mal zu Mal weniger verlegen durch die schmale Tür in den verqualmten Gastraum. Es war der Gefangene mit der Nummer 2341 auf Brust und Rücken, der eigentlich Franz hieß, den aber noch nie jemand nach seinem Namen gefragt hatte. Man sah ihn nicht unbedingt gern, diesen ehemaligen Feind, duldete ihn aber, zumal er hin und wieder zahlende Kundschaft mitbrachte, Landsleute aus Deutschland, die in der Regel schwarz gekleidet waren und offenbar einen der neuen Soldatenfriedhöfe in der Umgebung besuchten.

Man schrieb das Jahr 1919, ein Jahr wie kein zweites, so weit die Erinnerung reichte, ein Jahr im Niemandsland zwischen Krieg und Frieden.

Obwohl der Krieg seit Monaten zu Ende war, forderte er immer noch Opfer. So, höchstwahrscheinlich, auch das Leben von Madame Berthe, jener Vierzigjährigen, die die *Heldin* gegründet und mit eigenen Händen errichtet hatte. Allein die Bretter und Balken auf den zerschossenen Straßen mit einem einspännigen Pferdefuhrwerk kilometerweit heranzuschaffen, war eine Schinderei ohnegleichen gewesen. Madame Berthe hatte sich als erste Frau seit Jahren in der Kriegswildnis am *Chemin des Dames* niedergelassen, jenem durch drei blutige Schlachten mittlerweile in ganz Europa berühmt gewordenen Damenweg, der von einem liebevollen König einst als Lustpromenade für seine Prinzessinnen erbaut worden war, in Zeiten, denen die Idylle als höchstes Kunstideal gegolten hatte. Weshalb diese Geschäftsfrau, wie sie sich nannte, ausgerechnet hierher gekommen war, wußte niemand. Danach gefragt, hatte sie selbst einmal geantwortet:

„Weil ich zum Aufbauen geboren bin!"

Mehrmals in der Woche war die Patronin der kleinen Ausschankhütte hinausgegangen, um zu schauen, ob sie in ihren Hasenschlingen und Vogelfallen etwas gefangen hatte. Sie war eine leidenschaftliche oder gar eingefleischte Jägerin gewesen, auch mit dem Gewehr, und hatte außerdem den Ehrgeiz besessen, ihren Gästen

so oft wie möglich einen Braten oder ein Ragout vorzusetzen, was ihr jedoch nur selten gelungen war, weil
es in diesem Land seit dem Krieg nur wenig jagdbares
Wild gab. Von einem Gang im Mai war sie nicht zurückgekehrt. Einige ihrer Gäste hatten daraufhin ausgiebig nach ihr gesucht, doch vergebens.

Fast täglich hörte man von nah und fern Explosionen.
Manche wurden gezielt von den Sprengtrupps ausgelöst, manche aber auch von Tieren oder unachtsamen
Menschen, die einer der überall noch herumliegenden,
im Gelände mitunter kaum erkennbaren Granaten oder
Minen zu nahe gekommen waren. Auch die großen,
teils abgrundtiefen, mit Wasser, Schlamm und Kriegsmüll aller Art gefüllten Sprengtrichter konnten zu gefährlichen Fallen werden, noch gefährlicher, als sie es
sonst schon waren, und zwar bei Regen, wenn ihre
Wände ins Rutschen kamen oder einstürzten. Dann
verschwand von Zeit zu Zeit ein Knochensammler oder
Kupfersucher in einem dieser Trichter, Krater und
Stollen, oftmals auf Nimmerwiedersehen. Wer vermißt
wurde, kehrte selten lebendig zurück, genau wie im
Krieg. Doch beinahe jeden Tag spie das Land von all
den Toten auch wieder welche aus, Kriegs- und Nachkriegstote gleichermaßen. Warum also sollte Madame
Berthe nicht irgendwann ebenfalls wieder zum Vorschein kommen?

Als der Sommer seinen Höhepunkt erreicht hatte,
tauchte Minot auf, ein sechzehnjähriger Junge, der auf
einem der Einödhöfe dieser Gegend geboren und groß
geworden war. Viereinhalb Jahre zuvor, nach den
ersten Kämpfen am *Chemin des Dames*, hatte man

Minot und seine Familie zusammen mit anderen Zivilisten von Haus und Hof vertrieben. Deutsche Soldaten waren dort eingezogen, ohne zu fragen, ohne sich zu entschuldigen, hatten mannshohe Gräben ausgehoben in Gärten und Feldern, sich verschanzt in Scheunen und Ställen. Mit einigen Habseligkeiten, darunter ihre Ziege, waren er, seine Mutter sowie seine zwei jüngeren Schwestern abgerückt. Ihre beiden Kühe, das Schwein und sämtliche Hühner hatten sie dalassen müssen, ebenso ihren Heu- wie auch ihren Handwagen. Die kleinen Mädchen waren beim Marsch ins Hinterland abwechselnd auf der wackligen Gepäckkarre mitgefahren, die Minot an einem Strick mühsam vorwärts gezogen und die er und seine Mutter tags zuvor aus drei unterschiedlich großen Rädern und einigen Bohlenresten zusammengestückelt hatten. Beim Abschied war er traurig gewesen, hatte aber nicht geweint. Dabei war ihm rasch aufgegangen, daß es half, sich nicht umzudrehen.

Ein unterdrückter Schmerz, der jetzt, Jahre später, über ihn kam, als er seine Landschaft erblickte, die zertrommelte Erde, die verstümmelten Wälder. Minot warf seinen Rucksack von sich und heulte vor Wut und Entsetzen. Er drehte sich mehrmals im Kreis, unsicher, wo genau er sich befand. Vermutlich war es die Stelle, an der *Choléra* sich erhoben hatte, jener stattliche Bauernhof, von dem nur ein riesiger grauweißer Fleck übriggeblieben war, auf dem hier und da ein Haufen Schutt sich türmte. Nicht einmal grobe Trümmerstücke schien der Krieg an diesem Ort hinterlassen zu haben, gar zu oft war er darüber hingegangen. Zerschmetterte

Geschütze und ausgebrannte Tanks, aber auch leichte und schwere Maschinengewehre lagen wie ausgestreut im Kreis, inmitten von struppigem, strähnigem Gras, das von bräunlichem Gelb war und im Wind knisterte, als würde es brennen. Nur wenige Pflanzen konnten im Frühjahr hier geblüht haben, es gab so gut wie kein Grün ringsherum, auch kein verblaßtes, und einzig vom Rand eines Trichters leuchtete ein rotes und ein blaues Pünktchen zu ihm herüber, vielleicht die Blüten einer Mohn- und einer Kornblume, vielleicht aber auch eine Täuschung. Die Natur bot keinerlei Trost, wer welchen brauchte, mußte woanders nach ihm suchen.

Staubige Pisten führten in mehrere Richtungen. Ob das die Straßen von früher waren? Falls ja, mußte dort drüben Pontavert liegen und rechts daneben Craonnelle und Craonne, vorausgesetzt, der Höhenzug dahinter war das *Plateau de Californie*, ihr ehemaliger Ausflugsberg, der sich aber selbst nicht ähnelte, weil er ausschaute wie ein verschneiter und vereister Berg im Winter, der von jenseits aller Wirklichkeit seinen Betrachter anblitzte im grellen Sonnenlicht, bis der es nicht mehr aushielt und die Augen abwandte, weil sie ihm wehtaten.

Wo immer er hinsah, Minot erkannte das Land seiner Herkunft nicht mehr, und zwar vor allem mit dem inneren Auge und in jener Vertrautheit, die ihn seit seiner Kindheit begleitete. Allein die Ortsnamen! Wenn er nur an sie dachte, kamen ihm die Tränen: Berry-au-Bac etwa, sein Schulort, oder Sapigneul, wohin er mit seinem Vater einst gegangen war, um ihre Ziege decken zu lassen. „Geh da nicht hin, Junge!", hatte ein Wanderer im Soldatenmantel ihm unterwegs zugerufen, „alles ist dort zu Klump gehauen, die Dörfer, die Höfe, selbst die Hundehütten sind unbewohnbar. Kehr um!" Doch er war weitergegangen, und sogar immer schneller, hatte weder hören noch sehen wollen, sondern ein Lied gepfiffen und hinunter gestarrt auf seinen Schatten. Dennoch war ihm auf seiner Fußreise aus Süden die wachsende Zahl der Ruinendörfer rechts und links nicht verborgen geblieben, auch wenn er sie mehr ahnte als wahrnahm. Sowenig wie er die teils fertigen, teils unfertigen Soldatenfriedhöfe ignorieren konnte, die sich ungeheuerlich gegen den Horizont dehnten. Minot floh auch vor ihnen, ohne zu begreifen, daß er Schritt für Schritt tiefer hineingeriet in die große Todesbrache, und erst am Ende seines Wegs, erst nach der Ankunft in seiner engeren Heimat faßte das Grauen ihn an und schüttelte ihn durch.

Kann denn Friede sein an einem Ort, wo es aussieht wie hier?, fragte er sich und wußte keine Antwort. Er griff nach seinem Rucksack und machte sich auf den Weg zu seinem eigentlichen Ziel, dem Haus seiner Eltern, ihrem Hof und Garten, und fürchtete sich doch, all das wiederzusehen. Aber Minot hatte es seiner Mutter versprochen, ebenso seinen beiden Schwestern, die von der Mutter ihre Friedenskinder genannt wurden, während sie ihn, ihren einzigen Sohn, das Kriegskind nannte. Er hatte diese Benennung ohne Schrecken in sich aufgenommen und nicht mehr preisgegeben. Er folgte ihr wie einem Wegweiser und war jetzt hier, um seine Heimat dem Krieg zu entreißen und wieder in Besitz zu nehmen, sie zu retten, zu heilen, zu pflegen, so wie er es sich in den vergangenen Jahren, zumal seit dem Tod seines Vaters, ausgemalt hatte. Mit dem Gedanken, ein heilendes Kind zu sein, ja, sein zu müssen in einer Welt wie dieser, beschäftigte Minot sich schon länger. Seine Großmutter hatte ihn darauf gebracht, weil es ihm in früheren Jahren öfter gelungen war, ein krankes Tier wieder gesund zu machen, mit viel Geduld und Sanftmut. Seither wollte er Tierarzt werden, ein Wunsch, der inzwischen jedoch zurückgestellt war, weil es ihm nötig erschien, auf Bildung zu verzichten, solange bis daheim alles wieder gut war, denn so lautete seine Herzensformel. Ja, wenn er ein Kriegskind war und Heilkräfte besaß, dann mußte er sie an seiner leidenden Heimat erproben. Und derzeit waren Sommerferien. Sonst hätte seine Mutter ihn vermutlich auch gar nicht reisen lassen. Ob er am Ende der Ferien zu ihr zurück wollte, wußte Minot noch nicht.

Jetzt hielt er inne und lauschte. Ihm war aufgefallen, daß weit und breit kein Vogel sich hören oder sehen ließ. Im Weitergehen schaute er suchend um sich. Was war aus den Vögeln geworden, als jäh die Schlacht begonnen hatte: in ihren Nestern verbrannt, im Flug verglüht, in Druckwellen zerquetscht? Auch die anderen Tiere, kein Element hatte ihnen wohl noch Schutz geboten: Fische und Frösche, bei Explosionen lebendig oder tot aus dem Wasser geschleudert, Mäuse oder Kaninchen, kein Gang, keine Höhle tief genug, um dem Gas zu entrinnen. Selbst die Ameisen waren vermutlich erst knapp vor dem Erdmittelpunkt wieder in Sicherheit gewesen! Ebenso die Würmer, die Schlangen, die Lurche. Und alles, was der Krieg nicht sofort umgebracht hatte, war panisch aus der Kampfzone geflohen. Doch welche Tiere, so fragte Minot sich, mochten nach der Schlacht als erste wieder hierher zurückgekommen sein? Wahrscheinlich die Aasfresser, denn ihr Tisch war nun reich und überreich gedeckt. Und natürlich die Stechmücken!

Unversehens stieß der Junge hinter einer niederen Kuppe auf ein Blockhaus. Es war die *Heldin der Ruinen*, und ihr Name auf dem schiefen Brett über der Tür erheiterte ihn derart, daß er nach all den traurigen Tagen auf Wanderschaft sein Lachen wiederfand. Doch die Kneipe war zugesperrt, selbst ihre Fensterläden. Er stieg umsonst die zwei Stufen hinauf, um an der einfachen schwarzen Türklinke zu rütteln, verursachte damit aber einen solchen Lärm, daß er die beiden Metallsammler aufstörte, die an der Rückseite des Hauses im Schatten saßen und Mittagspause machten. Sie kamen zusammen hervor, schauten sich den Jungen mit Schirmmütze und Wanderrucksack ruhig an, bis einer von ihnen sagte:

„Du bist nicht zufällig der Musikant, der heute Abend in unserem Stammlokal aufspielen soll?"

„Nein!", rief Minot verdutzt und trat einen Meter zurück.

„Was willst du dann hier?"

„Mein Elternhaus besuchen."

„Wo ist dein Elternhaus?"

„Da!", rief Minot, nun nicht mehr ganz so laut, und zeigte über die Köpfe der Männer hinweg, die in ziemlich verdreckten Kleidern vor ihm standen, querfeldein. Diesmal antwortete ihm der andere:

„Da kannst du nicht hin, Sommerfrischler, dort wartet nur der Tod auf dich! Ein Fehltritt, und du fliegst in die Luft. Wo du hinwillst, ist die rote Zone. In der braucht man für jeden Schritt einen Reiseführer".

„Was heißt rote Zone?"

„Rote Zone heißt laut Regierung: alles kaputt, der Boden voll mit Sprengstoff, Giftgas, Flammenwerferöl und Leichen ... Aber sag mal, Junge, du bist doch noch ein Kind!?"

„Nein!", rief Minot ein weiteres Mal.

„Weißt du", kam es freundlich zurück, „wir beherrschen die hiesige Landessprache nicht so gut, deshalb ist es besser, wenn wir mit dir zu Gustave gehen." Der zweite nickte.

„Wer ist Gustave?"

„Ein Bauer, der nicht weit von hier an seinem Haus baut. Er ist Franzose wie du und eher für dich zuständig, wir sind nur Ausländer, wir können keinen Inländer beschützen."

Minot traute diesen Männern nicht.

„Und was treibt ihr hier?", fragte er heftig.

„Wir backen Brot!", sagte der eine, und der andere lachte.

Sie wollten ihn hinter die *Heldin* locken, doch Minot folgte nicht. Einer verschwand und erschien kurz darauf wieder, in der Hand ein flaches, rundes Brot. In der anderen Hand hielt er eine offene Weinflasche. Beides streckte er Minot entgegen, der sofort zugriff. Er konnte gar nicht anders, und biß mit solcher Gier in das fein riechende, wundervoll gewürzte Brot, daß ihm das

Wasser in die Augen schoß. Dann trank er von dem Wein, als wolle er den Durst von Tagen löschen.

„Siehst du?", sagte der andere, „wir backen Brot!"

Diesmal folgte er ihnen hinter die Hütte und stand nach wenigen Schritten vor einem Backofen auf Rädern, der bis an die Dachrinne hinaufreichte. Es war der fahrbare Backofen einer deutschen Feldbäckerei, den man bei Kriegsende an diesem Ort zurückgelassen hatte. Schwarz gähnte unten das rußige Ofenloch, aus der offenstehenden Backluke in der Mitte strömte noch frischer Brotduft, und oben drauf saß ein Kamin mit spitzem Hütchen, dem ein dünner blauer Faden aus Rauch entstieg.

„Dieser Ofen tut seine Arbeit in hundert Jahren noch", sagte der erste wieder, „nur schade, daß er so schwer ist. Man bräuchte vier Pferde, um ihn vom Fleck zu bewegen. Wir haben aber nur eines!" Er sei überzeugt, daß Madame Berthe ihr Lokal mit voller Absicht neben diesem Backofen plaziert habe und nirgendwo sonst. Ja, vielleicht wäre sie gar nicht geblieben ohne ihn, den großen Lebensspender von Anfang an.

Der andere Mann winkte ab und schalt ihn einen Schwätzer.

Wer Madame Berthe sei, wollte Minot wissen.

Sie versprachen, es ihm unterwegs zu erzählen.

Ihr gemeinsamer Gang zog sich fast eine Stunde hin und führte über schmale, aber gut ausgetretene Pfade „immer tiefer hinein", wie die beiden sich ausdrückten. Nur wer verrückt sei und unbedingt sterben wolle, weiche in dieser Gegend vom Weg ab, komme aus Leichtfertigkeit ins Stolpern oder erlaube es sich, auszurutschen. Also langsam! Also vorsichtig! Sie kamen nah an Granatlöchern vorbei und gingen zwischen geköpften Bäumen hindurch. Manchmal passierten die drei auch nicht explodierte Sprengkörper, die ihr metallenes Hinterteil frivol aus dem Boden streckten. Wo man hinsah, Tümpel und Kuhlen. Die größeren waren trotz Sommerhitze nicht ausgetrocknet, und an ihren sumpfigen Rändern stank es nach Fäulnis und Verwesung. Zuweilen klaffte ein kreideheller Riß im Boden, der an eine Wunde erinnerte und im Sprung überquert werden mußte. Von weitem waren Kampfgräben mit Sandsäcken und zersplitterten Brustwehren zu sehen. Zwischen zwei Palisadenpfählen meinte Minot ein eingeklemmtes Gewehr zu erkennen, das nach wie vor brav in Feindrichtung zielte. Rostiger Stacheldraht schlängelte sich flach über dem Boden wie Dornenranken und kreuzte mehrmals ihren Pfad. Wer versucht hätte, dem Drahtgewirr mit Blicken zu folgen, wäre wohl nie an ein Ende gelangt.

„Führt so ein Weg auch zu meinem Elternhaus?", fragte der Junge ungeduldig.

„Wahrscheinlich nicht", war die kleinlaute Antwort, „wahrscheinlich wird man ihn erst bahnen müssen."

„Helft ihr mir dabei?"

Statt zu antworten, stellten die beiden sich unerwartet vor, grad als wäre dies eine angemessene Antwort. Der Vordermann hieß Jan, war Pole und behauptete, viel älter auszusehen, als er sei. Der Hintermann nannte sich Pablo, ein Spanier und angeblich noch weit unter dreißig. Alle wollten jetzt jung sein, weil sie wußten, wie viel Zeit, Kraft und Leben im Krieg vergeudet worden war. Ihr Beruf sei es, so fuhren die Männer fort, Metalle aller Art zu suchen und zu finden auf den Schlachtfeldern Frankreichs. Und, wenn es sich ergebe, Totengebein, das dort ebenfalls in Mengen vorzufinden sei. Dann beides abliefern an den dafür eingerichteten Sammelstellen. Und kassieren, aber mit Pietät. Wie zur Bestätigung schüttelte jeder den Leinensack, den er an einem Riemen um den Leib hängen hatte und aus dem ein dumpfes Scheppern drang, wie Holz auf Blech. An Knochen mochte Minot dabei lieber nicht denken.

Im Duett blökten seine Begleiter noch: „Sei uns willkommen, Junge! Willkommen in unserer gefährlichen Mitte! Und die Augen immer geradeaus, damit dir ja nichts passiert, dir, dem edlen Landeskind, das unter die ausländischen Kriegsgewinnler gefallen ist! Frankreich würde uns nie verzeihen, falls dir ein Unglück widerfährt." Er mochte es nicht, derart geschwollene und zugleich dreiste Reden hören zu müssen, und die beiden waren ihm fortan noch weniger geheuer als zuvor. Minot beschloß, eine Weile nichts zu sagen und lieber auf seine Schritte zu achten.

Gustave lebte in einem halb verschütteten Unterstand, in dessen Nähe eine Quelle aus dem Boden sprang. Nur ein Pferd lebte bei ihm, angeleint stand es an windgeschützter Stelle unter einem Dach, das aus einem Stück Zeltplane bestand und mit dicken Schnüren an vier Stangen befestigt war. Madame Berthe hatte es einst mitgebracht, doch nach ihrem Verschwinden war es von Gustave über brüchige Wege hinausgeführt worden an diesen Platz. Das Tier, ein ehemaliger Armeewallach mit Fronterfahrung, verfügte über einen sicheren Tritt auch in unsicherem Gelände. Jeder, der es zur Arbeit benötigte, konnte es sich ausborgen, mit der Gewißheit, gleichwertigen Ersatz beschaffen zu müssen, sollte ihm etwas zustoßen.

„Unter gewissen Umständen ist so ein Pferd wertvoller als ein Mensch", sagte Pablo. Da keiner ihm zustimmte, pflichtete er sich mit wildem Nicken selber bei.

Minot weigerte sich, Gustave mit dem Vornamen anzureden, so wie die anderen es taten, Gustave war zu sehr *Monsieur* für ihn, so wie ein Lehrer, ein Gutsbesitzer, ein Pfarrer.

„Nein, Junge, hier draußen braucht keiner einen Bürgernamen, wir sind auf einer Baustelle, und dort duzt man sich."

Nach seinem eigenen Namen gefragt, antwortete er nur:

„Minot."

„Oh", stutzte Gustave, „und wie heißt du richtig?"

„Man hat mich auf einen Allerweltsnamen getauft, den ich nie mochte. Also bin ich in mich gegangen, um dort nach einem neuen zu suchen, und fand ihn. Alle mußten mich von da an bei diesem Namen rufen: Minot!"

„Du weißt, daß *Minot* eine alte Maßeinheit ist?"

„Nein", sagte der Junge. Es war ihm peinlich, daß er sich unter Aufbietung all seiner Phantasie einen Namen erfunden hatte, den es bereits gab. Doch schweigend hielt er ihm die Treue. Gustave begriff und ließ das Thema ohne ein weiteres Wort fallen.

Minot fühlte sich geschmeichelt, mehr noch, respektvoll behandelt wie ein Erwachsener. Er mußte aufpassen, seinem Gegenüber nicht zu viel Bewunderung zu zeigen. Denn Gustaves sommerliche Erscheinung leuchtete für ihn immer stärker aus fernen Friedenszeiten herüber. Dieser Mann war das Inbild des französischen Landmanns, wie Minot es aus seiner Kindheit kannte und verehrte: mit dem kragenlosen weißen Hemd über der schwarzen Cordhose, den schweren knolligen Schuhen, dem roten Schweißtuch um den Hals, dem breitkrempigen Sonnenhut aus Stroh, dem Schnauzbart und darüber den ernsten Augen mit einem Ausdruck von Unerschrockenheit. Und kein Glied an seinem Körper fehlte!

Minot schämte sich für seine platte, kindlich selbstgerechte und rohe Sichtweise. Schließlich hatte auch er *La Mare au Diable* gelesen, den *Teufelsteich*, eine weit verbreitete Dorfgeschichte, deren Held, der Bauer Germain, als reichhaltiger Charakter fast ohne Äußerlichkeiten gezeichnet war, und die in einer völlig unzerstörten altfranzösischen Landschaft spielte. Doch auf eine süßlich betäubende Art tat es ihm einfach wohl, sich von einem Geist aus der Vorkriegszeit gefangen nehmen zu lassen, der sich, grotesk genug, in diese Gespensterlandschaft verirrt hatte.

Minot verspürte Durst und wollte aus der nahen Quelle trinken. Gustave hielt ihn davon ab, das Wasser sei verseucht und schillere abwechselnd in allen Farben, es dürfe nur abgekocht getrunken werden, wenn überhaupt. Er warf dem Jungen seine Feldflasche zu. Zum Anwesen gehöre übrigens noch ein Brunnen, der im

Krieg aber in sich zusammengestürzt sei und von Grund auf neu gegraben werden müsse.

Gustave zog seine Arbeitsschuhe aus und Holzpantinen an. Er machte es sich sozusagen gemütlich, als wäre die ruinierte Natur sein Wohnzimmer. Das gefiel Minot, und er fragte:

„Warst du Soldat?"

„Ja", antwortete Gustave, während er sich eine Pfeife ansteckte, „bei einer Versorgungseinheit, weit vom Schuß." Auch die beiden Kupfersucher begannen zu rauchen.

Alle vier hockten sie im Kreis herum auf kantigen Steinbrocken und unter zerzausten Kiefern, denen der Krieg gerade so viel Zweige gelassen hatte, daß sie damit Schatten spenden konnten. Die Mittagssonne brannte nach wie vor stechend heiß.

„Wie du siehst", sagte Gustave mit einem Lächeln, „gibt es auf meinem Hofgut noch allerhand zu tun. Nichts steht mehr, nicht der Stall, nicht die Scheune, nicht das Haus. Alles wurde so gründlich weggefräst und ausradiert, daß oft nicht einmal mehr der Verlauf der Grundmauern zu erkennen ist. Man bräuchte Baupläne, Landkarten, Kataster, und die gab es auch. Bis das Amt, in dem sie aufbewahrt wurden, dort drüben im Dorf, unterging im Feuer der schweren Artillerie. Aber vielleicht können die Vorbesitzer mir mit solchen Papieren noch aushelfen."

„Wie heißen diese Leute?", fragte Minot.

Doch der Name, den Gustave nannte, sagte ihm nichts.

„Sie sind vertrieben worden von hier", fuhr er fort,

„und kamen zu uns, wo ihre Verwandten leben. Doch nach dem Krieg wollten sie nicht zurück, um von vorn anzufangen. Da habe ich ihnen einen Preis gemacht, und sie nahmen an. Er war nicht zu hoch für eine völlig demolierte Heimat. Und außerdem der einzige Preis, den ich, der ewige Kleinpächter, zahlen konnte. Ich wollte immer ein freier Bauer auf eigener Scholle sein. Erst der Krieg hat es mir ermöglicht, erst der Krieg. Endlich meine Parzelle!"

Die beiden Metall- und Knochensammler lachten ein lautes, zweistimmiges Ja.

Minot wollte von Gustave wissen: „Wo bist du her?"

„Aus der Vendée. Dort lebt noch meine Familie. Wenn ich den Kampf hier heil überstehe, hole ich sie nach. Dann werden wir Getreide und Kartoffeln anbauen und in die Stadt liefern." Ein Schwur, der von allen Zuhörern mit einem langen Schweigen bekräftigt wurde. Gustave zog seinen Hut vom Kopf und wischte sich mit der Hand über die Stirn. Er hoffe auch auf Geld vom Staat, einen Zuschuß für den Neuanfang in der roten Zone, Kopfprämie für Wagemutige oder Lebensmüde, die hier draußen mit den Blindgängern auf Zehenspitzen Pas de deux tanzten.

„Ein bißchen Humor brauchst du dabei schon!", schloß er.

Mit diesem Bauern konnte Minot über lockere und großspurige Sprüche lachen, bei den Metallsuchern war ihm das noch nicht gelungen.

Doch er erfuhr in dieser Runde auch, welche Tagesarbeit Gustave jetzt, im Hochsommer, zu verrichten hatte: Dieser beeindruckende Mann machte auf seinem

Boden von früh bis spät scharfe Munition ausfindig, die sich teils knapp unter der Erdkrume verbarg und nur darauf wartete, falsch berührt zu werden. Seine Funde kennzeichnete er mit bunten Stoffresten und meldete sie drüben im Kriegsgefangenenlager. Dessen Mannschaft kam im Eilschritt herbei, um abzutragen, darunter so große Stücke, daß sie auf einer Tragbahre fortgeschafft werden mußten, von vier Mann und auf holprigen, teils abschüssigen Bahnen hinüber zu einem Minenkrater, so groß wie die Baugrube für eine Kathedrale, an dessen tiefster Stelle sie von den Sprengtrupps der französischen Armee fachmännisch gezündet wurden, falls sie nicht unterwegs bereits vorzeitig explodiert waren.

Um sämtliche Felder, Äcker und Wiesen wieder Meter für Meter dem Leben zurückzugewinnen, ging Gustave anschließend noch einmal seinen Grundbesitz ab, diesmal mit Harke und Rechen, um eine zweite Ernte zu halten. Er ging mit kleinen, kindlich weichen Schritten, denn jede Menge Tod steckte noch in der mit Gift und Eisen gedüngten Scholle unter ihm. So kämmte und siebte er Splitter aus dem Erdreich, Splitter von Minen und Granaten, Splitter in allen Größen und Formen, aber auch Bajonette, Patronen und Patronenhülsen, bisweilen sogar Eßbestecke, Gürtelschnallen, Brillengestelle, falsche Zähne oder Blechbüchsen. Lauter Hinterlassenschaften des Kriegs, die er in einem leeren Faß am Feldrand sammelte, um sie nach Gewicht zu verkaufen, damit aus den Altmetallen aller Art schon bald wieder nützliche Dinge werden konnten, zum Beispiel Waffen, wie er höhnisch hinzufügte. Ein Kreislauf, der wahrscheinlich niemals ende und an dem ganz Europa verdiene. Dazu wies er schmunzelnd auf die beiden Kupfersucher, die neben ihm saßen, sich nicht angesprochen fühlen wollten, für die Jan, der Pole, aber trotzdem antwortete:

„Sicher ist nur, daß unter den Splittern in seinem Faß zum Teil sehr schöne Stücke sind. Fast museumsreif! Wartet's nur ab, das kommt noch: das Splittermuseum."

Gustave hielt inne und schaute humorlos drein, es schien, als habe er genug von sich geredet. Er sah Minot an, der schon eine Weile nervös auf seinem harten Sitz herumrutschte, und fragte ihn unvermittelt:

„Und du?"

„Ich will es machen wie ein gewisser Gustave und mein Haus wieder aufbauen!" Bei diesen hastig gesprochenen Worten war Minot hochgesprungen in den Stand.

„Wo ist dein Haus?"

„Da draußen! Ich werde dein Nachbar sein. Bald!"

„Du bist von hier? Hast du deshalb nach dem Namen meiner Vorgänger gefragt? Ich dachte, du gehörst zu den beiden da, so wie der Lehrling zu den Meistern."

Jetzt griffen Jan und Pablo ein, sie fuchtelten:

„Nein, der Junge ist dein Landsmann und gehört zu dir!"

Die beiden erzählten, was sie von Minot wußten.

Gustave gab ihnen recht: Da, wo er her war, konnte er nicht hin, nicht zu diesem Zeitpunkt und schon gar nicht allein, er würde warten und sich gedulden müssen, bis jemand mit Erfahrung ihn durch diese Wüstenei begleitete, denn noch gebe es nicht einmal

Wege, die so tief hinein in die rote Zone führten, und sie zu bahnen im todgefährlichen Gelände, brauche es Zeit und Kraft, sie aber hätten alle für sich zu sorgen und die Zukunft ihrer Familien. „Nur für sie sollten wir unser Leben riskieren, nicht für jedermann."

„Außerdem", schrie Pablo mit einem ängstlichen Krächzen in der Stimme, „kann nur ein Einheimischer ihn dorthin bringen!"

„Idiot!", zischte Gustave ihn an, „in der roten Zone gibt es keine Einheimischen, da ist jeder ein Fremder!" Und zu Minot gewandt, sagte er ruhig und gelassen: „Du mußt warten, Junge, sonst nichts." Das Lächeln, zu dem er schließlich ansetzte, mißlang, und seine Lippen bebten nur ein wenig, als wäre ihm zum Weinen zumute. Dann rief Gustave, wie wenn das Wichtigste ihm jetzt erst einfiele:

„Wo ist eigentlich deine Familie?"

Minot schwieg einige Zeit und schien nicht antworten zu wollen. Dann sagte er in beleidigtem Ton: „Nach der Vertreibung hat das Rote Kreuz uns in die Schweiz geschafft, zur Zivilinternierung mit tausend anderen Franzosen aus dem Frontgebiet. Zu Ostern erst sind wir zurückgekommen und leben seither bei Verwandten meines Vaters in Troyes, meine Mutter, meine zwei jüngeren Schwestern und ... ja, während ich hier bin, um dein erster Nachbar zu werden."

„Und was ist mit deinem Vater?"

„Als Kriegsfreiwilliger gefallen, 1914, an der Marne."

„Bist du von daheim weggelaufen?"

„Nein, ich soll herausfinden, ob wir hier wieder leben

können, auf unserem Anwesen zwischen Wald und Heide, oder für immer in der Stadt bleiben müssen."

„Deine Mutter hat dich an diesen Ort geschickt?"

„Sie konnte meine Reise nicht verhindern, also gab sie mir ihren Segen."

„Weiß sie, wie es hier aussieht?"

„Wer weiß das schon!"

Gustave schüttelte den Kopf und nickte zugleich, die beiden Kupfersucher brummten und rollten anerkennend die Augen.

Minot schloß mit seiner Herzensformel:

„Ich bleibe, bis daheim alles wieder gut ist."

Er klang jetzt nicht mehr beleidigt, sondern trotzig.

„Ich liebe meine Heimat, auch wenn sie zerstört ist."

„Aber du mußt warten, Junge!", belehrte ihn mit wachsender Ungeduld noch einmal Gustave.

„Gut!", war die Antwort, „und solange wohne ich bei dir."

„Unmöglich! Ich habe doch selbst keine rechte Bleibe."

Gustave zeigte auf seinen Bunkereingang, vor dem eine löcherige Pferdedecke hing. Minot schaute fordernd die beiden Metallsammler an:

„Bloß nicht", sagten sie, „da könntest du über Nacht von den Ratten gefressen werden. Außerdem wohnen in unserer Höhle auch noch ein paar Knochenmänner, die dir bestimmt Angst machen wollen."

Minot trat wütend einen Stein ins Unterholz.

„Dann suche ich mir selbst einen Bunker!"

„Du kannst in der *Heldin* wohnen", sagte Gustave, aber so leise, daß er es wiederholen mußte.

Einer der Kupfersucher stieß einen langgezogenen Pfiff der Verwunderung aus.

Gustave erhob sich, um streng und eindringlich fortzufahren: „Du wohnst da bis gegen Ende der Ferien. Im Herbst sind wir sowieso alle weg. In unseren Fuchslöchern kann nämlich kein Mensch den Winter überleben. Also!?"

„Aber ich werde euch jeden Tag mindestens einmal sehen?"

„Worauf du dich verlassen kannst."

„Und ihr sucht mit mir einen Weg zu meinem Hof?"

„Wenn du dich geduldest."

Darauf traten sie den Rückweg zur Ausschankhütte an, deren Schlüssel Gustave bei sich trug. Unter seiner Führung dauerte der Gang durch die Ödnis höchstens halb so lang wie der Gänsemarsch mit den Kupfersuchern zwei Stunden zuvor gedauert hatte. Minot hörte wieder das Geklapper aus den Leinensäcken. Unterwegs mußte der kleine Trupp nur einmal Halt machen, und zwar als hinter einem ehemaligen Wäldchen, das nur noch aus Baumstümpfen, zerfaserten Stämmen und aufragenden Wurzeltellern bestand, ein Sprengkörper detonierte und eine gewaltige Erdfontäne gegen den Himmel steigen ließ, die Sekunden später wieder prasselnd und rauschend zu Boden fiel. Der dabei aufgewirbelte Staub hüllte die Wanderer ein, und hustend schrie Gustave:

„Stehenbleiben! Eine Explosion löst oft die nächste aus."

Minot sank, gewollt oder ungewollt, auf die Knie und neigte den Kopf wie zum Gebet. Die Metallsammler standen steif und stumm wie Statuen. Als der Staub sich verzog und eine weitere Explosion ausblieb, setzten die vier ihren Gang mit weichen Knien fort. Und schon bald tauchte im ersten Abendlicht die *Heldin* mit ihrem dunklen Dach aus Teerpappe vor ihnen auf. Gustave zog den Schlüssel hervor und drehte ihn sanft, ja, beinahe andächtig im Schloß. Sie traten ein, die Fenster wurden geöffnet, die Fensterläden aufgestoßen, und auch die Tür blieb weit offen, so daß der gestaute Kneipenmief hinaus und das Tageslicht herein konnte.

Minot sagte: „In diesem Haus darf ich also wohnen."

Pablo antwortete: „Wir selbst hätten uns das nie getraut. Stell dir vor, Madame Berthe kehrt zurück, und einer von uns liegt in ihrem Bett."

Gustave murrte: „Was weißt denn du von ihrem Bett!?"

Er bestand auf einer Gedenkminute für die Patronin.

Die *Heldin* war ärmlich, aber eng möbliert. Ein abgewetzter Tresen mit Spülbecken nahm die Hälfte der Rückwand ein. Für die Gäste waren in der Mitte davor drei grobe runde Tische wie in Bauernküchen aufgestellt, und um jeden Tisch drei oder vier ebensolche Stühle. Auf der einen Seite des Tresens befand sich eine Kochnische mit Herd samt silberbronzenem Ofenrohr, das oben zum Dach hinausführte und gleich noch den Kamin ersetzte, auf der anderen Seite eine zerschrammte Geschirrkommode. An der Längswand zur Rechten erstreckte sich, unter einem simslosen Fenster, ein mehrreihiges Regal für Flaschen aller Art. An der Wand gegenüber, gleich neben dem einzigen Farbtupfer im Raum, einem hellblauen Sofa, ließ ein zweites

Fenster Licht herein. Links davon führte eine schmale niedrige Tür hinaus in einen flachen Anbau, der als Geräteschuppen oder Werkzeuglager dienen mochte. Doch hinter dieser Tür lag die Privatunterkunft von Madame Berthe, ihre Schlafkajüte mit einem Bett ohne Beine, einem Heiligenbildchen an der Wand und einem zweiläufigen Jagdgewehr in der Ecke. Überall waren Kleider verstreut, Röcke, Hosen und Hosenträger, auch Gummistiefel sowie Hüte für alle Jahreszeiten. Das winzige Fenster des Zimmers ähnelte einer Schieß-scharte. Außerdem gab es hier, so wie im ganzen Haus, keinen Strom. Licht spendeten ausschließlich Kerzen und Laternen, was freilich für die gesamte vom Krieg gezeichnete Gegend galt, deren wenige elektrische Leitungen aus der Vorkriegszeit zerschossen und noch nicht erneuert waren. Wasser zum Spülen, Kochen und Waschen wurde vor der Hütte in zwei Regentonnen gesammelt und eimerweise hereingetragen. In der Nähe hatte die Armee einen Wassertank für ihre Soldaten aufgestellt, aus dem sich notfalls auch die Zivilisten aus der *Heldin* bedienen durften. Brennholz war reichlich an der Außenwand aufgeschichtet, unter Dachpappe, damit es halbwegs trocknen konnte. Ein Keller fehlte, ohne entbehrt zu werden. Was kühl bleiben sollte, wurde ins Wasser gestellt oder in den Schatten gelegt. So sahen nach dem modernsten aller Kriege die Anfänge einer neuen Zivilisation aus. Minot betrachtete alles mit Rührung und fragte:

„Was muß denn eine Wirtin oder ein Wirt in solch einer Schankbude alles können?"

„Backen vor allem", belehrten ihn die Kupfersucher.

Und Gustave ergänzte mit einem Eifer, der seine Zuneigung für Madame Berthe und die *Heldin* verriet: „Kochen, servieren, freundlich sein. Mit Pferd und Fuhrwerk zum Einkaufen fahren in die Stadt. Tag für Tag von morgens bis in die Nacht geöffnet haben. Den Laden sauber halten. Kassieren und Trinkgeld einstreichen! Sich das Geld nicht klauen lassen und auch sonst nichts. Für gute Stimmung sorgen, so wie es nur eine Frau kann, die zu keinem Mann gehört und ein Gewehr besitzt. Und natürlich überleben in dieser Todeszone. Und anderen beim Überleben helfen!"

Gustave hatte sich heiß geredet, als Minot ihn unterbrach:

„Und wer sind die Gäste?"

„Lauter einsame und todernste Leute. Den Tag verbringen sie draußen, um zu arbeiten, die Nacht verbringen sie draußen, um zu schlafen. Dazwischen jedoch wollen sie für einige Stunden unter ihresgleichen sein in dieser Kneipe. Um ein wenig zu reden und vielleicht auch hin und wieder zu lachen. Sagen wir so: Seit Jahren hat in Landschaften wie dieser kein Hund gebellt und kein Vogel gesungen. Die Natur kann sich einfach nicht mehr freuen an einem solchen Ort. Und die Stille, die über allem liegt, ist das Schlimmste, diese Schlachtfeldstille danach. Sie zehrt an dir wie Hunger, sie mergelt dich aus wie Fieber, sie bohrt in dir wie Angst. Wenn du abends schlafen gehst, tust du es oft mit dem Gefühl, vor Schwäche und Elend sterben zu müssen, so viel Kraft kostet dich hier jeder einzelne Tag. Aber morgens wachst du wieder auf, unverwüstlich. Warum? Weil du an deine Lieben gedacht hast und an deine Zukunft mit ihnen, weil es nur um das eine geht: dein und ihr künftiges Glück! Jawohl, es ist allein diese egoistische Haltung, die dich am Leben erhält."

Gustave fiel sich selbst ins Wort, indem er kräftig in die Hände klatschte. „Was ich eigentlich sagen wollte", stieß er unter verschämtem Lachen aus, „wir könnten in der *Heldin* ein wenig Musik gebrauchen!"

„Ich spiele doch Mundharmonika", sagte treuherzig Minot.

Und zum Beweis riß er seinen Rucksack auf und zog das Instrument hervor: „Stammt noch aus der Schweiz."

„Wenn schon keine Frau, dann wenigstens ein Kind", spöttelte der Spanier Pablo, „aber einen Versuch ist es wert."

„Jawohl!" „Eine wunderbare Idee!" „So soll es sein!"

Sie freuten sich dreistimmig und umringten den Jungen.

„Ein neuer Wirt für die *Heldin der Ruinen* ist gefunden!"

„Wir werben um Kunden für ihn überall in der Hölle."

„Wenn er schon da ist, kann er uns auch bewirten."

„Aber nur bis zum Ende der Sommerferien."

„Oder bis Madame Berthe wiederkommt!"

Das Ehepaar Max und Magda Krüger

Das Schreiben traf gegen Ende März in Esslingen ein, und jetzt hatten sie endlich Gewißheit: ihr Sohn Felix war tot und lag begraben auf einem Soldatenfriedhof namens *Moscou*, tief in der französischen Provinz, rund zwanzig Kilometer hinter Reims. Absender war das „Zentralnachweisamt" mit Sitz in Berlin, wo seit Jahren sämtliche Nachrichten über die deutschen Weltkriegsopfer aus ganz Europa zusammenliefen. Auf der aus einfachem Karton bestehenden und trostlos feldgrau anmutenden Postkarte stand auch die Nummer des Grabes, in dem der Musketier Felix Krüger seit wenigen Wochen ruhte. Erst mit diesem amtlichen Dokument, das wußten die Eltern, ließ sich ein Visum beantragen, das für den Besuch bei ihrem gefallenen Sohn in Frankreich unverzichtbar war. Und schon bald, spätestens aber im Sommer, wollten sie reisen, und zwar mit dem eigenen Automobil.

Der Vater fühlte sich indessen auch erleichtert. Als zehn Monate zuvor die Nachricht eingetroffen war, Felix sei von seiner Kompanie als vermißt gemeldet worden, da hatte er nicht gewußt, was vermißt alles heißen konnte und lauthals befürchtet, sein nicht eben kriegsbegeisterter Sohn sei womöglich desertiert oder habe sich bereitwillig vom Feind gefangen nehmen lassen. „Was für eine Schande!", hatte er zwischen den eigenen vier Wänden immer wieder ausgerufen, seinen Zweifel aber nie nach draußen getragen. Doch jetzt herrschte Gewißheit, sein Sohn war kein Feigling gewesen, obwohl er sich erst unter Druck freiwillig gemeldet hatte, zum Einsatz bei einem altgedienten württembergischen Infanterieregiment, das auch in Esslingen und Umgebung einen ausgezeichneten Ruf genoß. Doch der Stolz, den Dr. Max Krüger daraufhin empfand, fühlte sich ausgesprochen widerwärtig an.

Seiner Frau Magda hingegen war alles recht gewesen, „alles außer tot", wie sie ihrem Mann oft genug flehend ins Ohr geheult und noch öfter zu Gott gebetet hatte. Es war umsonst gewesen, ihr „lieber kleiner Junge" lebte nicht mehr, und bald würde sie an seinem Grab stehen oder vielleicht davor hinstürzen aus lauter Verzweiflung und Trauer. In einem jedoch war das Ehepaar Krüger sich von Anfang an einig: daß sie unverzüglich zu ihrem Toten mußten.

„Meinst du, es gibt einen Blumenladen auf diesem Soldatenfriedhof?", fragte sie. „Wir können doch kein Blumenbukett auf dem Rücksitz von hier bis nach Frankreich transportieren." Frau Krüger dachte sich den letzten Ruheplatz ihres Sohnes als überschaubares Totengärtchen mit zwanzig bis dreißig Grabstellen, davor eine kleine Kapelle, dahinter eine Art Himmelstorbogen, überwachsen mit wilden Rosen. Oft malte sie sich dieses Bild aus, auch vor ihrem Mann. Herr Krüger aber verschwieg ihr seine Vorstellung, sagte nur, er lasse sich überraschen. Doch je länger, je mehr plagte ihn der Gedanke, die deutschen Kriegsgefallenen in

Feindesland würden von den Siegern wie Tote zweiter Klasse behandelt, lieblos verscharrt unter Zeichen von Schuld und Niederlage. Eine Vorstellung, die ihn in Wut brachte. Eine Wut, die seine Trauer dämpfte. Eine Trauer, mit der er nicht zurecht kam. Und als Familienoberhaupt beschloß er, für den schlimmsten anzunehmenden Fall eine Lösung zu ersinnen, aber heimlich.

Von da an grauste es ihn vor der Fahrt nach Frankreich.

Seine Frau ging tiefschwarz, auch das Wohnzimmer hatte sie schwarz verhängt. Und unter den Fahnen ihrer Trauer saß Magda Krüger abends im Schein der Lampe und las und schrieb. Vor ihr auf dem Tisch standen ein paar gerahmte Photographien, links Felix im Matrosenanzug, rechts Felix in Uniform, die Regimentsnummer in roten Ziffern am Kragen. Als Soldat wirkte er fremd und kalt auf sie, wie vertraut und sanftmütig dagegen als ihr geliebter Leichtmatrose. Nie mehr würde sie seinen Augenaufschlag erleben, zärtlich und anhänglich, ach, wie sehr hatte Felix doch mit Blicken sprechen können, vor allem zu ihr. Er war ihr viertes und letztes Kind gewesen, Jahre nach den drei Mädchen, die früh geheiratet hatten und schon lange selbst Mütter waren. Vom zweiten Mädchen an hatte ihr Mann bei jedem Besuch am Kindbett ausgerufen:

„Schön, aber immer noch kein Sohn!"

Frau Krüger knüllte ihr feuchtes Taschentuch und las zum wiederholten Mal mit trüben Augen Felix' letzten Brief von der Front, geschrieben am 20. Mai 1918. Gut gehe es ihm, stand darin, die Eltern sollten sich nicht

um ihn sorgen. Er schrieb wie hunderttausend andere
Söhne, harmlos und banal, entweder weil er seine
Lieben schonen wollte, oder weil die Feldpostzensur es
anders nicht zuließ. So ahnte daheim niemand etwas
von der wahren Wirklichkeit dieses Krieges. Und die
Mutter schrieb ihrem toten Sohn zurück, Briefe, die sie
in ihr Tagebuch oder auf ein loses Blatt kritzelte oder
vor sich hinmurmelte. Es zwang sie, ihm zu antworten.
Nur weil er nicht mehr lebte, konnte sie doch nicht auf-
hören, in seine Richtung zu sprechen.

„Liebster Felix!"

Ihr Sohn war nur einundzwanzig Jahre alt geworden,
doch wenn jemand sie „Heldenmutter" genannt hätte,
sie hätte ihm unfehlbar ins Gesicht geschlagen. Sie
selbst zählte noch keine fünfzig, war Ehefrau, Mutter
und Großmutter, von jetzt an aber auch ein bißchen
verwaist nach dem Tod ihres Sohnes. Frau Krüger
schämte sich ihrer Trauer nicht, sowenig wie ihrer Wut,
die ihr selbst in der tiefsten Trauer noch dazwischen-
fuhr. Wut auf all jene in ihrer Familie, die Felix zum
Waffendienst gedrängt hatten: vor allem ihre Töchter
und deren Ehemänner, die damals zwar Offiziere des
kaiserlichen Heeres gewesen waren, ihren Dienst aber
in sicheren Stäben getan hatten. Ganz versessen waren
sie darauf gewesen, Felix ein schlechtes Gewissen ein-
zureden und ihn in den Krieg zu treiben. „Wer nicht
mitgekämpft hat, wird nach dem Sieg nichts gelten!
Und unser Sieg ist gewiß!" Das waren die Worte ihrer
Schwiegersöhne gewesen, wieder und wieder. Sie und
Max hatten dazu geschwiegen, feige, zumal als Zivil-
personen vor Offizieren. Es wäre jedoch ihre elterliche

Pflicht gewesen, Felix zum Warten zu überreden und mit ihm Zeit zu gewinnen, vielleicht hätte das Militär ihn schließlich ja gar nicht mehr eingezogen. So fühlte sich Magda Krüger, ein überaus schuldempfänglicher Mensch, mitverantwortlich für den Tod ihres Sohnes und haßte sich.

Sie würde lange nicht mehr aus dem Haus gehen.

Ihren Mann dagegen zog es zum Stammtisch. Er wußte, daß ein Kriegstoter nicht nur ein privater Trauerfall war, sondern auch eine öffentliche Angelegenheit. Solange sein Sohn als vermißt gegolten hatte, war Herr Dr. Krüger der Weinstube mitsamt seinen Zechbrüdern ferngeblieben, aus Angst, spätestens nach dem zweiten Schoppen seinen Befürchtungen und Zweifeln, Felix betreffend, freien Lauf zu lassen. Schließlich saßen in der Runde gleich mehrere Väter von toten oder verwundeten Söhnen! Jetzt, mit der neuen Gewißheit, traute er sich erstmals wieder hin und trug dazu am Revers Schwarzweißrot, obwohl die Republik, in der Krüger seit einem halben Jahr lebte, die Reichsfarben abgewählt und durch Schwarzrotgold ersetzt hatte. Am Tag zuvor war die Traueranzeige mit dem Eisernen Kreuz in der Zeitung erschienen. Alle mußten sie gesehen haben, und nun war es höchste Zeit, sich selbst zu zeigen, als Vater, der ebenfalls einen Sohn geopfert hatte.

Er schritt an einem lauen Frühlingsabend durch das wohlerhaltene Esslinger Mittelalter. Im Gewirr der Gassen hörte er Schritte näherkommen und dachte: In einer Stadt wie dieser hat man leicht das Gefühl, daß gleich ein Stauferkaiser mit seinem Gefolge um die Ecke biegt, und einen Erlöser wie den *Rotbart lobesam* könnten wir in der Tat gut gebrauchen, also, Kyffhäuser, öffne dich! Aber es waren diesmal nur drei, vier Spartakisten, die Krüger böse anblickten, mit dem Knüppel bedrohten und ihm ein Flugblatt aufnötigten, das zum Streik rief. Er kannte den Wisch bereits, hatte ihn am Morgen eigenhändig vor seiner Fabrik eingesammelt, wo dieselben Politrabauken schon zum Arbeitsbeginn um sieben Uhr erschienen waren, um seine Belegschaft zu agitieren, mit den Worten: „Für den Sozialismus! Schlag acht heraus auf die Straße!!" Krüger hatte sich fünf Minuten früher ans Tor gestellt und den Arbeitern, die an ihm vorüber wollten, traurig und vorwurfsvoll in die Augen geblickt, wortlos. Das mußte genügen, nach all der väterlichen Fürsorge, die er in Jahrzehnten für seine Leute hatte walten lassen. Und es genügte auch! In seinem Betrieb war jedenfalls an diesem Tag nicht gestreikt worden. Daraus hatte der Chef mit Zufriedenheit geschlossen, daß die Macht nach wie vor in seinen Händen lag. Nichts war verloren!

Alle in der Weinrunde versteckten ihre Trauer, „Heldenväter", die keine Tränen zeigen durften. Alle waren sie um fünfzig, zwei Lehrer, ein Pfarrer, ein Apotheker und ein Fabrikant. Und alle, einst stramme, füllige Männer, hatten abgenommen vor Trauer und Sorge, ihre Haut war schlaff und faltig, mancher Hemdkragen zu weit geworden, und selbst der Rote vom Schenkenberg schmeckte nicht mehr wie früher. Es galt ja nicht nur, das private Unglück zu ertragen, sondern ebenso das öffentliche. Die Monarchie war untergegangen, sogenannte Republikaner hatten den Staat an sich gerissen und bestimmten die Politik, wenn auch schlecht. Darum fanden seit Beginn dieses verflixten Neunzehnerjahrs überall im Land Rebellionen statt, Straßenkämpfe, Schießereien. Auf manchem Dach flatterte die rote Fahne. Sondertruppen aus der Hauptstadt, mit Schießbefehl, wie man hörte, zogen in etlichen Orten ein, womöglich auch bald hier. Die Zukunft, so hieß es, gehöre jetzt anderen Leuten, nicht mehr ihnen und ihresgleichen. Am schwersten, unfaßlichsten aber: daß der Krieg verloren war! Gegen diese wuchtige Tatsache kämpften die Männer in der Runde mit unerhörter Heftigkeit, selbst im Sitzen rannten sie dagegen an. Wäre der Krieg gewonnen, hätten Tod und Leiden ihrer Söhne einen Sinn. Ein verlorener Krieg jedoch entwertete die gebrachten Opfer, und ihre Söhne waren ganz und gar umsonst gefallen oder verstümmelt worden. Das durfte nicht sein! So tischten sie sich gegenseitig in den schrillsten Tönen ihre Wunsch- und Wahnvorstellungen auf, schrien, kreischten, faselten kreuz und quer durcheinander, was die aufputschende Mischung aus Alkohol, Trauer und Propaganda ihnen eingab.

Etwa: Der Krieg wurde gar nicht verloren, sondern nur zu früh beendet! Mit ein paar weiteren Opfern wäre er noch siegreich zu Ende gebracht worden.

Oder: Unsere Toten mahnen die künftige Jugend, den Krieg wieder aufzunehmen, um ihn zu gewinnen und die verletzte Ehre der Nation zu heilen!

Oder auch: Die Toten sind überhaupt nicht tot, sie leben in einer großen Kameradschaft mit den Nichttoten und treiben sie täglich zu nationaler Erneuerung an. So stehen sie immer noch fest und treu im Feld!

Viel Zuspruch kam von den Nachbartischen oder durch eines der häufig zum Lüften geöffneten Fenster herein. Und nur ein unsichtbarer Zaungast rief mit klarer, durchdringender Stimme wie aus dem Jenseits:

„Es herrscht doch Frieden, ihr Herren! Was ich bei euch aber vermisse, ist das Wort F-r-i-e-d-e-n!"

„Wir wollen deinen Frieden nicht!", schallte es mehrstimmig zurück, „denn es ist ein fauler Friede!" Köpfe fuhren herum, Blicke suchten den Zwischenrufer, fanden ihn aber nicht. Worauf sich ein giftiges Gekeife aus Flüchen, Verwünschungen und Drohparolen erhob, das für Minuten den Raum füllte.

Herr Krüger blieb auch jetzt als einziger leise und hielt sich zurück. Im Politischen, besonders wenn es radikal ausschlug, war er eher unentschieden, ja, sogar weich und wankelmütig, ganz anders als im Ökonomischen. Der gesunde Reflex eines Geschäftsmanns, wie er glaubte, der schließlich mit allen handeln wollte, nicht nur mit Gleichgesinnten. Ob der Tod seines Sohnes einen nationalen Sinn besaß, war für ihn zweitrangig, was er am Stammtisch freilich nie eingestanden hätte. Weitaus wichtiger war der grausame Umstand, daß Felix nicht mehr sein Nachfolger werden und die Fabrik übernehmen konnte: *Doktor Krüger – Essig, Gurken, Senf.* Ein Traditionsunternehmen in der dritten Generation! Alles war schon besprochen gewesen, der Junge hatte bereits, wie einst sein Vater, mit dem Studium der Chemie, Schwerpunkt Lebensmittelkunde, begonnen gehabt. Dann der Krieg, dann der Tod. Jetzt durfte Max Krüger seinen Betrieb noch zwanzig Jahre lang alleine leiten, bis vielleicht einer seiner Enkelsöhne für die Geschäftsübernahme reif war. Aber, er wagte kaum, es zu denken, auch als Toter konnte Felix seinem Vater noch nützlich sein, das durfte vor lauter Sentimentalität keinesfalls übersehen werden. Denn ob der Krieg verloren war oder nicht: Auch in Zukunft, ganz sicher, würde ein nationales Opfer in hohem Ansehen stehen, und Felix' Heldentod einen gewissen Glanz auf die Firma werfen. Sein Sohn war zwar nicht der erste Soldat in der Familie, aber der erste tote Soldat! Darum gehörte sein Name an den Familiengrabstein auf dem Stadtfriedhof, mitsamt dem Eisernen Kreuz und den weithin bekannten Regimentsziffern. Noch besser freilich wäre, wenn Felix dort ein eigenes Grab hätte, soldatisch hübsch und bescheiden wie das Grab eines Lützowschen Jägers nach den Befreiungskriegen. Aber gut sichtbar die Inschrift: *Kriegsfreiwilliger* und *Gestorben für das Vaterland*!

Krüger erschrak über seinen Egoismus, wenn auch nicht allzu sehr. Er sagte sich: Eine Firma wie die unsrige führt man nicht mit Selbstlosigkeit. Wieder draußen, unterwegs in den Gassen, diesmal auf dem Heimweg, kam er ins Schwitzen und atmete schwer und schwerer, mit dem Gefühl, als werde in seinem Innern ein Ballon aufgeblasen, der ihm nach und nach die Luft abdrückte. Beklommen zog er seinen Hut und fächelte sich Wind zu, solange bis ihm unbeherrschbar die Tränen ausbrachen, und er für seine Verhältnisse eine ganze Weile und in kurzen starken Stößen weinen mußte. Das war anstrengend, tat aber wohl. Trotzdem wollte Herr Dr. Krüger, der die halbe Stadt mit Saurem und Scharfem versorgte, in dieser Verfassung von niemandem angetroffen werden. Er hoffte, mit dem Mond über den Dächern alleine zu sein. Sich wieder zu beherrschen, gelang ihm erst, als er vernahm, daß sein Weinen im Widerhall der Altstadtgassen wie Gelächter klang.

Max und Magda Krüger benötigten jedoch mehr Mut als geahnt, um an das Grab ihres Sohnes aufzubrechen. Es würde ihre erste große Reise werden, nicht nur ins Ausland, sondern ins feindliche Ausland, in dessen Erde ihr vom Krieg ausgelöschtes Kind lag, als eine Art Gast für immer und ewig. Das waren Vorstellungen, die ans Nichtmehrwirkliche grenzten und ihnen bisweilen wie Wahnvorstellungen erschienen. Und die sich in Träumen so oft wiederholten, daß sie vollends bedrohlich wurden. Bei Frau Krüger weckten sie immer neue Schuldgefühle, bei Herrn Krüger die Angst, nicht mehr klar denken zu können. Darum zauderte das Ehepaar, schreckte wieder und wieder zurück vor diesem Grabbesuch. Und während der Mann erwog, auf die bevorstehende Frankreichfahrt seine Pistole mitzunehmen, dazu ausreichend Munition, beschloß sie, sich für die Reise mit Schlaf- und Beruhigungsmitteln einzudecken. Schließlich füllten die beiden mit vereinten Kräften den Antrag auf Reisegenehmigung aus und adressierten ihn an das nächste französische Konsulat. Würde ihnen ein Visum erteilt und zugeschickt, hätten die Krügers keine Ausrede mehr. Sie warteten Woche um Woche und waren, jeder für sich, insgeheim froh und auch dankbar, daß das bürokratische Verfahren sich in die Länge zog.

Elsie Norton und ihr Mann

James saß am Fenster und regte sich nicht, stundenlang. So fand er Erholung von seinen kraftraubenden Nächten. Die Tage kamen ihm erträglich vor, da fühlte er sich vom Licht beschützt. Erst wenn es dunkel wurde, suchten seine Gespenster ihn heim, verläßlich. Nein, der Nacht entkam James Norton nie. Er schlief wenig oder gar nicht. Dämmerte er vor Müdigkeit einmal weg oder nickte ein, riß die nimmermüde Angst ihn sofort wieder hoch und ließ ihn um sich schlagen: allzeit bereit zur Gegenwehr! Es dauerte, bis er wußte, wo er war und wo nicht. Am härtesten setzten ihm Gewitter zu, dieses Flackern und Rollen in der Ferne, eine Wand aus Stahl und Feuer, die unweigerlich näherrückte. Regen beruhigte ihn, ein Geräusch des Vergessens. James versuchte, nicht an den Krieg zu denken, aber der Krieg dachte an ihn. Um Elsie nicht zu wecken, stand er meistens auf und ging in die Küche. Dort griff er sich den Gin. Schluck um Schluck befeuerte er seine Sehnsucht, wieder gesund zu werden und ungestört mit seiner Frau zusammenzuleben. Ein Hauch von Lebensmut kehrte in sein Herz zurück. Und mit dem Lebensmut die Scham, die ihn seine Schwäche spüren und voller Selbstverachtung ausrufen ließ:

„Wozu will sie ein Kind von mir, sie hat doch eins: mich!?"

Wenn er sich in die Küche verzog, war Elsie in der Regel bereits wach. Auch sie schlief viel zu wenig und trat oft übernächtigt und zerschlagen ihren Dienst im Krankenhaus an. Wenn sie in solchen Augenblicken liegen blieb und sich schlafend stellte, dann nur, um ihrem Mann nicht das Gefühl zu geben, er sei wieder einmal bei seinen Ängsten ertappt worden. Überall im Land herrschte Frieden, nur unter ihrem Dach hörte der Krieg nicht auf! Auf seinem Höhepunkt hatten sie sich ein Eheversprechen gegeben, gleich nach dem Waffenstillstand geheiratet, und jetzt, im Frühjahr 1919, wäre es eigentlich an der Zeit gewesen, wie vereinbart eine Familie zu gründen. Doch sie taten es nicht, wie auf Verabredung, obwohl beide nie ein Wort darüber verloren. Seit dem Krieg lag eine Art Niemandsland zwischen ihnen, das keiner durchqueren oder mit seiner Stimme überbrücken konnte. James war wie gelähmt, sowohl seelisch als auch körperlich, und tagaus, tagein damit beschäftigt, seine Angst, seinen Ekel, seinen Schrecken zu verscheuchen.

Elsie verstand die Leiden ihres Mannes nicht, obwohl sie Krankenschwester war. Sie verstand die Leiden von Rosalynns Mann, der im Krieg einen Arm sowie einen Teil seiner Schulter verloren hatte und dem beidseits das Trommelfell geplatzt war. Alles langwierige, folgenreiche Verwundungen, zweifelsfrei vom Krieg verursacht. Jims Verletzungen dagegen waren unsichtbar und rührten von einem Krieg her, den sie sich nicht vorstellen konnte. Mit allem hatte sie gerechnet, selbst mit dem Tod, nicht aber mit undefinierbaren Seelen-schmerzen. Längst zweifelte Elsie an ihrem Mann, ja, sie mißtraute ihm und seinem vermeintlichen Elend sogar. War das noch jener James Norton, mit dem sie sich einst eine gemeinsame Zukunft erträumt hatte?

Sie haßte sich, um nicht ihn zu hassen.

Bevor sie zur Arbeit ging, kochte sie ihm vor, jeden Tag. Tee brühte er sich selbst auf, eine große Kanne voll, die bis zum Abend reichte. Wenn sie Abschied nahm, hatte er sich bereits eine erste von zahllosen Zigaretten angesteckt und nickte ernst aus seiner Rauchwolke zu-rück. Anfangs hatte sie ihm den Gin noch versteckt oder verboten, inzwischen kümmerte es sie kaum mehr, ob er trank, wenn es nur nicht zu viel war. Sie ließ ihren Mann und seine Leiden hinter sich, wenigstens bis zum Abend. Draußen, vor den unversehrten Fachwerkhäu-sern der Stadt, kam alles, was sich in ihren vier Wänden zutrug, ihr zusehends unwirklicher vor. Exeter war der Krieg kaum anzumerken, nur mehr Trauerschwarz als in besseren Zeiten fiel im Straßenbild auf, auch zeigte sich bisweilen ein Kriegsversehrter. Trotzdem, so dachte diese junge Frau mit viel Selbstmitleid, alle haben den Krieg gewonnen, nur James und Eliza Norton haben ihn verloren!

In der Klinik tat sie ruhig und gefaßt ihren Dienst. Andere Leiden wollten hier geheilt werden. Am lieb-sten arbeitete Elsie in der Kinderabteilung. Kinder waren so mutig vor ihrer Krankheit, wahre Helden! Manchmal wollten sie sogar singen mit Schwester Elsie, um sich noch mehr Mut zu machen. Nur selten sehnte sie sich tagsüber nach Jim und den glücklichen Zeiten mit ihm. Und immer öfter weinte sie um ihn, als wäre er tot.

Aus dem Krieg hatte James niemals Beunruhigendes geschrieben. Während des Fronturlaubs war ihr nichts Ungewöhnliches an ihm aufgefallen. Und auch nach dem Krieg schien er der alte zu sein. Überhaupt erzählte er so gut wie nichts von der Front, nicht in Briefen, nicht im Urlaub, nicht danach, und sie fühlte sich durch sein Schweigen ermutigt, ihn nichts zu fragen. Alles schien auf ganz und gar alltägliche Art in Ordnung zu sein. Ihr Beruf half Elsie über seine zweieinhalb Kriegsjahre in Frankreich hinweg, sie war abgelenkt dank ihrer Tätigkeit im Krankenhaus, dank all der aufreibenden Tag- und Nachtschichten in stetem Wechsel. Daß es auch während der opferreichsten Phasen des Kriegs daheim noch normale Kranke gab, tat ihr wohl und gab ihr wunderbarerweise die Möglichkeit zu helfen. Natürlich las sie Zeitung und fürchtete um ihren Verlobten. Doch nie erging es ihr wie ihrer Freundin Tess, die in vertrauter Runde mehr als einmal erzählte, wie sie im Sommer 1916 Erdbeeren gepflückt hatte, stundenlang bis in den Abend, während ihr Mann an der Somme kämpfte, und sie auf dem Feld zwischen den Beerenreihen in einen höheren Zustand geriet und am eigenen Leib seinen Durst, seine Furcht, seine Nervenqual verspürte, denn davon hatte er ihr aus dem Krieg geschrieben, von Höllendurst und Höllenlärm, so daß sie ihn trösten mußte über alle Fernen hinweg mit Worten und Früchten, so reif, so saftig sind sie, nimm und iß, und schob ihm ihre Erdbeeren, süß, kühl, duftig, über seine rissigen Lippen in den ausgetrockneten Mund.

Elsie staunte, leicht beschämt. Nein, über solche Seelenkräfte verfügte sie nicht.

Ein zweites Mal eine derart innige Verbindung herzustellen, hatte Tess jedoch nicht geschafft, und wenig später war ihr Mann gefallen.

Wer so wie diese Freundin einen Kriegstoten zu beweinen hatte, blieb später den Siegesfeiern fern. Die meisten, ohne es zuzugeben, feierten jedoch keineswegs den Sieg, sondern: daß der Krieg vorüber war. Und das Tor zur Zukunft sich öffnete, für alle außer den Gefallenen. Welch ein Glück, endlich wieder Zeit für das eigene Leben zu haben! Als Elsie und James heirateten, waren sie beide dreißig Jahre alt. Ein Alter, das weder Aufschub noch Zögern duldete. Das Ehepaar bezog eine erste gemeinsame Wohnung am Rand der Innenstadt, und zum Frühlingsanfang nahm James seinen Dienst im Rathaus wieder auf, als Verwaltungsinspektor beim städtischen Planungsamt für Verkehrsfragen, der als ordensgeschmückter Leutnant der Infanterie mit Sicherheit eine glänzende Beamtenkarriere vor sich hatte. Bis zum Beginn ihrer ersten Schwangerschaft wollte auch Elsie unbedingt berufstätig bleiben. Allein in der Stadt unterwegs, schaute sie sich bisweilen schon nach Säuglingskleidern um.

Früher, während der langen Monate seiner Abwesenheit, hatte Elsie keine Sekunde vergessen, wo er war: an der Front. Eine Gewißheit, die sich wie ein unvergänglicher Schatten auf jedes Gefühl gelegt hatte. Jetzt, während ihrer stundenweisen Trennung an den Arbeitstagen, ergriff sie jählings die Freude, wenn ihr einfiel: Er ist ja nur im Dienst, er ist ja nicht im Krieg!

Was sie in ihrem Hunger auf Liebe, Zukunft und Gemeinschaft jedoch übersah oder zumindest nicht recht beachtete, das waren die kleinen Auffälligkeiten in Jims täglichem Verhalten, seine Schreckhaftigkeit etwa, das langwierige, unruhige Einschlafen fast jede Nacht, seine Tagträume und geistigen Abwesenheiten, aus denen seine Frau ihn oft und öfter energisch zurückrufen mußte, meist mit den unzarten Worten:

„Schläfst du wieder mit offenen Augen?!"

Sonntags unternahmen die beiden Ausflüge aufs Land oder ans Ufer des Exe, am liebsten dorthin, wo dieser sanfte, heimatliche Fluß begann, sich zum weltoffenen Meer zu weiten. Der Krieg war auch an solchen Tagen kein Thema zwischen ihnen, und Elsie vergaß ihn mehr und mehr. Nur eine sonderbare Angewohnheit ihres Mannes erinnerte sie hin und wieder noch an ihn, nämlich wenn Jim fremde Leute in Trauerkleidung entdeckte und sie für die Hinterbliebenen von Kriegsgefallenen hielt, dann mußte er wie unter Zwang zu ihnen hinlaufen, um zu kondolieren. Nach seiner Rückkehr war er jedes Mal noch eine Weile bleich und stumm und kämpfte sichtlich mit Gefühlen. Sie aber verbarg ihm zuliebe sowohl ihren Ärger als auch ihr Staunen über ein Verhalten, das sie peinlich berührte und für ziemlich idiotisch hielt.

Ein wenig Zerstreuung hätte ihr und gewiß auch ihrer Geduld gutgetan, zum Beispiel ein- bis zweimal in der Woche abends zum Chorsingen zu gehen, so wie früher. Ihr schweres Herz wäre wenigstens für Stunden leichter geworden. Seit ihrer Kindheit glaubte Elsie an das Singen und seine heilsame Wirkung. Sie hatte immer gesungen, zuerst im Schulchor, dann im Kirchenchor und zuletzt in einem freien und gemischten Chor für internationales Liedgut. Aber dieser Chor war noch im ersten Kriegsjahr aufgelöst worden. Erstens, weil es anstößig sei, fröhliche Lieder zu singen, „während unsere Jungs an der Front leiden und sterben", zweitens, weil auch deutsche Lieder zum Repertoire gehörten, und *Ännchen von Tharau* oder *Muß i denn zum Städtele hinaus* von nun an als feindliche Volkslieder galten, die in England niemand mehr hören wollte. Besonders zauberhaft hatte aus Elsies Mund das Wort „Städtele" geklungen.

In seiner dritten Arbeitswoche brach James zusammen, und seine Kollegen brachten ihn nach Hause. Es schien eine Art Schwächeanfall gewesen zu sein, begleitet von Tränen und wirren Reden. Anschließend kam seine Nachtunruhe auf, und manchmal schrie er sogar im Schlaf, oder seine Frau meinte, ihn irgendwo in der lichtlosen Wohnung klagen und weinen zu hören. Darauf angesprochen, sagte Jim: „Vielleicht habe ich zu früh wieder mit dem Arbeiten begonnen, ich werde mich an den Frieden wohl erst noch gewöhnen müssen." Und er versuchte zu lachen. Damals bat er sie auch, mehr Gin zu kaufen. Elsie aber gab sich mit seiner Antwort zufrieden, die Krise ihres Mannes war offensichtlich nur ein unbedeutendes Stolpern auf ihrem gemeinsamen Weg in die Zukunft gewesen. Mitte Mai fühlte James sich genesen und erholt und trat erneut seinen Dienst an.

Doch schon bald kehrte die Schwäche zurück, und zwar an jenem Tag, den er für einige Stunden im Untergrund der Stadt zubringen sollte, um dort mit Hilfe eines Ingenieurs zu prüfen, ob die Gewölbe einer mittelalterlichen Wasserleitung stabil genug waren für den ständig zunehmenden Verkehr auf den Straßen darüber. In den engen, niederen, tunnelartigen und nur behelfsmäßig erleuchteten Stollen überkam James schwere Platzangst, die er zwar fürs erste unterdrücken konnte, die ihn schließlich aber unter Zittern, Schwindel und Atemnot in die Knie zwang. Nur geführt und gestützt von seinem Begleiter, gelang es ihm, wieder ans Tageslicht heraufzusteigen.

Dieses Erlebnis verschlimmerte seinen Zustand, auch daheim war er jetzt ängstlich, nervös und schwankte beim Gehen, nicht nur wenn er getrunken hatte. Manchmal stakste er herum wie einer, der grade das Laufen lernt. Es schien, als hätte der Besuch in den Stollen noch den letzten Dämon in ihm geweckt. Nachts plagten ihn von nun an auch Alpträume, „mit Bildern vom Krieg", wie er ausrief, „noch schrecklicher als der Krieg selbst!" Elsie antwortete ihm gereizt: „Jimmy, das sind nur Träume, die kommen und gehen, du mußt dich gedulden, du bist erschöpft." Doch den Gedanken, daß seine Leiden, mehr als ihr lieb sein konnte, vom Krieg herrührten, wurde sie nicht mehr los. Und so überredete sie ihn kraft ihrer Autorität als Krankenschwester, einen Arzt aufzusuchen. Jim willigte ein, bestand aber auf einem Arzt in dem für seinen Geschmack weit genug entfernten Nachbarort T. Denn niemand sollte in der engeren Heimat auch nur den geringsten Anlaß zu der Vermutung haben, daß er, James Norton, nicht unverletzt aus dem Krieg heimgekehrt sei. Elsie begleitete ihn auf der Zugfahrt dorthin, und noch vor Einbruch der Nacht war man wieder zu Hause.

Die Diagnose hatte *shell shock* gelautet, ein Wort, das noch neu war und sich erst allmählich ausbreitete, weshalb der Arzt in gelangweiltem Ton angefügt hatte, was es bedeutete, nämlich: nervliche Zerrüttung infolge von Kriegserlebnissen. Wie um das Paar zu trösten, schob er die Bemerkung nach, daß ganze Bataillone britischer Soldaten seit den Materialschlachten auf dem Kontinent darunter litten. Und er verordnete Jim Beruhigungstropfen, viel Ruhe bei Tag und bei Nacht sowie „jede Menge friedliche, heitere, entspannte Situationen". Das beste Mittel gegen *shell shock* sei zweifellos das Vergessen, woraus folge:

„Der Mann denkt auf keinen Fall an den Krieg, und die Frau unterläßt alles, ihn daran zu erinnern. Begegnungen, Orte oder Menschen, die Erinnerungen an den Krieg wachrufen könnten, sind unbedingt zu meiden."

So verblasse das unliebsame Geschehen in kürzester Zeit, und schließlich, man müsse nur fest daran glauben, sei die Vergangenheit vergangen. Das ganze Land bedürfe einer solchen Therapie, was die Universität von Oxford offenbar zuerst begriffen habe, denn immerhin fordere sie von den ehemaligen Soldaten unter ihren Dozenten, in jeder Vorlesung, in jedem Seminar, in jeder Übung von eigenen Kriegserlebnissen zu schweigen. Eisern! Außerdem schrieb der Arzt seinen Patienten für eine unbefristete Dauer krank und entließ ihn mit sportkameradschaftlichem Schulterklopfen.

Elsie fühlte sich rundum bestätigt:

„Siehst du, es sind bloß Bilder, Träume, unnütze Vorstellungen. Und wir vertreiben sie!"

Doch Jim fühlte sich beschämt und war voller Wut. Er verdiene diese „Friedenskrankheit" nicht, schimpfte er, an der Front jedenfalls habe sie ihn nicht geplagt, an der Front sei er „besser in Form" gewesen und „kein Nervenbündel", an die Front wünsche er sich darum auch wieder zurück.

„Ein guter Soldat wird niemals irre!", schrie er im Stehen und ballte die Faust.

„Blödsinn!", hielt Elsie mit viel zu lautem Lachen dagegen und umarmte ihn, „ich lasse dich nicht noch einmal in den Krieg ziehen, sondern schleife dich hinter mir her in die Zukunft, wenn es sein muß. Du weißt, daß ich eine große, große Egoistin bin! Wenn das Glück nicht freiwillig zu mir kommt, dann zwinge ich es eben!"

Und sie ballte ihre Faust um seine.

So oft es ging, schuf Elsie von nun an Feierstimmung. Sie war froh, endlich etwas tun zu können und deckte wieder und wieder festlich den Tisch, kochte nach Kochbüchern französisch oder noch exotischer und servierte teure Weine aus halb Europa. Sich selbst bot sie in einem kühnen neuen Kleid dar, außerdem geschminkt und parfümiert wie nie. So gelang es dieser jungen Frau, ihren tief melancholischen Mann seit langem wieder einmal zu verführen, doch Jim war auch als Liebhaber geschwächt und wandte sich seufzend von ihr ab. Elsie tröstete ihn, küßte ihm die Stirn, streichelte seine Wangen, flüsterte Treueschwüre in sein Ohr. Trotzdem, von da an verweigerte er ihr jede körperliche Nähe, selbst den zärtlichen Blick, den sie bei ihrer Rückkehr von der Arbeit bisweilen noch zugeworfen bekam. Und mit erstickter Stimme rief James Norton:

„Du solltest dich ekeln vor mir! Ich schwitze wie ein Grabenschwein, stinke nach Schnaps und kotze oft, jetzt ist mir auch noch die Männlichkeit abhanden gekommen. Gib mich auf, Elsie, laß mich hinter dir, ich bin nichts mehr wert, mit mir findest du nie dein Glück! Ich tauge nur noch fürs Invalidenheim, mit schwarzem Dreispitz und rotem Veteranenrock, damit jeder gleich sieht, was für ein Wrack dieser Kerl ist."

Doch Elsie fuhr unverdrossen fort, auch wenn ihr nicht immer danach war, feierlich den Tisch zu decken, fein zu kochen, sich herauszuputzen und viel Zukunftsstimmung zu verbreiten, ja, manchmal sang sie sogar für ihren Mann, leise, flehende Lieder. Solange, bis er eines Abends das damastene Tischtuch über all den Tellern, Gläsern, Kerzenständern und dampfenden Speisen zusammenraffte, um es zu einer Art Bündel zu schnüren und ohne ein einziges Wort durch das offene Fenster ihres Wohnzimmers im ersten Stock in den dunklen Vorgarten hinunterzuwerfen.

Anderntags schrieb Elsie ihren Freundinnen Rosalynn und Tess, um sie zu einem baldigen Treffen zu bitten. Sie kannte die beiden von Wohltätigkeitsbasaren zugunsten von Kriegswaisen, und man hatte sich auch in den bittersten Stunden gegenseitig Halt gegeben, etwa als Tess' Mann gefallen und Rosalynns Mann lebensgefährlich verwundet worden war. Eine Freundschaft, wie es sie in der Vorkriegszeit kaum gegeben hätte, zwischen drei jungen Frauen von unterschiedlicher Standesherkunft: Elsie war die Tochter eines niederen Angestellten, die gegen den Willen von Vater und Mutter einen Beruf erlernt hatte, Tess stammte aus schwerreichem Haus, hatte von Geburt an ausgesorgt und lebte auf dem Landgut ihrer Eltern, Rosalynn hingegen war eine Arbeitertochter und seit ihrer späten Kindheit selbst Arbeiterin, die bis gegen Kriegsende in einer Munitionsfabrik geschuftet hatte und jetzt ihr erstes Kind erwartete.

Seit Friedensbeginn waren die drei Freundinnen sich nicht oft begegnet. Tess hatte sich in Trauer zurückgezogen und gab von sich aus inzwischen kein Lebenszeichen mehr, Rosalynn war in eine Stadt an der Küste übergesiedelt, weil ihr kriegsversehrter Mann im dortigen Hafen eine Anstellung als Nachtwächter gefunden hatte. Wenn jedoch ein Notruf von Elsie eintraf, mußten beide ungesäumt zur Stelle sein, und sie warteten gespannt in einer stillen Nische jenes Innenstadtcafés, in dem man sich früher bereits öfter getroffen hatte. Die Ahnung, daß etwas Wichtiges zu verhandeln sei, hielt ihnen den Mund geschlossen. Doch Elsie hatte in ihrem knappen Brief nur das Nötigste mitgeteilt und Jims übelste Ausfälle unterschlagen. Jetzt saß sie demütig und blaß zwischen ihren Freundinnen und wußte nicht, ob sie als Anklägerin oder als Angeklagte hierher gekommen war. Insgeheim fürchtete sie nämlich, für die Leiden ihres Mannes verantwortlich gemacht zu werden und vor ihren Freundinnen als Versagerin oder zumindest als schlechte Ehefrau dazustehen.

Rasch hatte sich bei einem Glas Sherry, wie es schien,

die alte Vertrautheit wieder eingestellt, und Elsie begann ihren Bericht, ohne mit Häme oder Schadenfreude zu rechnen. Ernst und neugierig lauschten die beiden anderen, keine von ihnen unterbrach sie. Nur als das Wort *shell shock* fiel, entstand eine Pause, weil Elsie die Luft wegblieb, und sie meinte, das Wort wiederholen zu müssen, was sie aber viel zu leise tat, so daß sie es noch ein drittes Mal aussprach.

„Was soll das sein, *shell shock?*", fragte es aus der Runde.

Elsie variierte frei und sagte: „Seelenverletzung, Angstneurose, Granatschrecken."

Darauf Rosalynn: „Gilt das heute als Kriegsverwundung?"

Und Tess: „Der Krieg ist zwar vorbei, aber der Schock hält noch an, was?"

Elsie verspürte den Wunsch, Jim zu verteidigen. Aber sie tat das Gegenteil und gab zu, daß sie seit Monaten mehr und mehr an ihm und seiner Ehrlichkeit zweifelte. Daß sie zusehends auch an ihm *ver*zweifelte, verriet sie ihren Freundinnen nicht. Ein letzter Reflex von Selbstschutz zwang sie, auf keinen Fall preiszugeben, wie wund sie in ihrem Innern inzwischen war. Und so sagte sie nur:

„Ich liebe ihn noch und will ihn nicht verlieren."

Die beiden anderen nickten kurz und trocken.

Rosalynn, die James Norton immerhin von zwei Hochzeitsfeiern und einigen Tanzvergnügungen kannte, welche die Freundinnen mit ihren Männern besucht hatten, gab Elsie recht: Sie dürfe ihren Mann nicht aufgeben, er brauche seine Frau, „und Liebe ist schließlich nie die falsche Antwort auf Leid". Es sei viel leichter, so wie ihr eigener Mann, eine „richtige Wunde" zu haben, denn der „Schmerz hilft und lenkt ab", während einer seelischen Verletzung ja wohl das „Eindeutige" und „Wahrhaftige" fehle. „Was dein Jim vermißt, ist eine Wunde, die beweist, daß er ein kriegstauglicher Soldat war. Vielleicht schämt er sich für kleine Drückebergereien an der Front, dafür, daß er nicht tapfer genug war und nur wenig zu unserem Sieg beigetragen hat, mir kam er ja immer ein bißchen weich und ängstlich vor, dein Offizier."

Elsie würgte dieses Urteil so unauffällig wie möglich hinunter, ahnend, daß Tess' Urteil noch vernichtender ausfallen würde, als Urteil einer Witwe, die verbittert sein mußte und ihren eigenen Verlust wahrscheinlich nur zu gern teilte. Wenn schon die Frau mit dem verstümmelten Mann so redete wie Rosalynn, wie mochte dann wohl die Frau reden, deren Mann im Krieg umgekommen war? Tess hatte Jim nie persönlich kennengelernt, sie wußte lediglich von ihm aus den schwärmerischen Erzählungen der frisch verliebten Elsie. Und so sprach sie denn auch von ihm als einem „Fall", der aber nicht schwer zu verstehen sei. „Die Besten sind im Krieg geblieben, verzeih, Rosalynn, wer aber vollkommen unverletzt heimkehrte, der ist verdächtig, mir jedenfalls." Einer wie Jim könne vielleicht seiner liebenden Ehefrau etwas vorspielen, einer Frau wie ihr jedoch nicht. Der Schmerz habe sie hellsichtig gemacht, weshalb Elsie ihren Rat bedingungslos annehmen könne: „Gib diesen Mann auf, er ist ein Betrüger und wird dich unglücklich machen!" Elsie wehrte sich nicht, denn allzu genau, wenn auch brutaler, benannte Tess ihre eigenen Zweifel. Sie konnte nur den Kopf senken, um neue Schläge abzuwarten. Dieser James Norton, fuhr Tess fort, wolle sich eine Kriegsinvalidenrente erschleichen, und da er keine beweiskräftige Verwundung vorzuzeigen habe, erfinde er sich eine. Solche Fälle gebe es derzeit vermutlich tausendfach im Land, denn viel zu viele „Leute von ganz unten" seien als Soldaten in diesen Krieg geschickt worden. Kein Wunder, wenn sie jetzt auf betrügerische Art ihren Vorteil suchten, denn so sei es in diesen Kreisen üblich. Darüber empörte sich sogar Rosalynn, während Elsie gleichsam von innen ihre Ohren zuhielt, so wie im Krankenhaus manchmal, wenn sie helfen mußte, Notfälle zu versorgen, die stöhnten, schrien und klagten.

Gedankenleer und schleunig wie nie stapfte sie heimwärts, mit einem einzigen Ziel vor Augen: noch an diesem Abend die Entscheidung zu erzwingen. Als sie ihre Wohnung betrat, saß Jim in einem Sessel, den er in die Mitte des Zimmers gerückt haben mußte, um sich ihr darin zu präsentieren. Er sprach kein Wort, war totenbleich, starrte vor Entsetzen ins Leere und zitterte. Zu Elsies größtem Erstaunen trug ihr Mann sogar seine Leutnantsuniform mitsamt der Mütze und den schwarzen Stiefeln, grad als stehe er kurz vor der Abreise an die Front.

James Norton hatte an diesem Tag einen seiner furchtbarsten Anfälle erlitten, *picturedome* nannte er im Selbstgespräch die sich über ihm auftürmenden, dann auf ihn einstürzenden Bilder, die selbst ein Maler wie Turner nicht hätte übertreffen können. Mittlerweile

waren seine unwillkürlichen Kriegserinnerungen qual-
voller, als er wahrhaben wollte. Um sich in seiner Hilf-
losigkeit halbwegs davor zu schützen, hatte er die Uniform angezogen, und wäre ihm seine Pistole zur Hand
gewesen, er hätte sich diesmal gewiß erschossen, um
die Qual zu beenden.

Doch das alles sah Elsie ihm nicht an, so verblendet
war sie, und er konnte es seiner Frau nicht erzählen,
einmal aus Furcht vor der eigenen Unglaubwürdigkeit,
sodann aus Scham, nicht nur körperlich, sondern auch
in der Seele derart verunstaltet zu sein, daß sie solch
häßliche Bilder auswarf. Vor allem aber schwieg er, weil
die beiden doch untereinander sowie mit dem Arzt vereinbart hatten, zu Heilungszwecken jeder Kriegserin-
nerung auszuweichen.

Allein, Jim konnte nicht ausweichen, er hatte keine
Macht, mit dem Krieg in seinem Innern Schluß zu machen.

Wem hätte er etwa sagen können: Ich höre Geschütz-
donner aus Frankreich, über den Kanal hinweg und
Monate nach dem Kriegsende dringt dieser Lärm bis
nach Südengland direkt in mein Ohr, und ich muß mich
dazu nicht einmal anstrengen!?

Oder: Der Feind kommt durchs Niemandsland näher
und näher, Hunderte von deutschen Soldaten, mit Gewehren und aufgepflanzten Bajonetten. Ich sehe sie mit
Augen, die sich unter Schmerzen immer weiter öffnen,
so weit, bis mein Kopf ein einziges Riesenauge geworden ist. Ich schieße, mein Nebenmann schießt, wir
alle schießen. Der Feind fällt, einer nach dem andern
bleibt tot im Drahtverhau hängen und flattert dort von

nun an Tag und Nacht wie eine Vogelscheuche, glaub mir, das Mondlicht übertreibt alles noch, und ich kann es ihm nicht verbieten. Doch wenn ein Splitter, eine Kugel die Leichen im Stacheldraht trifft, zufällig, dann bäumen sie sich auf oder springen und zucken wie frisch getroffene Lebende. Irgendwann hängt jeder der Toten in Fetzen, traurige Wäsche auf der Wäscheleine. Ich aber kann nicht wegschauen mit meinem Riesenauge, damals nicht, heute nicht. Und bei jedem Wiedersehen sind die Bilder noch echter, noch feindseliger, noch furchterregender geworden.

Oder auch: Immer und überall drängen sich mir Kriegseindrücke dazwischen, hämisch oder triumphierend. Im Theater gräbt ein Panzer sich durch die Sitzreihen und zerquetscht die Zuschauer. Ich bin versucht, zu schreien: Deckung! Deckung! Ich schwitze, Angst schüttelt mich, so ein Bild ist mächtig, es kommt, wann es will, und geht, wann es will. Doch auch in meinen vier Wänden bin ich nicht sicher, ständig stiehlt sich der Krieg zwischen mich und die Dinge, aus allem macht er etwas anderes, ja, noch aus dem Unscheinbarsten, und gegen meinen Willen baut er den Alltag um: Im Pfeifen des Teekessels höre ich das Pfeifen der Granaten, in der Streichholz- oder Kerzenflamme erkenne ich die Flammenwerferflamme, die Schatten zwischen den Bäumen im Garten sind meine gefallenen Kameraden, das Rattern eines Eisenbahnzugs in der Ferne ist das bösartige Geratter eines Maschinengewehrs.

Oh, wie mühsam es war, für all das Worte zu finden und sie nicht wieder zu vergessen. Wer hätte gedacht, daß man nach diesem Krieg außer dem Gehen und dem Schlafen auch das Sprechen wieder lernen mußte.

Nein, Elsie sah und ahnte nichts von alledem, sie erkannte nur den verschüchterten Mann in Uniform vor sich, der auch seine Orden angelegt hatte, und blindwütig stürzte sie sich auf ihn, um alles Unklare zwischen ihm und ihr endlich in die Klarheit zu zwingen. Schamloser als es ihr gegeben war, hob sie die Röcke, setzte sich mit gespreizten Beinen auf ihn und küßte Jim in den Mund. Sie schlug ihm die Mütze vom Kopf, angelte sich die Schnapsflasche vom Tischchen daneben und nahm einen satten Schluck daraus. Auch klatschte sie ihm mehrmals mit der Hand auf die Wange, so als schlafe er und müsse geweckt werden.

„Los, Jimmy, los! Wir spielen Soldatenpuff hinter der Front, dort kennst du dich doch sicher noch aus, he?, das müßte dich heiß machen. Stimmt's?"

Es war nicht Elsies Stimme, die da schrie.

Sie fielen zusammen vom Sessel, Jim krampfte, drehte sein Gesicht weg, er konnte sich weder schützen noch wehren, viel zu sehr war er im Bann seiner Tagträume. Elsie zerrte an seinen Kleidern, ächzend wie eine Gewürgte:

„Los, mach mir ein Kind, ein Kind wird uns retten, Mann!"

Gleichzeitig zerriß es sie fast vor Trauer. Elsie fühlte den Frevel, den sie beging, nur zu genau: daß sie sich an ihrer Liebe vergriff, roh und verzweifelt, aber sie wollte nicht länger schonen und geschont werden, sie wollte nicht mehr flehen und bitten, sondern zertrümmern bis alles vollends kaputt war oder wieder lebenswert.

Sie ließ erst ab, als ihr Mann sie, gewollt oder ungewollt, einige Male hart am Kopf traf und ihr die Sinne schwanden. Fast die ganze Nacht lagen die beiden stumm nebeneinander, dort, wo sie hingefallen waren, aber ohne sich noch einmal zu berühren, und keiner von ihnen besaß die Kraft, aufzustehen und das Leben fortzusetzen.

Erst als es tagte, verließ Elsie das Zimmer, auf allen Vieren. Übernächtigt und völlig zerschlagen schleppte sie sich zur Arbeit ins Krankenhaus, mit rotgeweinten Augen sowie einem flüchtig retuschierten und kaum zu übersehenden schwarzblauen Fleck im Gesicht. So zog sie die strenge Nachfrage eines jungen Arztes auf sich, der nicht nachgab, bevor Elsie ihm alles bis hin zur letzten Nacht erzählt hatte. Wort für Wort ließ sie ohne Gegenwehr und bis zur Erschöpfung über ihre zuckenden Lippen kommen. Die beiden saßen auf einer Bank jenes kleinen Parks, in dem das Klinikpersonal oft die Arbeitspausen verbrachte. Der Arzt lächelte mild, als Elsie endete, ersparte ihr jeden Kommentar und führte sie an der Hand hinauf in sein Sprechzimmer. Soweit sie wußte, war er selbst für anderthalb Jahre bei der Sanitätstruppe im Krieg gewesen. Jetzt hielt er ihr, nach kurzem Suchen in seinen Regalen, ein Heft der Medizinzeitschrift *The Lancet* vors Gesicht, vom Februar 1918, und sagte, was sie darin lesen solle, nämlich den Aufsatz eines Dr. William Rivers mit dem Titel *Repression of War Experience - Über verdrängte Kriegser-*

fahrung, dessen Untertitel lautete: *Therapie durch Erin-*
nern, nicht durch Vergessen.

Ein wenig verwirrt trug sie es davon.

Und hörte hinter sich noch den leisen Ruf:

„Das wird Ihnen helfen, Schwester!"

Nach Feierabend setzte sie sich mit dem Heft in die
Lounge einer gehobenen Bar und bestellte ein Glas Bier.
Nach Hause konnte sie nicht, noch nicht. Dazu mußte
sich zuerst ihre Verfassung ändern, wie sie hoffte, durch
die ihr auferlegte Lektüre. Der Kellner fragte, ob er
gleich servieren dürfe, oder ob sie noch auf ihren Herrn
warten wolle. Sie antwortete, nein, sie warte nicht auf
ihren Herrn, sondern auf ihr Bier und verlange überdies, von niemandem mehr angesprochen zu werden.
Und Elsie las, und was sie las, packte sie, ließ ihr den
Atem stocken und die Wangen erglühen. Sie war psychiatrische Literatur nicht gewohnt, aber bei diesem Dr.
Rivers verstand sie jedes Wort, ja, jedes Wort traf sie in
die Seele und tat ihr wohl und weh zugleich. Lesend war
sie umringt von trinkenden Gästen, Männer am Tresen,
Männer in den Clubsesseln, Männer beim Billard, und
einige blickten immer wieder zu der jungen, unbeglei-
teten Frau herüber, mit Neugier und auch mit Begierde.
Doch keiner wagte es, die Lesende zu stören, zu abwei-
send, fast gebieterisch wirkte ihre angespannte Kon-
zentration, und für etwas mehr als eine Stunde besaß
die lesende Elsie Norton die Ausstrahlung einer Erleuchteten.

Auf dem Heimweg stellte sie sich in eine Mauerni-
sche und weinte bitterlich, das Gesicht zur Wand ge-
kehrt. Sie hatte James furchtbar unrecht getan, ja, was

durch Elsie geschehen war, konnte niemand verzeihen, nicht einmal sie selbst. Dennoch setzte sie ihren Weg fort, nach Hause. Wenn sie schon keine Vergebung finden würde, wollte sie wenigstens gerichtet werden. Das wäre nur gerecht!

Ihre Lektüre zwang Elsie zu erkennen, daß alles jammerwürdig falsch gewesen war: falsch, was sie geglaubt, falsch, was sie gesagt, falsch, was sie getan hatte. Ein ums andere Mal stürzte sie beim Lesen und noch eine ganze Weile danach aus ihren Gewißheiten: Ruhe, Ablenkung und Beschweigen des Kriegs sowie der Kriegserfahrung, hieß es bei Rivers, machten den Kranken nur noch kränker, heilsam sei allein die Konfrontation, das Sich-Stellen, der ernsthafte Erinnerungsversuch. Dazu könnten auch Angehörige oder Freunde beitragen, indem sie dem Kranken die Gelegenheit gaben zu reden, mit sanften, nicht mit inquisitorischen Mitteln. Indem sie also Hilfe leisteten beim Wiederfinden der verlorengegangenen Erinnerungen, im geduldigen Gespräch. Aber sie, Elsie, war doch genau davor geflohen, hatte den Krieg nicht wahrhaben, sondern rasch hinter sich lassen wollen, gierig auf Liebe, Ehe und Glück. Das war ihre Schuld, bleibend! Nie hatte sie wissen wollen, wie Jims Krieg denn eigentlich gewesen sei, was er da draußen erlebt hätte. So wie Jim selbst allezeit schweigsam geblieben war und keines von seinen Kriegserlebnissen preisgegeben hatte. Aber seine Verstocktheit reichte ihr als Entschuldigung jetzt nicht mehr aus. Und dann das Wort *shell shock*, das immer noch die Wucht des kaum verstandenen Neuen besaß. Gleich mehrmals kam es in Rivers'

Abhandlung vor, stach Elsie in die Augen und ins Herz wie ein Vorwurf, ein Schimpfwort, eine Anklage gegen ihre Person. Sie benötigte alle Kraft, einen Satz wie diesen zu lesen und in sich aufzunehmen:

> Es ist nur natürlich, schmerzhafte Erinnerungen beiseite zu schieben, und die Neigung dazu wächst ganz besonders bei all jenen, deren Widerstandskraft bereits geschwächt wurde von den lang anhaltenden Belastungen des Grabendaseins, dem immer wiederkehrenden Schock durch Granatexplosionen oder anderen Kriegskatastrophen.

Um das folgende zu verstehen, mußte Elsie sich noch stärker zusammennehmen, schließlich war sie ein Mensch des Konkreten, nicht des Abstrakten. Denn in diesem Krieg, so schrieb Dr. Rivers, mußten weit mehr schlimme Erlebnisse und unangenehme Erinnerungen beiseite geschoben werden als in jedem anderen, zu dicht folgte Schreck auf Schrecken. Bis heute besaß Elsie nicht die geringste Vorstellung von all diesen Schrecknissen. Wenn sie es recht sah, dann füllten die an der Front durch Wegschieben entstandenen Gedächtnislücken sich später wieder, daheim oder im Lazarett, doch was da nun im Gedächtnis auftauchte, waren lediglich aus dem ursprünglichen Zusammenhang gerissene Bilder und Gefühle, verzerrt und angstbesetzt, die selbst noch im Traum wiederkehrten und keine Ruhe gaben. Sie zehrten mit der Zeit alle Lebenskraft und -freude auf. Vorgänge, an denen laut Rivers in Großbritannien viele und allzu viele laborierten, denen mit seiner Methode in einem der Kriegshospitäler des Landes jedoch zu helfen sei. Nur in den schwersten Fällen, so ließ dieser Arzt durchblicken, führe ein *shell shock* zu Lebensuntüchtigkeit und Invalidentum.

Grauenvoll, entsetzlich dann die Exempel, die er anführte. Elsie las sie wie Gleichnisse, die auch auf ihren Mann zutrafen und rang dabei mit den Tränen: Einer von Rivers' Patienten war im Krieg unter Erdmassen verschüttet gewesen. Wieder zu Hause und von seinen Verletzungen geheilt, litt er an Nervosität, Schlaflosigkeit und mangelndem Appetit. Wenig später stellten sich noch Angstanfälle und Alpträume ein. Jeden Abend zögerte er es hinaus, ins Bett zu gehen, tat er es schließlich doch, dann nur bei brennendem Licht, und wurde trotzdem bereits im Dämmerzustand von bluttriefenden Kampfszenen heimgesucht. Der leiseste Ton in der Nacht ließ ihn auffahren, als drohe Todesgefahr. Dabei hatte er, so wie von seinen Ärzten empfohlen, stets versucht, alle Gedanken an den Krieg weit von sich wegzuschieben.

Ein zweiter Patient hatte sich an der Front auf die Suche nach einem ausbleibenden Kameraden gemacht und ihn auch gefunden: zerfetzt sein Leib, Kopf und Gliedmaßen abgetrennt vom Rumpf. Bilder, die Tag und Nacht nicht wieder verschwinden wollten. Ein dritter war bei einer Granatexplosion aus dem Graben geschleudert worden, und als er das Bewußtsein wiedererlangt hatte, fand er sich in Leichenteilen liegend, den Mund voll fremdem Blut und Hirn, über und über besudelt von Gedärmen. Was davon zurückblieb und ihm monatelang zusetzte: schweres Erbrechen, Anfälle größten Abscheus, Schüttelfrost und häufiges Halluzinieren von Geschmäckern und Gerüchen aus dem Leichenhaufen, außerdem die Unfähigkeit, mehr zu essen als einen hastig hinuntergewürgten Bissen, mit dem es für Sekunden gelang, den Ekel zu überlisten.

Diese armen Soldaten, ihr armer Jim!

Doch Dr. Rivers hatte offenkundig in den meisten Fällen Hilfe geben können, und Elsie bewunderte diesen Mann aus der Ferne. Er war fraglos eine Autorität, eine echte, keine angemaßte wie ihre beiden schrillen, vorlauten Freundinnen. Ihm konnte sie vertrauen! „Katharsis" hieß, was er anstrebte. Er heilte ohne Operationen, ohne Apparate und anscheinend auch ohne Medikamente, ja, wenn sie es recht begriff, wandte er nicht einmal Hypnose oder Elektrizität an. Was er vor allem tat, war, zu reden und zu überreden, unter anderem mit den Erklärungsmustern einer neuen Wissenschaft namens Psychoanalyse, ein Begriff, dem Elsie hier zum ersten Mal begegnete. Doch vieles in seiner Praxis erinnerte sie schlicht an den Gebrauch des gesunden Menschenverstandes, etwa wenn Rivers von einem Patienten schrieb:

Ich riet ihm, seine schrecklichen Erinnerungen nicht länger zu unterdrücken, sondern in annehmbare, vielleicht sogar angenehme Begleiter zu verwandeln, anstatt ihnen zu erlauben, sein Bewußtsein vor allem in der Stille und Untätigkeit der Nacht unter ihren schlechten Einfluß zu bringen.

Das wurde ihr Lieblingssatz, so seltsam er klingen mochte, und sämtliche Hoffnungen, die für Jim während der Lektüre in Elsie aufgestiegen waren, ballten sich in diesem Satz zusammen, der durch und durch realistisch schien und doch das Undenkbare streifte.

James verzieh seiner Frau, noch am selben Abend. Er liebte sie nach wie vor und wollte sein Leben mit ihr verbringen, auch wenn er zuweilen anders sprach. Und nicht nur Elsie hatte etwas zu bereuen, sondern ebenso Jim, vor allem seine zynischen, wegwerfenden Reden nach Soldatenart. Außerdem verlangte es ihn immer noch danach, gesund werden, aufgeben wollte er jedenfalls nicht.

„Unsere Liebe ist nur verschüttet", sagte er, „laß sie uns ausgraben!"

Stunden saßen die beiden am Fenster ihrer Wohnung und redeten wenig oder nichts. Schweigend wie nie stellten sie ihr Einverständnis miteinander wieder her.

Und schließlich konnte Elsie, unterstützt von dem jungen Arzt aus ihrer Klinik, James überzeugen, sich stationär behandeln zu lassen. Auf *shell shock* waren etliche Kriegshospitäler spezialisiert, etwa Craiglockhart in Schottland, wo der großartige William Rivers praktizierte, oder Seale Hayne, das in der weiteren Umgebung ihrer Heimatstadt Exeter lag. Doch bei genauerem Nachfragen ergab sich, daß eines der beiden Hospitäler bereits im März geschlossen hatte und das andere demnächst schließen würde. So einigte man sich mit dem Patienten nach kurzem Hin und Her auf Netley, ein Großkrankenhaus der Armee, in dem auch modernste Heilmethoden angewandt wurden, medizinische und psychiatrische. Außerdem war Netley, herrlich gelegen an einem Meeresarm unweit von Southampton, kaum eine Tagesreise entfernt, und Elsie konnte es ohne größeren Aufwand erreichen.

Der Abschied fand ohne Klagen statt. Elsie hatte ihren Mann nach Netley begleitet und staunte dort immer wieder an der Frontfassade hinauf: kein Krankenhaus, eine Krankenkaserne war das, mit Aberhunderten von Zimmern und Abertausenden von Betten. Und eigenem Bahnanschluß! Auf ihrer Heimreise im Zug fühlte sie sich zufrieden und dankbar und hätte liebend gern jemandem die Hand dafür gedrückt. Was nottat, war eingeleitet, nun mußte es nur noch gut ausgehen! Elsie glaubte fest an Jims Heilung und wollte dabei nützlich sein, auch wenn sie nicht wußte, wie. Sie würde es wohl machen wie im Krieg: sich in Arbeit stürzen und anderen Kranken beistehen, stellvertretend für ihren Mann, fürchtete sich zugleich aber vor dem, was ihr nun drohte, nämlich sich in Geduld üben, Angst haben und Sorge, einsam sein, wenn auch vielleicht zum allerletzten Mal.

Da schoß ihr ein Gedanke durch den Kopf, und taghell sah Elsie vor sich, wie sie Jim vielleicht am wirksamsten helfen konnte: durch eine Reise an seine Kriegsschauplätze. Zu den Quellen seiner Übel! Ein so grandioser wie unsinniger Gedanke! Aber zugleich auch der erlösende Einfall, das beste, was Eliza Norton seit Urzeiten in den Sinn kam. Sie lachte und schlug die Hände vors Gesicht. Noch nie hatte sie England verlassen, überhaupt war sie noch nie alleine gereist! Und jetzt wollte sie, am besten ohne jede Begleitung, auf den

Kontinent hinüber, bei einer Art Pilger- oder Abenteuerreise. Und Bußfahrt, ja, eine Bußfahrt war es auch, Elsie mußte büßen für ihre Schuld des herzlosen Verkennens. Sie fühlte sich wachsen bei dieser Erkenntnis. Danach aber würde sie Jim ganz und gar verstehen und hätte sich die Zukunft mit ihm, als seine Frau und als Mutter seiner Kinder, redlich verdient. Ja, so durfte man denken, so mußte man heute sogar denken, nachdem einem so viel Leben gestohlen worden war. Unzählige Gedanken taumelten in ihrem Gehirn durcheinander. War sie nicht kühn und furchtlos, eine junge Frau in ungewöhnlicher Zeit, die das Ungewöhnliche tat? Elsie fing schnell an, Gefallen an ihrem neuen Selbstbild zu finden.

Und noch ein Einfall kam ihr, fast wäre sie dabei zwischen ihren Mitreisenden in die Höhe gesprungen: Auch Jims Ehre würde von ihr gerettet, jawohl, Elsie würde ihren beiden Freundinnen beweisen, daß ihr Mann weder ein Feigling noch ein Simulant war. Welche Soldatenfrau konnte das? Welche Soldatenfrau war je zu den Kriegsschauplätzen ihres Mannes gepilgert? Um herauszufinden, wie dieser Krieg geführt worden war. Ohne jeden Zweifel glaubte sie, daß seine Orte zu ihr sprechen würden. Und ihr sagen, was Jim in der Seele so krank gemacht, was ihn seiner Frau so fürchterlich entfremdet hatte. Ihre scharfsinnigste Überlegung gipfelte in dem Vorsatz: Ich will meine Phantasie ausweiten bis an die Grenze, hinter der er zur Zeit lebt.

Allerdings wußte Elsie nicht, oder hatte es wieder vergessen, an welchen Kampfplätzen und Frontabschnitten ihr Mann im Krieg gewesen war. Deshalb suchte sie forsch den einzigen von Jims Offizierskameraden auf, den sie kannte, der im selben Devonshire-Regiment gedient hatte und gleichfalls in Exeter lebte. Ihm erzählte sie unumwunden von ihrem Plan und den Gründen dafür. Der Kamerad bedauerte James und staunte sowohl über die Willensstärke wie auch über die Ahnungslosigkeit seiner Frau, der er schulterzuckend ihre gemeinsamen Kriegsorte mitteilte: 1916 Somme, 1917 Flandern, 1918 Aisne. Auf Landkarten, die sie sowieso für ihre Reise benötigte und bereits angeschafft hatte, entdeckte Elsie, daß das Schlachtfeld am Fluß Aisne von all ihren Zielen am weitesten im Osten lag. Dorthin wollte sie zuerst, und zwar zum *Chemin des Dames*, einer beinah schnurgeraden Straße, die mitten durch das ehemalige Kampfgebiet führte. Da sie kein Französisch sprach, weckte erst der englische Name der Straße eine lebendige Vorstellung in ihr. Er lautete *Ladies' path* und wirkte unverhofft idyllisch auf sie.

Unbeirrbar, wenn nicht stur, lebte Elsie ihrer großen Ausfahrt entgegen. Sie ließ sich Urlaub geben, länger als üblich und ohne Bezahlung, und nannte für ihre Abwesenheit familiäre Gründe. Von ihrem wahren Vorhaben erfuhr niemand, nicht der einfühlsame junge Arzt, der die Wende ihres Lebens eingeleitet hatte, aber auch nicht Tess und Rosalynn, die sie nach der Rückkehr mit ihren neuen Erkenntnissen überraschen oder sogar überfallen wollte. Danach würden die beiden es nicht mehr wagen, die Ehre ihres Mannes zu beflecken. Jim selbst hatte sie bei ihrem letzten Besuch mitgeteilt, daß sie ihm vorläufig nur schreibe, von welchem Ort aus, jedoch offen gelassen. Ihr Mann sollte sich während der Therapie in Netley nicht auch noch um seine Frau sorgen müssen. Er kann mich jetzt nicht brauchen, sagte sich Elsie, sowenig wie ich ihn jetzt brauchen kann. Auch Freunde, Bekannte oder Verwandte sind im Augenblick ohne Bedeutung für mich. Vorübergehend trete ich aus allen Bindungen, verzichte auf Mitwisser und Mutmacher, und wenn ich wiederkomme, wird eine ausgedehnte, doch hoffentlich fruchtbare Einsamkeit hinter mir liegen. Verschwommen erkannte sie als Ziel hinter allen Zielen sich selbst, sozusagen vereinzelt, herausgelöst aus der Gesellschaft, als Mensch und sonst nichts, wie sie mit einem Schamgefühl dachte, grad als wäre es zu wenig, nur Mensch zu sein.

Je näher die Abfahrt rückte, desto größer wurde Elsies Reisebeklemmung. Wieder und wieder packte sie ihren Koffer und ihre Tasche, mal ein, mal aus. Damenkleid nahm sie nur eines mit, dafür mehrere Sport- und Reitkostüme, um sich in ungewohnter, vermutlich sogar unwirtlicher Umgebung angemessen bewegen zu können. Es gab ja kaum Frauensachen für solche Anlässe! So gesehen, schienen Frauen zur Teilnahme an der Weltgeschichte nicht geeignet. Ob die Suffragetten vielleicht doch recht hatten? Wie lächerlich mühsam die Suche in den Geschäften der Stadt verlaufen war! Elsie hatte sich vorsichtig nach „hosenartigen Gewändern für das weibliche Geschlecht" erkundigt und am Ende doch nur ein paar derbe Männerhosen gefunden, die sie zuunterst im Koffer verstaute. Fraglich, ob sie je den Mut aufbrächte, sie anzuziehen. Stiefel ohne Absätze waren ebenfalls nicht leicht zu beschaffen gewesen, geeignete Hüte dagegen in Mengen, nicht minder Schals und auch zwei Schirme, noch widerstandsfähiger als Schirme für das heimische Wetter, hatte sie ohne Mühe aufgetan. Damit wäre sie Unwettern auf dem Festland ohne Frage gewachsen. Zuoberst, zwischen die Taschentücher sowie zwei Fläschchen Parfüm, legte sie ein paar Landkarten und ein schlankes Wörterbuch mit Aussprachehilfen, alles in allem Gepäck genug für eine dreiwöchige Auslandsreise.

Am letzten Julitag schiffte Elsie Norton sich in einer der südenglischen Hafenstädte nach Frankreich ein.

Franz, Kriegsgefangener Nummer 2341

Der deutsche Kriegsgefangene namens Franz, einer unter dreihunderttausend im Land, freute sich wie seit der Kindheit nicht, als am 11. November 1918 der Waffenstillstand ausgerufen wurde. Er brannte darauf, endlich entlassen zu werden und heimzukehren. Vier Jahre war er im Krieg gewesen, zwei davon an der Front, ein halbes im Lazarett, mit Splitterwunden und zerschmetterter Hüfte, und noch einmal anderthalb Jahre hatte er hier, in einem Gefangenenlager bei Paris, zugebracht.

Da, wo Franz herkam, war der 11. 11. bereits ein Feiertag, nämlich Karnevalsbeginn. Mal sehen, ob der neue Elfte diesen alten Elften in Zukunft verdrängen würde!? Und zu seiner Bestürzung fiel ihm auch noch jener Kamerad ein, ein Soldat aus derselben Einheit, mit dem er im Spätsommer 1915 im Krankensaal gelegen hatte, und der von morgens bis abends mit Zahlenspielen beschäftigt gewesen war. Plötzlich hatte er zu ihm herüber gerufen:

„Franz, ich hab's! Am 11. 11. hört der Krieg auf!"

„Ja und in welchem Jahr?"

„Na, in diesem, am Elften Elften Fuffzehn!!"

Der Kamerad war im Frühjahr darauf gefallen. Der Krieg hatte noch genügend Zeit gefunden, ihn umzubringen.

Auf welche Weise er das Datum errechnet hatte, war für einen Naturwissenschaftler wie Franz lächerlich und die reinste Willkür gewesen: Man addierte einfach die Zahlen der beiden Kriegsjahre 1914 und 1915, macht 3829. Von dieser Summe zählte man noch einmal die beiden ersten und die beiden letzten Ziffern zusammen, also 3 plus 8 und 2 plus 9, ergibt jedes Mal 11. Jetzt, da auf den Tag genau die Waffen ruhten, verblüffte dieses Ergebnis doch sehr, ja, es wirkte wundersam. Obwohl Franz, Physikstudent im sechsten Semester, an Wunder nicht glaubte. Aber sie rührten ihn zuweilen, besonders diesmal.

„Wirst schon sehen," hatte sein Kamerad noch gesagt und über das Grab hinaus recht behalten.

Franz glaubte vielmehr an die Wissenschaft, und zwar so inbrünstig wie ein Mystiker an Zahlenspiele. Er glaubte, und hätte es freilich auch beweisen können, daß der menschliche Fortschritt durch und durch planbar und organisierbar sei. Und wenn der Fortschritt richtig geplant und organisiert wurde, ließen Rückschritte sich nahezu ausschließen. In dieser Gewißheit hatte auch der eben beendete Krieg Franz nicht beirren können. Im Gegenteil! Denn egal, wie dieser Krieg ausgegangen war, die Wissenschaft hatte auf jeden Fall gewonnen. Gewonnen an Einsichten und Erkenntnissen, die wiederum dem Fortschritt nützten, und zwar dem Fortschritt der Technik, die der Menschheit das Dasein zusehends leichter und angenehmer machen würde. Zu allen Zeiten war der Krieg ein Labor des Fortschritts gewesen, und die dabei vernichteten Menschen, die zerstörte Natur fielen kaum ins Gewicht, weil sie über

kurz oder lang nachwuchsen wie Haare und Finger-
nägel.

Anders als die meisten seiner Kommilitonen hatte es
ihn 1914 nicht mit Macht in den Krieg gezogen. Aber
der Druck von vielen Seiten, auch aus der Professoren-
schaft, war so stark gewesen, daß er sich freiwillig gemeldet hatte. An eine akademische Karriere wäre sonst
weiterhin nicht zu denken gewesen. Franz hatte sich
gesagt: Aber wenn schon, dann richtig, und war zur
Artillerietruppe gegangen, in der Hoffnung, sich in der
Nähe großer und größter Geschütze am besten geschützt fühlen zu dürfen. Für einen Physiker, der auch
von Ballistik etwas verstand, der sich Geschoßflug-
bahnen lebhaft vorstellen und sozusagen im Geist mit-
vollziehen konnte, war das Abfeuern von Granaten ein
Heidenspaß. Ein Kunstmaler aus derselben Einheit erklärte das Artilleriefeuer sogar zum „mystischen Erlebnis". Die Kanoniere arbeiteten oft hemdsärmelig
oder, wenn es warm genug war, mit nacktem Oberkörper. Man fühlte sich wie beim Sport! Ein wohltrai-
niertes Hirn konnte nebenher Überschlagsrechnungen
anstellen, etwa wenn mit dem Ferngeschütz gefeuert
wurde: Dabei flog das Geschoß mit rund 1500 Metern
pro Sekunde aus dem Rohr, und bei einem Aufstiegs-
winkel von 50 Grad, unglaublich, fast bis zum Eiffel-
turm! Doch der Feind, kilometerweit entfernt und
weder mit dem Glas noch mit bloßem Auge zu sehen,
schoß zurück, und bei einem Treffer in einem nahen
Munitionsunterstand zog Franz sich seine schwere Verwundung zu. Noch näher rückte der Feind ihm schließlich an einem hohen blauen Tag im Juni 1917, in einem

Waldstück der Champagne, wo deutsche Artilleriestellungen während einer nahezu kampflosen Phase von den Franzosen im Handstreich genommen wurden. So war Franz zu seiner Überraschung auch noch in Kriegsgefangenschaft geraten, ohne Widerstand und nicht einmal ungern, wenn auch frei von Reue.

Beim ersten Verhör hatte ein französischer Offizier den jungen, vom Krieg nicht sichtbar gezeichneten Deutschen gemustert, ihm in sein helles, noch knabenhaftes Gesicht geschaut und gefragt:

„*Prisonnier*, bist du denn schon siebzehn?"

Franz hatte darauf Haltung angenommen und geantwortet:

„Ich bin bereits zwanzig, Monsieur, und Kriegsveteran."

Bis Kriegsbeginn war sein Leben traumhaft glatt, schnell und widerspruchsfrei verlaufen. Früh hatte er auf dem Gymnasium als naturwissenschaftliches Großtalent gegolten und mit seinen so unterhaltsamen wie leichthändigen Experimenten mehrmals den Schulpreis gewonnen. Eine ruhmreiche Zukunft schien vor ihm zu liegen: Reifeprüfung mit sechzehn im Jahr 1912, als jüngster Schüler des Leipziger Physikprofessors Otto Wiener schon in den ersten Semestern ermutigt, eine Universitätslaufbahn anzustreben, Doktorarbeit schleunigst erwünscht, und zwar zu einem Thema aus Wieners zukunftsträchtigstem Forschungsgebiet namens „Kulturentwicklung durch technische und wissenschaftliche Erweiterung der menschlichen Naturanlagen". Franz hatte der Unterbereich „Erweiterung der Gliedmaßen" am stärksten angezogen: mit der allgemeinen Fragestellung, wie Wasser-, Wind- und Sonnenkraft sich am ertragreichsten für die Industriearbeit nutzen ließen, sowie der besonderen, wie man den ergiebigsten „Sonnenmotor" bauen könne.

Franz, der „Frühzünder", wie ein Schullehrer ihn einst mit respektlosem Respekt genannt hatte, verkörperte voll und ganz den wissenschaftlichen Typus der Epoche. Er nannte sich selbst einen „Intellektualisten". Sein Ziel sollte stets die kalte, schamlose, nur von Neugier und Methode gelenkte Betrachtung sein. Alles, was sich erkennen ließ, war ausschließlich gedanklich zu rechtfertigen, nie durch Emotion oder Gesinnung. Wörter wie Erlebnis, Herkunft, Geschichte, Glauben schienen ihm inhaltsleer und besaßen nicht die Fähigkeit zum Begriff, weshalb sie vor seiner Idee der Wissenschaft nicht länger zu halten waren. In der Historie konnte er lediglich ein sinnloses Durcheinander von Handlungen und Personen erblicken, ein Chaos, dem es endlich zu entrinnen galt, einer ruhigen, ausgeglichenen, technikgestützten Zukunft entgegen. Familie und Religion berührten ihn peinlich, Kinderkrankheiten der Menschheit, ebenso wie die Nation, was Franz jedoch mit feinem Lächeln für sich behielt. Nation ließ sich doch lediglich fühlen und glauben, nicht aber wissenschaftlich als Notwendigkeit begründen. Darum war der Nationalismus eigentlich nur etwas für Schwachköpfe, fast wie die Naturreligion der Primitiven. Oder er war eine Krankheit, medizinisch gesprochen: eine Art Völkerkrebs. Nein, Franzens Leidenschaft hatte noch nie der Nation gegolten, sondern immer der Physik. Und so wollte dieser einst katholisch erzogene Weinbauernsohn vom Rhein schon seit seiner Jugend einen nicht länger schollen- und heimatgebundenen, sondern rundherum planetarischen Menschen in sich erkennen. Und auch in der Liebe konnte er nur eine energetisch fragwürdige Gefühlsaufwendung entdecken, am besten, man nahm sie als biologische Tatsache und sonst nichts. Ebenso rauchte er nicht oder trank, wollte von keinem einzigen Bedürfnis seines Körpers abhängig sein: ein wahrer, reiner Bildungsmönch.

Disziplin und Ironie des Intellektualisten halfen Franz besonders, die zähe Zeit seiner Verwundung in Lazaretten und Kliniken durchzustehen. Anfangs war nicht zu erwarten gewesen, daß er je wieder laufen könnte. Schlimmstenfalls mußte er schon bald als Schwerkriegsversehrter nach Hause geschickt werden. Ein paar Nervenschäden blieben ihm sowieso, sagten die Ärzte, um die Erinnerung an sein Frontabenteuer zeitlebens in ihm wachzuhalten. Man operierte ihn mehrmals, pflanzte seiner Hüfte jede Menge Edelstahl ein und zwang ihn zu gymnastischen Übungen bis an die Grenze des Erträglichen, die er indessen freiwillig noch überschritt. Und schon bald wuchtete Franz sich ächzend auf Krücken voran, nicht lange danach ging er bereits, lachend vor Schmerz, am Stock, um am Ende ganz allmählich wieder zu jenem „intakten Zweibeiner" geworden zu sein, als den die Natur, wie er ulkte, ihn vorgesehen habe.

Was er von seinen Wunden tatsächlich auf Dauer behielt, war, abgesehen von Splitternarben, die seinen Rücken zu einem Trichterfeld machten, ein gut vernehmbares Knacken oder Knirschen seiner Hüfte bei Dreh- und Beugebewegungen. Ein oft länger anhaltendes, mitunter tonleiterartiges Geräusch, das ihn erheiterte und an E.T.A. Hoffmanns Erzählung von einem Automaten erinnerte, jener „lebendigtoten Figur", deren inneres Laufwerk von Zeit zu Zeit mit einem Schlüssel unter „vielem Geräusch" aufgezogen werden muß. In diesen kleinen Maschinenmann konnte Franz sich weit besser einfühlen als in jeden Menschen aus Fleisch und Blut, und seinen Schöpfer las er bereits seit Schülertagen als Visionär einer durch Musik und Technik befreiten Menschheit.

Seit Kriegsbeginn, das mußte aus Ehrlichkeit und Selbstachtung eingestanden werden, hatte Franz sich fast nur noch verrechnet. Das Leben kannte in gewissen Lagen offenbar mehr Ungleichungen als Gleichungen! So war der Krieg eben keine kurze Unterbrechung und nach wenigen Monaten wieder herum gewesen. Und noch im ersten Kriegshalbjahr hatte sich erwiesen, daß ein Leben als Artillerist nicht annähernd so ungefährlich war wie vermutet. Dann das Auf und Ab der Hoffnungen in Kriegsgefangenschaft, was für eine Herausforderung für das kalte Denken des Intellektualisten! Vollkommen naiv nahm Franz zu Beginn noch an, zumindest ein Teil der deutschen Gefangenen werde womöglich im neutralen Ausland interniert, davon hatte er zumindest gehört, doch dieses Privileg war nur einzelnen Offizieren vorbehalten, die einfache Mannschaft wurde anderweitig verstaut: in pferchartigen Feldlagern unter freiem Himmel, in düsteren und muffigen Forts, aufgelassenen Knästen oder, so wie er selbst und weitere zweieinhalbtausend *Prisonniers de Guerre*, in weitläufigen Kasernenkomplexen. Auch an Bücher zur Fortbildung und Zerstreuung war dort nicht zu denken, ganz anders als Franz es sich bei Haftantritt versprochen hatte, um schließlich durch lang entbehrtes Lesen wieder halbwegs auf das Zivilleben eingestimmt zu sein.

Immerhin, man blieb als Gefangener vom Krieg verschont. Doch um welchen Preis! Jeder im Lager wurde unverändert als Feind betrachtet. Mißhandlungen waren gang und gäbe, ständig mußte man mit Bestrafung rechnen, wer Briefe schreiben oder empfangen durfte, entschied willkürlich die Lagerleitung. So war das Leben in Gefangenschaft vorwiegend ein Warten. Und das ununterbrochene Warten reizte Hoffnung und Zuversicht, die freilich immer wieder enttäuscht wurden. Die Enttäuschungen aber verwandelten sich mit der Zeit in Verzweiflung oder Haß, beides hatte Franz im Leben zuvor noch nicht in dieser Giftigkeit kennengelernt. Auch das wendigste Wissenschaftlerhirn konnte sich dem Wechselspiel zwischen Hoffnung und Hoffnungslosigkeit nur mühsam entziehen. So viel Machtlosigkeit mußte einen Intellektualisten kränken! Wie oft fiel Franz, kaum anders als seine Kameraden mit Volksschulabschluß, auf das verführerische Echo von Lügenmeldungen und Latrinenparolen herein: etwa wenn er von deutschen Großoffensiven hörte und sofort fanatisch an den Sieg der eigenen Truppen und die darauf folgende triumphale Befreiung der Kriegsgefangenen glaubte. Und selbst bei dem vaterlandslosen Wunsch, daß der Gegner gewinnen möge, hatte

Franz sich schon mehrmals ertappt. Ausgerechnet dieser Wunsch war jetzt in Erfüllung gegangen. Endlich hatte der Krieg sich totgelaufen, endlich stand die Heimkehr bevor! Doch was eingetreten war, hieß mit einem anderen Wort: Niederlage. Ein Ausgang, den keiner im Lager sich zu bejubeln erlaubte, der aber spürbar jeden erfreute. Die ausgemergelten Gestalten gratulierten einander, als hätten sie alle an diesem einen Tag Geburtstag.

Vorbei nun, auch für Franz, jenes grausame Experiment, dem das Leben sie alle ausgesetzt hatte: nämlich über Monate hin Tag und Nacht mit unzähligen anderen Menschen in Kasematten zusammengepreßt zu sein, mit ihnen Seite an Seite zu schlafen, zu essen, die Notdurft zu verrichten. Schlafen: auf schimmeligem Stroh und in Gruften, die von Ratten wimmelten. Essen: dreimal am Tag einen Teller dünne Reissuppe mit einem schmalen Ranken Brot. Notdurft verrichten: über einer Massenkloake, die mit zahllosen Darm- und Blasenkranken zu teilen war. Aber noch viel mehr mußte geteilt werden: Verzweiflung, Gewalt, Sexualität, Freitod. Alles, was sich vor aller Augen und aller Ohren zutrug wie Naturgeschehen. Und morgens, falls vorhanden, zuerst die Leichen raus! Nicht einer von diesen Gefangenen, so erschien es Franz, war darauf vorbereitet, dergleichen auszuhalten. Und mußte doch! Ja, dachte er, den Nächsten und Allernächsten ertragen, auch wenn noch kein Mensch eine Ethik dafür ersonnen hat, eine Ethik des Erduldens und der Teilnahmslosigkeit, um sich selbst am Leben zu erhalten und sich nicht von den Untergehenden mit in die Tiefe ziehen zu lassen.

Schön, wenn es dafür eine Wissenschaft gäbe! Oder besorgte das ganz einfach der Selbsterhaltungstrieb?

Abwechslung boten einzig die Arbeitseinsätze, wenn man bisweilen zu zehnt oder zwölft hinausgetrieben wurde unter Fußtritten und Kolbenstößen, um Bahnschwellen zu verlegen, Schotter zu klopfen oder Bäume zu fällen und auf Güterwagen zu verladen. Allein das freie Atmen frischer Luft sowie der Blick hinauf zum Firmament konnte als ein Glück sondergleichen empfunden werden! Doch nie hätte Franz sich von solchen Gefühlen zur Flucht verleiten lassen. Wer floh, brachte sich in Todesgefahr, und er wollte unbedingt wohlbehalten nach Hause kommen, um mit dem alten Ehrgeiz seine Arbeit am Fortschritt wieder aufzunehmen. Schließlich war er ein Held der Wissenschaft, nicht des Krieges.

Recht früh schon glaubte Franz auch zu erkennen, daß er die Gefangenschaft überleben würde. Dafür gab es handfeste Gründe, aus denen sich eine Gewißheit zimmern ließ, die wiederum den Charakter stützte: Er war jung und von robuster Gesundheit, bestens ernährt und ärztlich versorgt seit seiner Geburt. Außerdem, durch Erziehung, befähigt zu geschmeidiger Anpassung, einmal nach innen an seine Mitgefangenen, dann nach außen an Wachleute und Lagerleitung. Auch schloß er keine Freundschaften, weil sie nur die Unabhängigkeit gefährdeten und kraftraubende Gefühle erforderten. Nein, hier kam man viel besser allein zurecht. Und doch mußte auch ein Meisterschüler sich an diesem Ort damit begnügen, nur einer von vielen zu sein, sozusagen eine laufende Nummer. Franz begriff aber, daß es ein Schutz sein konnte, sich weder hervorzutun noch aufzufallen. Lediglich eine einzige Ausnahmestellung besaß er, ungewollt, und weil er Französisch konnte: Er wurde in seinem Trakt zum Gefangenensprecher berufen, achtete aber streng darauf, von den Franzosen nicht für den deutschen Anführer gehalten zu werden. Nur in dieser einen Eigenschaft durfte Franz sich herausgehoben fühlen, worauf sein Selbstwertgefühl durchaus Wert legte, während seine Ironie ihn einzusehen zwang, was er hier wirklich war, nämlich eine Art *primus inter parias*.

In dieser Rolle fand er noch häufig Gelegenheit, mit den Franzosen zu verhandeln. Denn die sehnsüchtig erwartete Repatriierung der deutschen Kriegsgefangenen blieb aus, und weder Lagerleitung noch Wachmannschaft erteilten Auskunft, wieso. Die Gefangenen schwankten zwischen Depression und Rebellion. Sie erwogen einen Hungerstreik, um ihre Freilassung zu erpressen, unterließen ihn aber schließlich mit dem Argument, „daß es den Franzmännern doch nur recht ist, wenn wir vollends verrecken". Ihr Protest mußte sich dennoch Luft machen: Und so stimmten sie Gesänge und Sprechgesänge an, abends vor allem, nach dem Einschluß, drunten in der Finsternis ihrer Kasematten, aus denen aber nur ein schaurig dumpfer Hall nach oben drang, halb erstickt und wie aus dem fernsten Erdinnern, das Sterbelied unzähliger lebendig eingegrabener Kreaturen. Dieses allabendliche Singen aus tausend Kehlen, die tönten wie eine einzige, legte sich auch den Posten aufs Gemüt, so daß sie ernster wurden und am nächsten Morgen vor den Gefangenen hin und wieder sogar die Augen niederschlugen.

Erst nach fast fünf Wochen, kurz vor Weihnachten 1918, erging der Marschbefehl. Alle zweitausend Mann, mehr waren in diesem Lager kaum übrig, mußten im Kasernenhof zum Generalappell antreten und sich eine Rede des Kommandanten anhören, die ihnen auch auf deutsch verlesen wurde und folgendermaßen lautete:

Kriegsgefangene!

Nach einem Beschluß unserer Regierung werdet ihr am heutigen Tag abreisen, aber nicht in die Heimat, sondern in den Norden und Osten unseres Landes, wo die deutsche Armee während der Besatzung und bei ihrem Rückzug unermeßliche Schäden angerichtet hat. Diese Schäden werdet ihr, die Mitverursacher, beheben: Zum Einsturz gebrachte Kirchtürme sind wieder aufzurichten, gesprengte Tunnels und Bergwerke wieder auszugraben, Abertausende von Bäumen, die ihr entlang unserer Straßen in einem Akt der Barbarei gefällt habt, wieder anzupflanzen. Zusammengeschossene Dörfer und Städte müssen wieder aufgebaut, verseuchte Brunnen gereinigt, Bach- und Flußläufe, die ihr mit eurem Kriegsgerät verwüstet habt, in ihr altes Bett zurückverlegt werden. Ungezählte Straßen und Bahnlinien sind zu erneuern, vernichtete Wälder wieder aufzuforsten, mutwillig zerstörte Friedhöfe wieder herzurichten.

Diese Arbeit, bei der keiner von euch Schonung erfährt, werdet ihr solange verrichten, bis der soeben ausgehandelte Friedensvertrag in Kraft tritt. Erst dann dürft ihr nach Hause zurück. So will es das französische Volk! Dabei, Gefangene, büßt ihr auch für all das, was nicht wiedergutzumachen ist, vor allem die Mißhandlung und Erschießung von Geiseln sowie die stets rücksichtslose und teilweise mörderische Behandlung der Zivilbevölkerung. Milde, soweit uns bekannt, habt ihr niemals walten lassen! Erwartet sie jetzt nicht von uns.

Eine weitere Aufgabe der Reparationsbrigaden, zu denen ihr von nun an gehört, ist das Abräumen der Front, die sich über siebenhundert Kilometer durch unser Land zieht. Ihr werdet dort Minen suchen und ausgraben, nicht detonierte Munition beseitigen, Stacheldraht aufrollen, Kriegsschrott aller Art und Größe einsammeln sowie außerdem und vor allem: Zehntausende von toten Soldaten aus sämtlichen kriegsbeteiligten Ländern bergen, die noch immer in jammerwürdigem Zustand auf den Schlachtfeldern liegen und endlich bestattet werden müssen. Betrachtet auch diese harte und lehrreiche Arbeit als Beitrag zur moralischen und materiellen Wiedergutmachung all der Schäden, die eure Nation, oft genug aus bösem Willen, in unserem Land hinterlassen hat.

Die meisten Gefangenen traf diese Rede wie ein Todesurteil, und die Hoffnung auf Heimkehr starb in wenigen Augenblicken, unter Aufschreien und Flüchen, unter Geheul und Gestöhne. Die Wachsoldaten stellten sich breitbeinig vor den Deutschen auf und senkten die Bajonette. Darauf ebbte der Lärm ab. Man fügte sich mit unheimlichem Schweigen auch in dieses Elend, so wie geübte Befehlsempfänger es gewohnt waren. Franz fühlte Schwindel und fürchtete umzukippen, deshalb hielt er sich an seinem Nebenmann fest, der begriff und ihn gewähren ließ. Wieder verrechnet, wieder enttäuscht! Würde er auch diesen Schlag überstehen? Welche rettende Gewißheit konnte sein Verstand jetzt noch erschaffen? Sein Inneres war mittlerweile ziemlich ausgehöhlt, nicht einmal Verzweiflung wollte sich noch einstellen, auch sie verlor sich offenbar mit der Zeit und wich der Resignation. Die aber breitete sich gleichmäßig aus, während die Verzweiflung in Wellen gekommen und wieder gegangen war. Nur körperlich fühlte er sich noch nicht sehr geschwächt, geschweige denn ausgezehrt.

Darauf wurden sie alle zur letzten Entlausung getrieben.

Die Reparationsbrigade, der Franz zugeteilt war, bestand aus achtzig Mann und fuhr noch am selben Tag im Viehwaggon nach Reims. Von dort zog der armselige Haufen unter der Bewachung schwerbewaffneter Soldaten dreieinhalb Stunden lang zu Fuß weiter nach Norden. Auf einer zementgrauen Schlammpiste, die einst Landstraße gewesen war, bewegten die Gefangenen sich schlitternd und schlurfend voran, ihrem Bestimmungsort entgegen, jener Kriegseinöde, aus der sie wieder bewohnbares und bebaubares Land machen sollten. So nahe war Franz, der Fernschütze, der Front noch nie gekommen, der zerstampften und zermörserten Erde, den zerspellten und zersplissenen Bäumen, den Dörfern, die vor allem zu seiner Rechten fast nur aus Mauerresten, Schutthalden und Fensterlöchern bestanden. Weit und breit kein einziges unbeschädigtes Haus! Zwischen Nichts und wieder Nichts die Kadaver von Pferden, Kühen und anderem Vieh. Und, besonders in der Nähe zusammengeschossener Kampfstellungen,

Menschenleichen noch und noch. Mancher Gefangene blickte um sich, als wüßte er mit jedem Schritt weniger, wohin es ihn verschlagen hatte. In Marschrichtung tauchte die Flanke eines langgestreckten Höhenzuges auf, sie war von kalkigem Weiß und leuchtete matt über das düstere Land. Ein Soldat, der an diesem Ort offenbar Krieg geführt hatte, rief:

„Das ist der Winterberg, der wurde von zwei Artillerien kurz und klein geschossen, bis hinunter auf den nackten Fels!"

Seit dem Waffenstillstand war hier, auch nach sechs Wochen, noch keine Stunde verstrichen.

Franz hatte nie zuvor solche Zerstörungen gesehen oder von ihnen gehört. Doch er wußte sogleich: Das war die Wirkung von Mörsern, Haubitzen, Minenwerfern und schwersten Feldgeschützen, dieser grandiosen Erfindungen der Waffentechnik, sie hatten diesen Landstrich wüst und leer geschossen, ihn durch Dauerbeschuß um- und umgezackert, bis er wieder in einem Zustand war wie vor allem Anfang. Wie mochten erst die Gefallenen aussehen, denen er und seine Kameraden bald nähertreten müßten?

Franz trug an diesem naßkalten und windigen Dezembertag seinen alten Uniformmantel, auf den sowohl vorn als auch hinten mit weißer Farbe dick und groß gepinselt war, was sich darunter auf der fadenscheinigen Jacke wiederholte: nämlich die beiden Großbuchstaben P und G sowie, eng daneben, jeweils die Kriegsgefangenennummer 2341. Auf dem Kopf hatte er seine weit in die Stirn herabgedrückte schildlose deutsche Armeemütze, vor der Brust baumelte ihm am brüchig gewordenen Lederband der Brotbeutel, und seitlich über der Hüfte war mit einigen zum Gürtel geflochtenen Bindfäden jene Wolldecke befestigt, die das Rote Kreuz jedem deutschen Häftling auf seine Mission mitgegeben hatte. Sie wärmte ihm schon beim Gehen die lädierte Stelle in der Körpermitte. Handschuhe besaß Franz keine, er hatte vor Winterbeginn ja bereits wieder zu Hause sein wollen. Die Stiefel an seinen Füßen waren aus hart und fleckig gewordenem Filz und gegen seine goldene Uhr bei einem Soldaten aus der Wachmannschaft eingetauscht. Wie die Dinge im Krieg doch schamlos ihren Wert änderten! Seine schwarzen Artilleristenstiefel mit den langen Schäften hatte er bereits bei der Gefangennahme eingebüßt, und zwar als Kriegssouvenir, zusammen mit drei Knöpfen von seiner Uniformjacke, die ihm kommentarlos abgerissen worden waren. Später, im Lager, hatte er von einem sterbenden Mitgefangenen ein Paar Holzpantinen geerbt, bis dahin aber war er auf Strümpfen und Lumpen gegangen. Sein wertvollster Besitz zu dieser Zeit: ein stumpfes, schartiges Rasiermesser.

Wann immer der Gefangenentrupp unterwegs Zivilisten begegnete, flogen Steine und Schimpfwörter gegen die *prisonniers boches*. Sie durften sich allesamt auf solide Art gehaßt und verachtet fühlen, und wenn einer von ihnen zurückgeblieben wäre, man hätte ihn wahrscheinlich an Ort und Stelle totgeschlagen und in eines der vielen Granatlöcher geworfen. Unterschiedslos! Ja, auch hier draußen herrschte diese gnadenlose Gleichheit! Und selbst wenn einer wie Franz kein simpelhafter Nationalist war, sondern höhere

Menschheitsziele verfolgte, so wurde er dennoch blindlings und so wie die übrigen mit seiner Nation verrechnet. Das schien ihm ungerecht, aber auch begreiflich. Man hielt sich eben an jene, die man eingefangen hatte. Sie waren Deutschland, sie waren der Feind. Und sie mußten büßen für alle, auch für die, derer man nicht habhaft geworden war und die längst wieder zu Hause hockten und ihre Karrieren betrieben, vielleicht am Physikalischen Institut zu Leipzig, vielleicht auch auf seinem, Franzens Stuhl. So vertrat der eine den andern, verdammt!

In einer plötzlichen Aufwallung faßte Franz den Vorsatz, niemals das Denken aufzugeben, was auch geschehen mochte. Die Kraft zu denken war doch seine größte und wirksamste Lebenskraft, nur sie konnte ihn retten. Dankbar dachte er: Es ist immer herrlich gewesen, Gedanken wie einen Schwarm Tauben ausfliegen zu lassen und beglückt zuzusehen, wie sie über der Welt kreisen und froh zurückkehren. Und er dachte weiter: Aber von jetzt an muß es umgekehrt laufen, und mit Hilfe meiner Gedanken werde ich mich in mein Inneres zurückziehen und dort ein Bollwerk errichten, das von keiner Macht der Welt einzunehmen ist. Dort will ich überleben, vom Denken beschützt!

Er hob sein Gesicht und hielt es bei geschlossenen Augen in den eben niedergehenden Schauer aus Schneegraupeln, die ihm Nase, Lider und Wangen mit feinen Nadelstichen punktierten.

Je weiter der Trupp vorrückte, desto entvölkerter wurde die Landschaft. Schließlich blieben Steine und Schimpfwörter ganz aus. Auf müden Beinen passierten die Gefangenen im klebrigen, schmatzenden Dreck das Trümmerdorf Berry-au-Bac sowie seinen Sprengkrater, dessen wahre Größe vom Weg aus gar nicht zu ermessen war. Sie überquerten eine steinerne Brücke ohne Geländer und mit etlichen Löchern in der Fahrbahn, durch die man mühelos hinab auf den Fluß sah, der schwarz und träg dahinzog wie Öl. Kurz darauf endete ihr Marsch notgedrungen vor einer Art Seenplatte, einer Urlandschaft aus graubraunen Wasserfluten, die ebenfalls der Krieg hervorgebracht hatte. In Tümpeln, Buchten und Sümpfen strömte hier zusammen, was früher in Bächen, Flüssen und einem schmalen Kanal geordnet dahingeflossen war. Geschosse von größtem Kaliber hatten sämtliche dieser Wasserläufe immer wieder aufs neue zerrissen, versetzt oder umgelenkt, Baumstämme waren darüber hingestürzt und hatten wie Stauwehre gewirkt, natürliche und künstliche Dämme waren geborsten und hatten den Wassern freien Lauf gelassen, die nun hierhin und dorthin flossen, schäumend im Kreis strudelten, auf und ab quirlten, vor und zurück quollen, aber nicht davonkonnten und an Wintertagen wie diesem unter Gebrodel und Gegluckse rasch anstiegen.

Schnell mußte ein Weg vorbei an diesem Hindernis gefunden werden, am besten nicht zu weit abseits, weil überall im Gelände Blindgänger liegen konnten. Dazu war die Marschformation aufzulösen, was die Wächter nervös machte und großzügig Schläge und Tritte austeilen ließ. Als alle nach über einer Stunde jenseits der Seenplatte angekommen waren, noch nässer, schmutziger und erschöpfter als zuvor, konnten sie links in nordwestlicher Richtung den Höhenzug des *Chemin des Dames* erblicken, über den sich gerade ein frühes Dunkel senkte. Einer sprach den Namen aus, auf deutsch: Damenweg, und für einige andere klang er wie ein fernes Echo aus Kriegsberichten, ja, selbst Franz hatte vom menschenverschlingenden Schlachtfeld dieses Namens schon gehört.

Die Gefangenen wurden nach rechts kommandiert, in eine flache Senke zwischen zwei Waldausläufern mit übel gerupften und verkohlten Baumgrüppchen, dort erhob sich ihr Lager, eine Zeltstadt, umzäunt mit Bretterwänden und Drahthindernissen, die Heimat ihrer Reparationsbrigade. Sie betraten scheu diesen Ort, ihr Aufenthalt für Monate, vielleicht Jahre, und wurden von einer Vorausabteilung der Wachmannschaft grußlos empfangen. Hinter dem Lager zogen sich Kampfgräben hin, manche halb eingestürzt, manche zugeweht mit Blätterwerk oder Kalkstaub und nieselfeinem Sand, den der Wind Franz und seinen Kameraden noch oft in die Augen blasen sollte. Diese Gräben mit ihren Wällen, Zäunen, Betonblenden und gußeisernen Schienen bildeten das Hauptstück ihres kleinen Kriegsgefangenenreichs, das sich von hier etwa vier Kilometer weit nach Norden und noch einmal vier Kilometer nach Süden erstreckte.

Schlafen würden die Gefangenen auf Säcken, die mit Stroh oder Holzwolle ausgestopft waren und auf dem nackten Boden lagen. Jedes Zelt hatte in der Mitte eine offene Feuerstelle und darüber einen Abzug. Ihre Bewacher waren in Wellblechbuden untergebracht, und das Essen sollte vom nächsten Tag an gleichfalls in einer solchen Bude gekocht und ausgegeben werden. Eine weitere Bude dieser Art enthielt die Latrinen, Waschbecken und wenigen Duschen, deren Kaltwasser aus ein paar dicken Tanks stammte. In etwas größeren Baracken, ebenso aus zerbeultem und rostigem Blech, auf die wie mit tausend Fingern der nun einsetzende Regen trommelte, lagerte das Werkzeug sowie unverzichtbares Arbeitsmaterial, das den Häftlingen mit hämischer Feierlichkeit präsentiert wurde, insbesondere Spaten, Schaufeln und Spitzhacken, aber auch jede Menge einfachster Särge sowie Stapel mit Holzkreuzen.

Der unvermeidliche Blickfang des Lagers war ein Käfig aus Stacheldraht, Latten und Pfählen, der himmelwärts offen stand: die Arrestzelle, ohne Pritsche, ohne Stuhl. „Und wem das nicht Ehre genug ist", sagte der Capitaine bei seiner ersten Ansprache, „dem verleihen wir das hölzerne Kreuz!"

Übersetzt wurden diese Worte von Franz, der auch an diesem Ort wieder unversehens in die Rolle des Dolmetschers geraten war.

Die Deutschen erhielten außerdem ein dreifaches Versprechen: harte Arbeit, hartes Brot, harte Zeit.

Am meisten fürchteten sie unter den Wachleuten den einzigen dunkelhäutigen Soldaten, einen Senegalesen. Kaum wagten sie es, ihn anzuschauen, geschweige denn anzusprechen. Doch erwies gerade er sich von der ersten Stunde an als der Freundlichste, trat nicht, schlug nicht, brüllte nicht, sondern zeigte den Gefangenen unverhofft Mitgefühl. Manchmal steckte er einem von ihnen ein Stück von seinem eigenen Brot, eine Zigarette oder eine getrocknete Feige zu. Jeder begriff, daß es dafür nie einen französischen Zeugen geben durfte. Auch seinen Namen nannte er ihnen, und wenn sie mit ihm alleine waren, durfte dieser Name sogar leise ausgesprochen werden:

Amadou!

So wurde dieser Mann aus Afrika achtzig verzweifelten und verängstigten Kriegsgefangenen zum Lichtpunkt in der Finsternis. Jeder von ihnen war begierig darauf, fortan wenigstens einmal am Tag in seine Nähe zu kommen, einen Blick mit ihm zu wechseln, seine Stimme zu hören, seinen Namen fallen zu lassen wie eine Parole oder auch eine seiner Wohltaten zu erhalten, um jene überaus sterbliche Hoffnung zu nähren, die an diesem Ort sonst keine Nahrung fand.

Gorm der Hund

In mehreren deutschen Zeitungen und Zeitschriften war Anfang des Jahres 1918 ein Artikel mit folgendem oder ähnlichem Wortlaut zu lesen:

Hunde im Krieg, sei es als Melde- oder Sanitätshunde, retten Soldatenleben an allen Fronten! Obwohl dieser Nutzen im ganzen Land bekannt ist, gibt es immer noch Besitzer von kriegsbrauchbaren Hunden, welche sich nicht entschließen können, ihr Tier der Armee und dem Vaterlande zu leihen. Es eignen sich besonders die Rassen: Deutscher Schäferhund, Dobermann und Rottweiler, ebenso Kreuzungen derselben, die schnell, gesund, mindestens ein Jahr alt und von über fünfzig Zentimetern Schulterhöhe sind. Ferner sind auch Bernhardiner, Neufundländer und Doggen für den Kriegseinsatz tauglich. Alle werden von Fachdresseuren in Hundeschulen ausgebildet und im Erlebensfalle nach dem Krieg an ihre Besitzer zurückgegeben. Sie erhalten die denkbar sorgsamste Pflege und müssen unserem Militär kostenlos überlassen werden. Stellt eure Hunde in den Dienst des Vaterlandes!

Auch eine Bürgerfamilie in einer Kleinstadt der Mark Brandenburg bemerkte diesen Aufruf. Der Vater verlas ihn mit erhobener Stimme am Eßtisch. Er selbst war zu alt für den Kriegsdienst und seine beiden Söhne zu jung. Die Familie hatte ihre patriotische Pflicht also bisher noch nicht erfüllen können. Doch jetzt, da letzte Anstrengungen für den Sieg unternommen werden mußten, bot sich unerwartet eine Gelegenheit dazu: Man würde den Hund in den Krieg schicken!

Der hieß Gorm, nach einem altdänischen König, und war ein knapp fünfjähriger Rüde aus der Rasse der Doggen. Sämtliche europäische Doggen-Arten, so hatte der Züchter noch vor dem Krieg behauptet, seien in diesem Hund eine einzigartige Verbindung eingegangen: von der deutschen Dogge besitze er den schmalen Kopf, von der englischen die hohen Läufe, von der französischen die muskulöse Gestalt. Mit anderen Worten, Gorm war ein schön gewachsenes, leichtfüßiges Tier mit einem samtweichen Fell von dunkelgrauer Farbe sowie einem weißen Fleck auf der Brust. Und der ideale Familienhund: gehorsam gegen die Erwachsenen, geduldig mit den Kindern und allen gleichermaßen treu. Furchtlos stellte er sich gegen Menschen und Tiere, wenn von ihnen Gefahr für seine Leute auszugehen schien. Zwei Bullenbeißer von einem nahen Gutshof, die gerne Spaziergänger ängstigten und ihre Hunde angriffen, hatte Gorm abgewehrt und vertrieben, beim Kampf jedoch an der rechten Schulter selbst eine Bißwunde davongetragen, deren Narbe fortan zartrosa aus seinem kurzen, dichten Grauhaar leuchtete.

Als er in der Kaserne abgegeben wurde, verabschiedeten sich der Hund und seine Familie tapfer voneinander. Es war ja nur für kurze Zeit! Spätestens in ein paar Monaten, wenn der Krieg vollends gewonnen war, würde Gorm wieder zu Hause sein. Der Vater hoffte, das Tier möge auf dem Schlachtfeld Ruhm für ihn ernten.

Die Ausbilder erkannten rasch: Dieser Hund ist ein großer Menschenfreund, er muß Sanitäter werden! Und schon bald durfte Gorm sein Hundehalsband ab- und die lederne Leibgürtung mit dem Rotkreuztuch anlegen, so daß er sich zeitig an dieses Arbeitskleid gewöhnen konnte. Er war stets aufmerksam und willig, die ganze Kaserne liebte ihn. „Beträgt sich artig", hieß es im Führungszeugnis. Das Trainingsprogramm für Kriegshunde bot keine ernsthafte Herausforderung für ihn. Ausdauer besaß er bereits. Mit seinen Knaben hatte er in den märkischen Föhrenwäldern beim Streunen und Spielen weit größere Strecken zurückgelegt als jetzt mit den Soldaten beim Marschieren. Neu war für ihn, sich auf Befehl flach hinzulegen, wieder aufzuspringen oder gar Deckung zu suchen und über viele Meter auf dem Bauch zu robben. Auch lernte Gorm, eine Gasmaske zu tragen und sich von Fremden die Wasserflasche abnehmen zu lassen, die er am Hals trug.

Man gewöhnte ihn ebenso an Waffen und bewaffnete Männer in Uniform oder machte ihn bekannt mit Stahlhelmen, Knobelbechern, Seitengewehren und Patronengurten. Nichts von alledem durfte ihn beunruhigen oder ablenken. Keine Furcht sollte ihm der Gefechtslärm einjagen und das kriegerische Menschengeschrei oder auch der dichte beißende Rauch, der gleichfalls nur für ihn und ein paar andere Hunde auf dem Übungsgelände erzeugt wurde. Man schoß mit Platzpatronen ganz in ihrer Nähe, und sie durften nicht erschrecken. Hindernisse aller Art, darunter Drahtverhau, Steinmauern und tiefe Gräben, teils mit, teils ohne Wasser, mußten sie überwinden lernen. Gorm bestand alle Prüfungen, jedenfalls zählte er nicht zu denen, die nach wenigen Wochen wieder heimgeschickt wurden.

Nur das Fressen schmeckte ihm nicht. Zu Hause war er, der bürgerliche Hund, bestes Fleisch aus der Schlachterei gewohnt, bisweilen vermischt mit Haferflocken oder übergossen mit feiner Bouillon. Hier, in der Kaserne, setzte man ihm sprödes, sehniges Pferdefleisch vor, das süßlich schmeckte, oder gar Kartoffeln und Linsen sowie, im schlimmsten aller Fälle, bleichgekochtes Gemüse. Aber die Soldaten, er sah es wohl, bekamen auch nichts anderes auf den Tisch!

Als man Gorm nach der allgemeinen Grundausbildung seinem Hundeführer übergab, einem jungen, unaufgeregten Sanitätsgefreiten, der ihm von Anfang an öfter ein Stück Hundekuchen zwischen die Zähne schob, wurde er mit seiner ersten und vornehmsten Pflicht vertraut gemacht: der Rettung von Verwundeten im Kampf. Dazu mußte jeder angehende Sanitätshund zuerst zwei Sprachen verstehen lernen, eine aus Worten und eine aus Zeichen. „Such verwund!" lautete der wichtigste Befehl. Wenn er gefunden hatte und zurückkehrte, hieß es: „Zeig, wo!" Waren mündliche Befehle im Krachen und Tosen der Schlacht oder wegen gefährlicher Feindnähe nicht möglich, wurde mit Armen und Händen gestikuliert. Alles mußte gut eingeübt, nichts durfte verwechselt werden. Im Exerzierreglement war auch der Satz zu finden: „Es ist genau darauf zu achten, daß der Hund in seiner Freude nicht an dem Verwundeten herumzupft oder bellt."

Am Ende des Lehrgangs warteten noch einige Aufgaben, die weit über die Sanitäterrolle hinausreichten, sich an der Front aber öfter stellen konnten, so etwa Lebensmittel und Munition in einem Hunderucksack mit nach vorne tragen, im Notfall eine Wasserquelle suchen, vor allem aber: den eigenen Hundeführer verteidigen, wenn er bedroht wurde.

Menschen anzugreifen mit dem Segen von Menschen, das war ebenfalls neu für Gorm, und wie ein Hund es am wirksamsten tun konnte, lehrte man ihn an Puppen und dick vermummten Gestalten. Auch diese Lektion begriff er rasch, und in seinem Führungszeugnis konnte vermerkt werden, daß Gorm „dem Ideal eines Sanitätshundes, der weitgehend selbständig zu handeln weiß, ziemlich nahe kommt." Mitte Mai 1918 bestieg er an der Seite seines Sanitätsgefreiten einen Zug an die Westfront. Es war seine erste Fahrt mit der Eisenbahn. Der Hund saß im dichten Tabakrauch eines überfüllten Abteils vor dem Fenster und schaute hinaus in Landschaften, die sich fortlaufend bewegten, während er unbewegt blieb. Das gefiel Gorm, und nur an die Fahrtgeräusche, das Stampfen der Räder, das Kreischen der Bremsen, das Schrillen der Schienen, mochte sein feines Gehör sich nicht gewöhnen.

Auch an der Front war sein Herr stets überaus freundlich zu ihm, lobte ihn häufig und gab ihm gut zu fressen. Gorm spürte die Sorge des Sanitäters, die ihm galt, aber auch dessen Aufregung, wenn ihm Gefahr drohte. Schnell verstand er die Schreckensrufe „Gas!

Gas!" und hielt brav den Kopf hin, um sich die scheuß-
liche Maske aufsetzen zu lassen, die der Gefreite bei sich
trug und beim Einsatz nie vergaß. Dreimal wurde der
Hund verwundet, und er lernte: Alles, was hier den
Menschen blüht, blüht auch den Tieren! Das erste Mal
verletzte er sich an der rechten Vorderpfote, als er in
eine Trittfalle aus Stacheldraht lief. Sodann zog er sich
eine leichte Gasvergiftung zu, die ihn tagelang husten
und aus dem Maul schäumen ließ. Und schließlich riß
irgendein Geschoß ihm ein Stück vom linken Ohr ab,
weshalb Gorm eine Woche im Tierlazarett verbringen
mußte, zusammen mit anderen Hunden, aber auch mit
Artilleriepferden und sogar mit zwei Brieftauben. Als
man ihm den Kopfverband wieder entfernte, sah sein
immer noch mächtiges Ohr aus wie eine zerfranste
Flagge.

So lernte er mit der Zeit sämtliche Arten zu leiden
und zu sterben kennen, die der Krieg seinen Teilneh-
mern zu bieten hatte, und konnte nicht immer helfen.
Er sah ein Pferd verbluten, das von einem Granatsplitter
getroffen war und von weinenden Soldaten umstanden
wurde. Einer kniete sogar bei ihm und hielt seinen Kopf.
Auch erlebte Gorm, wie Soldaten den Gastod starben,
das Röcheln, Würgen und Husten, wenn sie ihre
Lungen von sich spien. Tagtäglich entdeckte er auf dem
Schlachtfeld Leichenteile, auch solche, an denen die
Ratten nagten, und von überall her drang das Brüllen
der Verwundeten und das Stöhnen der Sterbenden an
sein Ohr. Er wußte, bei welchen Geräuschen ein Hund
sich ganz und gar an den Boden zu schmiegen hatte,
diesem Grollen und Rattern, Pfeifen und Quietschen

der Geschosse über seinem Kopf, grad als führen Eisenbahnzüge durch die Luft. Was für eine Ohrenfolter der Krieg doch war! Ebenso kannte Gorm die Furcht in Soldatenaugen, wenn Mensch und Tier miteinander Stunden und Aberstunden bei schwerem Beschuß in Unterständen zubrachten. Dabei gab es Momente, in denen die Menschen streicheln und liebkosen wollten. Weil sie es sich untereinander nicht trauten, faßten sie ihn an, und Gorm ließ es geschehen. Doch gleich, wie miserabel die Lage auch war, sein Herr erwies sich stets als der beste Kamerad seines Hundes. Wenn er nichts mehr zu essen hatte, das er mit ihm teilen konnte, teilte er eben den Hunger mit ihm. Nie aß er, ohne dem Hund abzugeben.

Sein größtes Glück aber war es zu helfen, wozu der Krieg auch einem vierbeinigen Menschenfreund ununterbrochen Gelegenheit bot: Gorm traf auf Soldaten mit blutenden Schuß- oder Stichwunden, mit abgerissenen oder aufgeschlitzten Gliedmaßen, mit heraushängendem Gedärm, verbrannten Gesichtern, blinden Augen, und je weiter man nach vorne kam, desto schlimmer wurden die Wunden und ihr Geruch. Ja, Furchtbares erlebte so ein Sanitätshund und mußte sich doch daran gewöhnen, um seinen Dienst tun zu können. Wenn Gorm sich näherte, streckten die Verwundeten oft die Arme nach ihm aus und begrüßten ihn wie einen Engel in Hundegestalt, etwa mit dem Ausruf:

„Brav! Ja du bist ein Guter, ja du bist ein Schöner! Brav!"

Selbst der Feind, den auch ein Hund an der Front, egal

ob Sanitäter oder Melder, zuverlässig erkennen mußte, schien Gorm zu lieben. Jedenfalls grüßten und lobten die Soldaten mit den fremden Uniformen ihn jeweils in ihrer Sprache, so viel verstand er, wenn es ihn im Kriegsgewühl zwischen die Linien verschlug und er durch das Niemandsland irrte. Doch nicht ein einziges Mal versuchten sie, ihn mit Wurstzipfeln oder Fischköpfen anzufüttern, um ihn als Helfer des Feinds gefangen zu setzen und so der Gegenseite zu schaden. Auch schossen sie niemals gezielt auf Gorm, nein, fast schien es, als schössen sie leichter auf Menschen als auf Hunde.

An einem der letzten Kriegstage wurde Gorms Sanitäter von einem Querschläger getroffen. Er stürzte vor den Augen seines Hundes mit einem lauten Seufzer zu Boden und blieb auf dem Rücken liegen. Unter heftigem Feuer von zwei Seiten stellte der Hund sich über ihn und bot ihm die Wasserflasche, die quer unter seinem Hals hing. Doch sein Herr schaffte es nicht, sie aufzuschrauben. Er lebte noch, sprach mit schwerfälliger Zunge wie ein Betrunkener und griff seinem Hund, am ganzen Leib zitternd, mal grob, mal zärtlich ins Fell. Gorm leckte ihm gegen alle Vorschriften das Gesicht und streckte sich eng an seiner Seite aus.

Inzwischen leerte sich das Schlachtfeld, ganz allmählich. Ein Waffenstillstand war verkündet worden, der Krieg näherte sich seinem Ende. Der Sanitätsgefreite hob den Kopf und sagte unter größter Anstrengung zu Gorm:

„Such! Such verwund!"

Aber der hatte seinen Verwundeten bereits gefunden und blieb.

Eine nie gehörte Stille trat ein.

Nach einiger Zeit sprang der Hund auf, als käme ihm etwas Wichtiges in den Sinn, und rannte zu jenem Verbandsplatz, an den er und sein Sanitäter bis zum Schluß verletzte Soldaten geschafft hatten. Doch der Platz war leer und verlassen. Der Hund lief weiter, diesmal zum Gefechtsstand des Regiments, denn auch da hatte man ihn und seinen Herrn gekannt und stets freundlich begrüßt. Und tatsächlich, dort traf er auf einige Nachzügler, die soeben abrückten und Taschen mit Geländekarten schleppten. An ihnen sprang Gorm hoch und bellte laut.

Sie freuten sich und riefen:

„He, Hund, wo ist dein Sani, hast du ihn verloren? Los, komm mit uns, der Krieg ist vorbei!"

Sie schritten auf ihn zu und streckten die Hände nach ihm aus.

Da knurrte er und zeigte ihnen die Zähne.

Doch schon im nächsten Augenblick stürzte Gorm davon, über das schwer geschundene, noch immer schwelende und verminte Kriegsland, ohne darauf zu achten, wo er hintrat. Rasch fand er zu seinem Herrn zurück, wedelte und winselte um ihn herum und war froh, ihn wiederzuhaben. Die folgende Nacht verbrachte der Hund nah am Leib seines Sanitäters, fuhr mehrere Male hoch und horchte auf Lebenszeichen. Kaum wurde es Tag, erhob er sich wie auf Befehl, knurrte und bellte den Liegenden an und zog ihn so ungestüm und verzweifelt am Ärmel, daß sein Arm wie zu einem kurzen Wink in die Höhe schnellte. Als wäre dies ein Zeichen, lief der Hund abermals los und streifte suchend umher. Erst nach einer Stunde kam er wieder, im Maul so viele Brotbeutel, wie er nur tragen konnte. Gorm hatte sie Gefallenen, die noch zahlreich im Gelände verstreut waren, abgenommen, indem er mit wenig Aufwand die Lederriemen zerbiß. Nun häufte er Beutel um Beutel auf seinen Gefreiten und fuhr jeden Tag fort damit, raste davon, an sumpfigen Granattrichtern vorbei, über Blindgänger hinweg, die aus dem Erdreich blinkten, an Gräben und Sappen entlang, raste hin und her, bis sein Herr unter Brotbeuteln begraben war. Um den Leib trug Gorm noch immer den Gurt eines Sanitätshundes sowie das Rotkreuztuch, das mittlerweile vor Dreck und Blut starrte und in Fetzen hing.

Er war dünn und knochig geworden, der Bürgerhund aus Brandenburg, trank Wasser aus abscheulichen Pfützen und Lachen, nährte sich von Mäusen, Vögeln und Kaninchen, die der Krieg ihm übriggelassen hatte. Um Ratten zu fressen, ging es ihm noch nicht schlecht genug. Mehr als die Kälte und Nässe des Winters zehrte die Einsamkeit an ihm. Gorm zog tagsüber umher, entfernte sich aber nie allzu weit und hetzte während dieser Ausflüge immer wieder zu seinem Herrn zurück, nicht selten mit noch einem Brotbeutel zwischen den Zähnen, den er zu den anderen bettete, sanft und vorsichtig. Dann schaute und lauschte er um sich, zog Kreise rings um den Berg aus Beuteln, schlug zwei-, dreimal ermutigend an, schnüffelte, senkte den Kopf, lauernd und wartend, daß sein Sanitäter sich doch endlich wieder aufrichten möge.

Seine Heimat war jetzt dieser Platz, bis plötzlich ein paar Soldaten erschienen, Tragbahren abstellten, Zeltplanen ausrollten und anfingen, die Toten einzusammeln. Auch die Brotbeutel entdeckten sie und wunderten sich sehr, noch viel mehr aber staunten sie über die Stiefel, die darunter hervorlugten. Und als sie begannen, den Haufen abzutragen, um auch diesen gefallenen Soldaten zu bergen, sprang Gorm aus seiner Deckung und ging auf sie los. Keiner durfte nach seinem Herrn greifen oder ihn gar mit sich fortnehmen, eingewickelt in eine Plane! Doch die Männer zückten Waffen, und der Kriegshund wußte, was folgen würde. Also floh er, geduckt und hakenschlagend, so wie er es in der Kaserne gelernt und im Kampf oftmals angewandt hatte. Einige Kugeln strichen mit Gezische über ihn weg. Als Gorm an den gemeinsamen Platz zurückkehrte, lagen die Brotbeutel ohne Ordnung verteilt im Gelände, sein Herr aber war nicht mehr da.

Zum ersten Mal war dieser Menschenfreund nun ohne einen Menschen, einen, der sich um ihn kümmerte und um den er sich kümmern konnte. Aus seiner Einsamkeit wurde Verlassenheit. Auch besaß er keine Heimat mehr, nirgendwo, sein Herr hatte ihm stets einen verläßlichen Ort gegeben, ein Zuhause selbst noch auf dem Schlachtfeld. Darum sank Gorm wie von Zentnern niedergedrückt zwischen den herumliegenden Beuteln zur Erde, richtete sich aber unruhig schon bald wieder auf, um mit zögerndem Schritt, wobei er mehrmals hinter sich blickte, einen nahen Hügel zu erklimmen und bis in die Nacht über das Land zu heulen.

Gorms Familie unterdessen wartete daheim auf die Rückkehr ihres Hundes. Aber er kam nicht, nicht nach dem Waffenstillstand im November, nicht mit den wiederkehrenden Frontsoldaten im Dezember. Auch die Berliner Siegesparade, die sein märkisch-brandenburgischer Herr sich sehnlich erträumt hatte, mit ihm selbst und seinem heldenhaften Hund in einer der vorderen Reihen, entfiel. Der Krieg war verloren. Die Familie erkundigte sich bei der Militärverwaltung, was mit ihrer Dogge sei, erhielt aber nur die schnippische Auskunft, daß Deutschland jetzt andere Sorgen habe.

Noch im vergangenen Sommer, nachdem Gorm mit seiner Sanitätstruppe ins Feld gezogen war, hatten die Nachbarn immer wieder gefragt:

„Ja, wo ist denn euer Hund?"

Stolz war die Antwort gewesen:

„Im Krieg!"

Darauf die Nachbarn:

„Wie nobel, wie patriotisch!"

Und heute fragten sie:

„Wann kommt denn euer Hund wieder heim?"

Sie erhielten keine Antwort mehr und riefen:

„Gott im Himmel, nein! Wer schickt denn auch seinen Hund in den Krieg?!"

Von dieser Stunde an versuchte seine Familie, Gorm zu verschweigen und zu vergessen. So verriet sie ihn ein zweites Mal.

Da, wo er jetzt war, in der trostlosen, todesstarren Zone, fehlten Gorm die Menschen von Tag zu Tag mehr. Er hatte Sehnsucht nach ihnen und Heimweh nach ihren Orten. Mit seinem noch immer scharfen Gehör vernahm er, zuerst schwach, dann stärker, Stimmen, aber auch Arbeitsgeräusche oder Glockenläuten. Alles Laute, Töne und Klänge, die von weither zu ihm drangen, ja, in seinem tiefen Alleinsein mit überwachen Ohren geradezu von ihm angelockt wurden. Dieser wohltuende Menschenlärm kam aus den Dörfern des allmählich wieder dichter bewohnten Hinterlandes. Und Gorm konnte gar nicht anders, als ihm entgegenzugehen, irgendwie und immerzu heimwärts. Aber er war nicht mehr der alte, auf dem die Kinder einst durch Haus und Garten hatten reiten, mit dem sie im Teich hatten baden können wie mit einer Amme, er war mißtrauisch und zaudernd geworden, senkte häufig den Kopf weit hinab und sah die Welt schräg von unten an.

Am ersten Zaun des Dorfs hielt er inne und kauerte nieder. Aus seiner Deckung blickte er die Straße hinunter, sah ein Pferdefuhrwerk dahinrollen sowie Männer und Frauen herumgehen, und auch Kinder tauchten in seinem Blickfeld auf und kamen näher, mit Schultaschen auf dem Rücken und Büchern unter dem Arm. Ihnen zeigte er sich, gab, als hätten die drei, vier Jungen und Mädchen ihn mit ihren hellen, flinken, fast singenden Stimmchen gerufen, seine Zurückhaltung auf und trat in ihren Weg. Dort blieb er ruhig stehen und schaute sie aus einigem Abstand neugierig an. Seit Monaten hatte er keine Kinder gesehen und gehört und war doch zu allen Zeiten ihr Freund, sogar ihr Schwarm gewesen. Vom Bürgersteig hatten sie ihm früher zugewinkt und seine Leute darum gebeten, „den großen lieben Hund einmal streicheln zu dürfen".

Diesmal ging es anders.

Die Kinder standen mit einem Mal still und verstummten. Sie blickten auf Gorm und sahen einen gespensterhaften, klapperdürren, über und über verdreckten Hund mit Stummelohr, der sie aus trüben Augen anglotzte. Er war viel größer als jeder Haus- und Hofhund hierzulande. Speichel rann ihm aus dem Maul, sein Fell war zerrauft, und am Leib trug er eine Art Hemd oder zumindest die Reste davon, außerdem ein Geschirr wie Zugtiere. Im Nu machten die Kinder kehrt und liefen kreischend dorfeinwärts, im Nu auch waren Erwachsene auf der Straße und näherten sich dem fremden Hund. Steine flogen in seine Richtung, Knüppel wurden hochgereckt, und Gorm erspähte sogar Waffen in den Händen der Meute, darunter Handgranaten, deren Wirkung ein schlachterprobter Hund nie vergaß.

Er wich zurück in die Zone, aus der er gekommen war, doch auch im nächsten und übernächsten Dorf wiederholte sich das Schauspiel. Sogar Schüsse fielen, Bauernköter wurden auf ihn gehetzt. Überall, wo Gorm erschien, brach Schrecken und Furcht aus, grad als wäre er nicht länger der allbekannte Menschenfreund. Doch nicht ein einziges Mal hatte ihn jemand hier feindselig oder gar bösartig erlebt, keiner kannte auch nur sein Fletschen oder Knurren, dieses beeindruckende Doggenknurren aus tiefster Brust. Höchstens hatte man nachts vielleicht hin und wieder von ferne sein Heulen vernommen, und die Kinder waren aus dem Schlaf aufgeschreckt. Mehr nicht! Trotzdem wurde in den Dörfern erwogen, die Polizei oder vielleicht sogar die Armee gegen dieses Untier um Hilfe zu bitten.

Denn der Krieg war noch nah, er tobte wie jüngst in den Seelen und Hirnen. Die Angst flüsterte den Dorfbewohnern ein, daß er womöglich überhaupt nicht zu Ende sei, dieser Krieg, sondern weitergeführt werde, von einer geheimen Armee, zu der auch dieser Hund gehöre. Eindeutig ein deutscher Hund, was man an seiner Rasse und an seinem mittlerweile von allen Tuchfetzen befreiten Ledergurt um den Leib zu erkennen glaubte. Wenn es aber keine Geheimarmee gebe, dann sei er vielleicht zusammen mit anderen Hunden vom Feind böswillig zurückgelassen worden, um ihnen und ihrem Land fortgesetzt zu schaden. Oder aber man hatte ihn einfach vergessen beim überstürzten Abzug, und er war vor lauter Elend und Einsamkeit dem Wahnsinn verfallen. Darauf einigte man sich schließlich: daß eine einzelne Kriegstöle an der Front zurückgeblieben und verrückt geworden sei. Man müsse zwar auf der Hut sein, dürfe sich aber nicht allzu sehr ängstigen lassen von ihr. Irgendwann werde draußen in der roten Zone eine Tretmine das Hundeproblem schon lösen.

Doch Gorm, gewitzt durch allerlei Gefahren, erhielt sich am Leben. Auch sein nie erlöschendes Heimweh nach den Menschen und ihren Plätzen half ihm dabei, es wurde zum Stachel, der ihn trieb und verhinderte, daß er sich einfach hinlegte, um zu sterben. Doch ohne Herrn war er ohne Befehl, und ohne Befehl war er ohne Orientierung. So schweifte er hierhin und dorthin, brach mal in diese, mal in jene Himmelsrichtung auf, wanderte von Niemandsland zu Niemandsland, so als gäbe es für ihn jenseits aller Ziellosigkeit vielleicht doch noch ein Ziel. Nachts schlief er in Höhlen, Erdlöchern und zerbröckelnden Bunkern. Tags schaute er über Täler und Ebenen zu den Dörfern, Gehöften und kleinen Städten hinüber und versuchte, die Menschen zu wittern. Einmal hatte Gorm sich außerhalb seiner Zone unter den wärmenden Strahlen der Frühlingssonne im ersten, noch kargen Gras lang hingestreckt, als er Gesang hörte, Menschengesang, dem er still, vollkommen ruhig bis an sein Herz und beinahe selig lauschte.

Ankunft im wüsten Land

I

Kurz nach Mittag, als die Augustsonne noch im Zenit stand, fuhr Minot mit dem Pferdegespann den *Chemin des Dames* hinunter und stieß in der menschenleeren Gegend unverhofft auf eine junge Frau. Sie schritt zügig, aber in Schlangenlinien voran, um all den Hindernissen auszuweichen, die der Krieg ihr auf dieser Strecke in den Weg gelegt hatte. Ihr Kleid war grün, ihr Hütchen ebenfalls, und für einen Schirm, der im gleißenden Licht überaus nützlich gewesen wäre, hatte die Frau keine Hand frei, da sie rechts und links jeweils ein Gepäckstück trug.

Minot hatte hier draußen seit seiner Rückkehr noch keine Frau gesehen, und er traute auch jetzt seinen Augen nicht. Aber es war tatsächlich eine! Er hielt an, erhob sich von seinem Sitz, zog die Mütze und fragte vom Kutschbock herab, ob er die Dame nicht mitnehmen könne. Sie verstand seine Worte nicht, aber durchaus, was er sagen wollte, und antwortete auf englisch mit Ja. Minot nickte erstaunt, sprang vom Wagen und lud den Koffer und die Tasche der jungen Frau auf, danach half er ihr auf den Platz neben dem seinen. Bevor er selbst wieder aufstieg, gab er seinem Pferd

Wasser aus der hohlen Hand, die er mit der anderen aus einer Feldflasche immer wieder füllte. Anders ging es nicht, wenn das Tier trinken wollte, da sämtliche Brunnen und Quellen längs der Straße zerstört oder verseucht waren.

Die Frau sagte ein paar Worte in begeistertem Ton, die wiederum der Junge nicht verstand. Doch er lachte, zumal sie auf den Strohhut zeigte, den er seinem Pferd aufgesetzt hatte, mit zwei Löchern, aus denen die Ohren ragten. Darüber waren die beiden sich offenbar einig: daß man dem Leben zuweilen etwas Lustiges abgewinnen mußte.

Langsam rollte ihr Gefährt knirschend und rumpelnd dahin. Minot kam aus der Stadt Laon zurück, wo er für die *Heldin* Lebensmittel und Getränke eingekauft hatte. Er war jetzt Gastwirt und stolz darauf. Gastwirt in der Todeszone, aber immerhin! Davon hätte er zu gern auch der jungen, hübschen, nur ein bißchen gar zu rot versengten Engländerin erzählt. Als Fremde reizte sie sein Mitteilungsbedürfnis, und außerdem hatte er längst die Erfahrung gemacht, daß es viel schöner war, Frauen zu erzählen als Männern. Aber er konnte ihre Sprache nicht, und sie offenkundig nicht die seine. So schwiegen die beiden, wackelten hin und wieder vielsagend mit dem Kopf oder lächelten bedeutsam vor sich hin. Elsie fiel auf, noch nie unter Menschen gewesen zu sein, die sie nicht verstand, doch kaum betrat man Europa, schon war man in Sprachnot.

Derweil passierten sie die Drachenhöhle, in deren Labyrinth noch immer ein vollständiges Bataillon toter Soldaten liegen sollte, großteils im Giftgas erstickt.

Auch fuhren sie am Gutshof *Hurtebise* vorbei, der im Krieg kurz und klein geschossen worden war, eine letzte Fensterhöhlung starrte schwarz ins Weite. Und sie kamen an Craonne und Craonnelle vorüber, beide so gründlich zerschmettert, daß sie sich vor der kluftenreichen Felsenlandschaft ringsum kaum mehr abhoben. Die junge Frau erschrak, als sie in den Haufen aus Gestein und Mauerwerk die ehemaligen Behausungen erkannte. Fast alles hier draußen bedrückte sie, darum hing ihr Blick lang und geduldig an einem einzelnen heilgebliebenen Baum auf einer Anhöhe. Schließlich schaute sie zum Himmel auf, der gleichfalls unversehrt geblieben war und über dieser Trümmerwelt erstrahlte in herrlichstem Gold und Blau.

Sie senkte wieder den Blick und sagte sich: Jetzt, jetzt bist du in Jims Landschaft!

Minot hatte unterdessen eine Methode erdacht, mit der fremden Frau vielleicht doch noch ins Gespräch zu kommen. Wenn er sie schon nichts fragen konnte, dann mußte er versuchen, ihr eine Antwort anzubieten, die sie nur noch zu bejahen oder zu verneinen hatte. Minot holte Luft und rief:

„*Cimetière!*" Dabei zeigte er auf die Frau, um gleich darauf vor ihrem Gesicht mit zwei Fingern ein Kreuz abzubilden.

„*Ci-me-tière?*" wiederholte er, langsamer und fragender.

Da sie nur wild zwinkerte und ratlos stutzte, sagte er mit leichter Ungeduld auf französisch:

„Sind Sie hier, um einen Soldatenfriedhof zu besuchen?"

Beim dritten Mal löste das fremde Wort ein vertrautes Echo in ihr aus, und sie begriff, was der Junge wissen wollte:

„No, no, no!", rief sie und fuchtelte, als müsse diese Antwort noch in Gesten übersetzt werden.

Süßsauer lächelnd fielen beide wieder in ihr altes Schweigen zurück.

Aber schon nach Sekunden schlug Minot sich gegen die Brust und sagte laut:

„Minot, français!!"

Worauf die junge Frau sich ebenfalls an die Brust tippte und etwas leiser antwortete:

„Elsie, english!"

Und abermals Minot: „Ingölisch."

Darauf Elsie brav: „Fransey."

Sie nickten beide, als wären alle Zweifel beseitigt.

Nach einer Weile hielt Minot das Pferdegespann mit einem kurzen Ruck der Zügel an. Links vom Weg war ein Holzschild zu sehen, auf dem in grober Handschrift zu lesen stand: *Chemin des Dames*. Er selbst hatte dieses Schild schon vor längerem angebracht, hier, am östlichsten Punkt der historischen Straße, die im Lauf der Zeit, wie er hoffte, für alle Welt wieder zur Sehenswürdigkeit werden würde. Rechts gegenüber befand sich ein zweites, ebenfalls von ihm gesetztes Schild mit der Aufschrift *À l'héroine des ruines*, darunter wies ein Pfeil nach Süden, ein Sträßchen hinab, das leidlich repariert schien. Sie hatten die Abzweigung erreicht, die Minot mit Pferd und Wagen nehmen mußte, um vollends heimzukehren.

Er stieg ab und hob Arme und Schultern zu der Frage,

wie es jetzt weitergehen solle. Elsie antwortete ihm mit dem Wort *„Hotel!"*, bei dem sie zuerst auf ihr Gepäck und danach auf sich selbst zeigte. Minot wiederum erwiderte ihr mit flatternden Händen und zuckenden Brauen, daß es hier weit und breit kein Hotel gebe, wo denn auch, wie denn auch. Worauf Elsie mit dem Finger das französischsprachige Schild der *Heldin* anvisierte und noch einmal, jetzt im Frageton, sagte: *„Hotel?"* Minot lachte, diesmal echt überrascht, aber fast noch im selben Moment wurde er wieder ernst, bejahte mit vielerlei Zeichen und rief in der einzigen Sprache, die er beherrschte:

„Ja, verdammt! Warum denn nicht?"

Und die junge Engländerin sollte sein erster Hotelgast sein.

Was immer Elsie dort erwarten mochte, sie hatte sich vorgenommen, es auszuhalten. Während der ganzen Reise auf dem Schiff, im Zug oder zu Fuß, war ihr Vorsatz stark und stärker geworden: Es gibt kein Zurück, egal, wie ungemütlich die Lage noch wird.

Sie erblickte das kleine Holzhaus schon von weitem und fand es reizend, zumal in dieser Umgebung, für die ihr kein passendes Wort einfiel. Das war weder Landschaft noch Natur, weder Wald noch Wiese noch Heide, nur klaffende, aufgewühlte, verschorfte Erde, totes Holz, pechschwarzes oder aschfahles Buschwerk, durchschlungen von Stacheldraht, durchbohrt von Eisenstangen, doch alles in allem unverkennbar: eine zutiefst menschliche Schöpfung, sozusagen die Gegenschöpfung zur göttlichen! Und mitten drin dieses Häuschen, das fast zu Tränen rührte.

Minot wußte, was ein erster Blick auf die rote Zone bewirkte und gab weder einen Ton noch ein Zeichen von sich. Die junge englische Dame sollte sich zuerst wieder fassen. Inzwischen half er ihr sacht dabei, vom Wagen zu klettern, lud ihr Gepäck und von den eingekauften Waren das Allernötigste ab und fuhr das Gespann hinters Haus, wo Pferd und Wagen schattige Stellplätze hatten. Dann steckte er feierlich den Schlüssel ins Loch der *Heldin* und drehte ihn herum: *„Voilà!“* Elsie folgte ihm zögerlich, sie dachte: Wie bei uns daheim ein Dorfwirtshaus, immerhin! Schon kleinlauter, wenn nicht verlegen öffnete Minot linkerhand eine Tür, und Elsie begriff sofort, daß dies ihr Schlafzimmer sein sollte. Eilig begann der Junge, es auszuräumen, offenbar schlief er selbst in dieser engen, niederen Kammer, und zwar in einem beinlosen Bett und unter einem Fensterchen, kaum größer als ein Bullauge auf dem Schiff, mit dem sie von England herübergekommen war. Sein Zeug warf er im Gastraum auf den Boden, als Andeutung, daß vorübergehend hier sein Nachtlager aufgeschlagen würde, dann lief er noch einmal in das Zimmerchen, wo eine schwer erträgliche Hitze herrschte, langte sich ein Gewehr aus der hintersten Ecke und sagte: *„Pardon!“* Elsie stellte ihren Koffer und ihre Tasche hinein, lächelte der Heiligen auf dem Wandbild zu und bemerkte im Hinausgehen, daß ihr Bettzeug lediglich aus einer haarigen Decke bestand, die zerknüllt auf einer nackten Matratze lag.

Darauf winkte Minot sie ins Freie, drückte ihr dort eine leberfarbene Waschschüssel in die Hand und wies auf eine Regentonne, über der an der Hüttenwand eine große Schöpfkelle hing. Er schlenkerte die Arme zum Himmel hinauf, als wolle er sagen: Aber die Dusche funktioniert nur, wenn es regnet! Dann folgte der schwierigste Teil der Einweisung, er forderte von beiden viel Selbstverleugnung. Etwas abseits, zwischen Baumstrünken und Sandsäcken, wartete nämlich der Abort, den Minot und seine Freunde auf seinen Wunsch hin erbaut hatten, damit die Besucher der *Heldin* ihre Notdurft nicht weiterhin rings im Gelände verrichten mußten. Er war verborgen hinter einem Paravent aus Zeltbahn und Zaunlatten und bestand aus einer Grube sowie einem hüfthohen Sitzgerüst unmittelbar davor, in greifbarer Nähe eine Büchse mit Löschkalk. Klopapier konnte man weit und breit keines sehen, und Elsie war froh, zwei, drei Rollen mitgebracht zu haben. Noch froher aber war sie in diesem Augenblick, daß keiner von ihnen etwas sagen konnte, was der andere verstanden hätte. Nur ein gründliches Schweigen rettete sie vor noch größerer Peinlichkeit. Doch Elsie fing sich schnell und dachte: Ich werde ihn nicht nach dem Preis für eine Übernachtung fragen, er könnte es als Hohn mißverstehen, dieser Minot, der ein netter und feiner junger Mann ist und den Mut besitzt, eine Frau einzuladen, hier, in diesem Ein-Zimmer-Hotel zu wohnen. Sie empfand Dankbarkeit, weil sie so Jim und seinem Krieg nahe sein konnte.

Minot ließ sie allein, um das Abendessen zu richten. Nach einiger Zeit kam er wieder, deckte für seinen ersten Gast draußen vor der *Heldin*, auf einem kleinen Tisch, um den Holzklötze als Stühle standen. Dann servierte er ein Omelette mit Schinken sowie getrockneten

Kräutern und Pilzen, dazu Käse und tintigen Rotwein. Am besten schmeckte Elsie sein selbstgemachtes Brot, das der Junge offenbar schon früher gebacken und jetzt noch einmal aufgewärmt hatte, in jenem Backofen hinter dem Haus, der auf Rädern stand und den sie bei ihrem gemeinsamen Rundgang von fern erblickt hatte. Minots Brot war eine Art Baguette, aber mit Kümmel und groben Salzkörnern auf der Kruste, die nur so krachte und knirschte zwischen den Zähnen. Elsie erwischte beim Nachspülen ein paar Schluck Wein zu viel und fühlte sich rasch beschwipst, wenn auch angenehm.

Als das fortgesetzte Schweigen der beiden nahezu aufgebraucht war, tauchten zwei Männer auf. Sie trugen jeder einen Leinensack über der Schulter, waren staubbedeckt und blieben wie erstarrt stehen, als sie den weiblichen Gast bemerkten. Minot begrüßte die beiden so laut und herzlich, daß sie sich aus ihrer Erstarrung lösten und nähertraten. Auch sie freuten sich, ihren *jeune patron* – den *jungen Hausherrn* – nach zweitägiger Abwesenheit wiederzusehen und das Lokal geöffnet zu finden. Dann stellte der Wirt seine Gäste einander vor, und die beiden Männer verneigten sich vor der schlanken, zierlichen Engländerin mit dem hochgesteckten Blondhaar. Elsie trank ihnen wortlos zu, in der Gewißheit, sich auch ihnen nicht verständlich machen zu können, als der eine, Jan geheißen, sie auf englisch ansprach.

„Mensch, Pole!", krähte Minot, „dann können wir von nun an durch dein Maul miteinander reden!"

„Ja doch!", antwortete der, „für einen ungebildeten

Grenzlandeuropäer wie mich ist es eine Ehre, zwischen den gebildeten Kulturvölkern aus der Mitte übersetzen zu dürfen!"

In Elsies Sprache war der Satz viel kürzer, vor allem die Spitzen fehlten.

Höflich fragte Elsie, wieso Jan so gut Englisch spreche. Er habe es bei seiner Ausbildung zum Lehrer gelernt, lautete die Antwort, zusammen mit Französisch, Russisch und Deutsch. Ob alle seine Landsleute so viele Sprachen lernten. Er vermute es. Und wieso? Weil Polen schwache Freunde und starke Feinde habe, und weil es ratsam sei, schon früh herauszuhören, was beide vorhätten. Vor allem die Feinde nicht zu verstehen, sei gefährlich und habe sich für sein Land schon öfter gerächt. Außerdem sei es nützlich, mehrere Sprachen zu sprechen, weil so ein Pole ab und an ins Exil müsse. Warum er nicht daheim als Lehrer arbeite, wollte Elsie noch wissen. Weil seit dem Krieg in seinem Beruf nichts mehr zu verdienen sei, und er habe schließlich Frau und Kinder. Und was er hier arbeite, in Frankreich.

„Ich säubere das Schlachtfeld."

„Von was?

„Von allerhand! Was so rumliegt."

„Und damit verdient man mehr als ein Lehrer?"

„O ja, o ja."

„Was erzählst du ihr?", wollte der Spanier Pablo wissen.

„Daß wir hier stinkreich werden."

„Gut, sehr gut!"

Pablo hatte unter einem Holzstoß ein Feuer entzündet und fachte es mit einem Wedel an, während Minot seinen Freunden Wein einschenkte und einen Aschenbecher auf den Tisch stellte.

Viele Fragen waren aufgelaufen, sie drängten im Hintergrund. So wollten alle drei Männer gleichzeitig wissen, was eine Frau wie Elsie in dieser Gegend treibe, und auch noch alleine. Sie sagte es ihnen:

„Mein Ehemann war hier im Krieg."

„Und ist gefallen", schloß der Pole.

„Nein, er lebt, ist aber schwer verwundet: an der Seele!"

Alle drei blieben stumm. Sie blickten drein, als hätte die junge Engländerin ihnen gerade etwas sehr Intimes verraten.

„Ich will herausfinden, wie hier Krieg geführt wurde und was die Soldaten erlebt haben", fuhr Elsie fort.

Jan nahm die Hände hoch: „Also wir waren nicht dabei." Pablo hob und senkte behäbig den Kopf.

Minot hatte besser verstanden und rief: „In die Dörfer ringsum kehren immer mehr Leute zurück, manche werden sich erinnern, was im Krieg hier passiert ist. Wir könnten sie besuchen und danach fragen. Auch die französischen Soldaten, die im Krater von Berry alte Munition sprengen, könnten etwas wissen."

Der Pole übersetzte, Elsie nickte lächelnd in die Runde.

„Von morgen an werde ich fürs erste die Gegend ein wenig erkunden", sagte sie noch wie beiläufig. Und löste damit Geschrei in mehreren Sprachen aus.

Jan erklärte ihr, warum sie auch den kleinsten Spaziergang nur in Begleitung und nur auf gebahnten

Wegen machen dürfe. So gut er konnte, erzählt er Elsie von den todgefährlichen Hinterlassenschaften des Krieges: von wohlerhaltenen Gaskartuschen knapp unter der Erdoberfläche, die nur darauf warteten, mit einer Schirm- oder Stockspitze angestochen zu werden, von Schrapnellgeschossen und Splittergranaten, die schon durch den leichtesten Damenfußtritt zu erschüttern seien, und vom ganzen üblen Rest des unterirdischen Feuerwerks, das zig Schlachten überdauert habe und vor Inkrafttreten des Friedensvertrags unbedingt noch abgebrannt werden wolle.

Jan hatte sich selbst übertroffen, belebt von der Nähe und der fassungslosen Aufmerksamkeit der Frau.

Sein Freund, der Spanier, sagte: „So schön hast du mir noch nie erzählt, das hör ich am Ton."

Der Pole war auch auf Madame Berthe zu sprechen gekommen, die Gründerin der *Heldin*, diesem ersten und bisher einzigen Haus in einer über Dutzende von Quadratkilometern ausgedehnten Kriegswüstenei. Doch ebenso hatte er von der Neugründung durch Minot berichtet, von dessen Vertreibung und Wiederkehr, auch von seiner Familie in der Stadt. Viel Hoffnung sei mit diesem Jungen an den *Chemin des Dames* zurückgekehrt. Kein erwachsener Mann hätte wohl dasselbe erreicht, höchstens eine Frau. Gegen Ende war Jan zusehends leiser geworden und entschuldigte sich schließlich für seine sprachliche Darbietung, indem er zweimal um Pardon bat, zuerst auf englisch, dann auf französisch.

Elsie war so überwältigt, daß sie in der Folge bei fast jedem Wort flüsterte, grad als dürfe sie niemanden wecken. Währenddessen hatte Pablo angefangen, ihren Schuh zu reparieren, einen verstaubten Damenstiefel, an dem der Absatz locker geworden war, was der Spanier als erster entdeckt hatte. Jetzt befestigte er ihn wieder mit ein paar Nägelchen und einem kurzstieligen Hammer, wobei der Tischrand ihm als Unterlage diente. Das Werkzeug hatte er aus dem Sack zusammengesucht, der neben ihm auf dem Boden lag. Elsie bewunderte seine Geschicklichkeit, zumal im schwächer gewordenen Tageslicht.

„Sind Sie Schuhmacher?", wollte sie wissen.

„Nein", antwortete Pablo, „Industriearbeiter."

„Hat Spanien denn eine Industrie?"

„Nein, nur Industriearbeiter!"

„Und darum sind Sie hier."

„Nein, sondern weil ich ein bißchen an eurem schönen Krieg verdienen will!"

„Das übersetze ich nicht", sagte der Pole.

Rasch wurde es dunkel und kühler. Elsie begann zu frösteln, zugleich fühlte sie, wie heiß ihre sonnenverbrannten Wangen noch waren. Sie saß ganz allein mit drei fremden Männern in dieser Grauenslandschaft jenseits aller Zivilisation. Sollte sie sich fürchten? Wie zur Antwort ging Minot ins Haus und kam mit einer Decke zurück, die er ihr um die Schultern legte. Wind kam auf, trug ungute Gerüche an Elsies Nase, wie von Fäulnis, Verwesung, kaltem Brand. Ein sonderbarer Tiergesang war zu hören, Elsie hob den Kopf und dachte an einen Nachtvogel.

„Der Fuchs", sagte Minot. Jan übersetzte, Pablo nickte.

Elsie spürte den Geschmack von Ruß auf ihrer Zunge. Als es vollends Nacht geworden war, verabschiedeten sich die beiden Schlachtfeldarbeiter, ergriffen ihre Leinensäcke und verschwanden mit Geklapper in der Finsternis. Elsie und Minot waren wieder in Sprachlosigkeit vereint und gingen ebenfalls schlafen. Am nächsten Morgen, als die junge Engländerin ausgeruht von ihrem schlichten Lager aufstand, konnte sie ihren Gastgeber nirgends finden, nicht in der Kneipe, nicht davor. Der wolkenlose Himmel sagte ihr: Dieser Tag wird so schön wie der letzte. Sie nahm an dem Tisch im Freien Platz, auf dem bereits frisches Frühstücksgeschirr stand, ebenso ein sauberes Weinglas, dessen Zweck sie aber nicht erriet. Bis Minot zurückkehrte, den der Ehrgeiz hinausgetrieben hatte, seinem Gast einen Strauß zu pflücken, ein kärgliches Schlachtfeldsträußchen, das er in der vom Krieg unfruchtbar gemachten Landschaft mühsam genug zusammengestoppelt hatte und das aus einem kleinen Fichtenzweig, einer blassen Herbstzeitlosen sowie zwei Sumpfdotterblumen von der Innenseite eines Granattrichters bestand, deren gelbe Blüten sich noch nicht getraut hatten, aufzugehen.

II

Das Ehepaar Krüger rollte im Auto durch Frankreich, langsam und vorsichtig. Bloß keine Panne, bloß keinen Unfall! Beide schwiegen und weilten in Gedanken immer wieder am Grab ihres Sohnes, das sie besuchen wollten. Noch nie zuvor waren Max und Magda Krüger, obwohl seit Jahrzehnten verheiratet, einander so ausgeliefert gewesen, eng auf eng und eingesperrt in dem dahinrollenden Gefährt. Nachdem sie mehrere Städte und Dörfer durchquert hatten, dachte der Mann:

Mehr Siegesstimmung hätte ich ja schon erwartet! Trikoloren, Girlanden, stolze Gesichter!

Und der Frau ging durch den Kopf: Wahrscheinlich sind wir seit dem Krieg die ersten Deutschen hier!

Oft blickten Passanten ihnen vom Straßenrand aus hinterher, auch mit Gefuchtel und Rufen. Wurden so die noch seltenen Autofahrer gegrüßt, oder drohte man den durchreisenden Deutschen? Das war nicht zu erraten.

Sie umfuhren die Stadt Reims, aus Furcht, die Einwohner könnten sich rächen an ihnen für die Zerstörung der Kathedrale im Spätsommer 1914. Die halbe Welt hatte damals gegen die deutsche Kriegsführung protestiert.

Herr Krüger erinnerte sich an die Pistole, die er bei sich trug, und hoffte, sie nicht gebrauchen zu müssen.

Frau Krüger kämpfte gegen ihre Tränen an und stammelte nach innen: Wir haben diesen Krieg ja nicht selbst geführt, wir sind nur die Eltern eines gefallenen Soldaten, das wird man doch wohl respektieren!?

Die beiden litten in ihren viel zu dicken schwarzen Trauerkleidern unter der Augusthitze. Der aufgewirbelte Straßenstaub vernebelte ihnen die Sicht.

Seit sie den Rhein überquert hatten, bei Morgengrauen, waren sie ohne Halt durchgefahren. Wasserflaschen und Eßpakete befanden sich in ausreichender

Menge auf der Rückbank, und im Kofferraum standen gut vertäut sechs volle Benzinkanister, damit man in Feindesland nicht auch noch einen *Garagisten* aufsuchen mußte, um zu tanken. Je näher die Reise gekommen war, desto mehr Angst hatten die Krügers verspürt. Doch Trauer und Pflichtgefühl erwiesen sich auf Dauer als stärker. Felix, ihr getötetes Kind, ruhte hier, in französischer Erde, sie konnten unmöglich fortbleiben! Ohne Feierlichkeit, ohne Gebet, ohne Segen war er vermutlich bestattet worden, als Fremder und unterlegener Feind in eine Grube geworfen, weit und breit keiner Menschenseele bekannt oder gar lieb.

Für alles, was sie erwartete, sammelten Vater und Mutter Krüger Kraft im gemeinsamen Schweigen. Doch auch das Unausgesprochene, das seit Monaten zwischen ihnen wuchs und wucherte, reiste mit und war für den Ehefrieden gefährlicher als zu Hause. Im fahrenden Auto und auf feindlichem Boden konnten sie einander nicht aus dem Weg gehen. Also blieben sie stumm und ließen sich gegenseitig allein in ihrer Trauer und in ihrem Mißtrauen.

Die Frau verschwieg, daß sie eine schwere Mitschuld der Eltern am Tod ihres Sohnes fühlte, weil sie Felix mit keinem Wort davon abgehalten hatten, in den Krieg zu ziehen.

Der Mann verschwieg, daß er für seinen toten Sohn eine Zukunft plante und ihm einen so ehrenvollen wie nutzbringenden Platz in der Firmen- und Familiengeschichte zudachte.

Zugleich hofften Max und Magda Krüger, diesen schmerzvollen Besuch rasch hinter sich zu bringen.

Schon morgen wollten sie wieder in umgekehrter Richtung unterwegs sein.

Sie hatten keinen Blick für das ruinierte Land ringsumher, wie für einen Kriegskrüppel, den man auf dem Bürgersteig links liegen läßt. Erst der Friedhof, den das Ehepaar am frühen Nachmittag erreichte, überwältigte sie. Ihr Gefühl sagte ihnen: Kriege hat es immer gegeben, aber noch nie solche Kriegsfriedhöfe! Tausende von toten Soldaten mußten hier beerdigt sein. Ihre Grabhügel waren alle noch frisch und neu, keiner von ihnen hatte sich bereits gesenkt. Und am Kopfende eines jeden: das hölzerne Kreuz, hellfarbig, mit dunkler Aufschrift. Der Friedhof von *Moscou*, so hieß er, war ein Meer aus gräulichen und bräunlichen Bodenwellen, die unüberschaubar gegen den Horizont brandeten. Und die Schatten der Grabkreuze legten sich längs und quer darüber wie ein riesiges Netz. Auch die Erde zwischen den Grabstellen war nackt, nirgends ein Grashalm. Das gesamte Totenfeld besaß noch keine Umfriedung, keine Pforte, übergangslos grenzte es an verstruppte Flächen und zerschotterte Gebäude, von weitem glitzerte ein Wasserspiegel herüber oder Weißblech. Auch kein Friedhofswärterhäuschen gab es, ganz zu schweigen von einem Blumenladen. Fern im Hintergrund und kaum streichholzgroß waren Menschen zu sehen, die offenbar auf dieser Großbaustelle arbeiteten.

Max und Magda Krüger machten sich auf die Suche nach dem Grab ihres Sohnes, die Grabnummer auf den Lippen. Den Grabschmuck, den sie von daheim mitgebracht hatten, wollten sie erst aus dem Wagen holen, wenn Felix' Platz gefunden war. Schwarz in schwarz, unter Hüten mit ausladenden Rändern, die ihre Gesichter verschatteten, schritten sie die Hügelreihen ab, prüften die jeweilige Nummer ganz oben am Kreuz und warteten voller Angst darauf, daß die richtige ihnen ins Auge sprang. Lange stolperten sie von Grab zu Grab, Staubfahnen stiegen über ihnen zum Himmel empor, kein Baum war da, um Schatten zu spenden, bis dem Mann auffiel, daß nicht nur deutsche Tote hier lagen, sondern auch französische und britische, ja, sogar russische und italienische. *Moscou* war ein Sammelfriedhof, man hatte die Gefallenen an diesem Ort nebeneinander gebettet, so wie sie auf dem Schlachtfeld gefunden worden waren, eine Totenkameradschaft über Grenzen hinweg. Doch Herr Krüger begriff nicht, daß man den Verlierern damit die Ehre erwies, im Tod gleich unter Gleichen zu sein, und wollte sich schon ärgern über schamlose Gleichmacherei und mangelnden Respekt vor einer großen Kriegernation, als er seine Frau aufschreien hörte. Sie hatte Felix' Grab gefunden.

Er lief zu ihr hin, und beide weinten um ihren Sohn.

Nach einiger Zeit fing die Mutter an, das Kreuz abzutasten, fast streichelnd, wobei sie mit lauter Stimme las: „Felix Krüger, Musketier". Dann den Namen seines Infanterieregiments und dessen Ziffern. Sie fuhr noch einmal darüber hin, so als müsse sie auch mit den Fingern lesen, um glauben zu können. Schließlich sagte sie in klagendem Ton:

„Aber wenn er gar nicht hier liegt? Wenn in seinem Grab ein ganz anderer liegt? Bei so vielen Toten! Max, das kann doch alles gar nicht wahr sein. Oder? Verzeih mir, verzeih mir, aber ich würde ihn so gerne sehen."

Der Vater zog sie am Arm fort und besänftigte:

„Komm, laß uns die Sachen holen, Magda, wir wollen sein Grab schmücken."

Sie gingen zum Auto, tranken Wasser und kehrten mit einem Grabgesteck sowie einem Eimer voll Nelken nebst Stichvase zurück. Beide ächzten unter der immer noch sengenden Sonne. Frau Krüger fing an, Felix' Grab zu schmücken. Sie suchte für das Gesteck aus heimischen Tannenzweigen und -zapfen einen Stellplatz zwischen den harten Erdbrocken, stieß die Vasenspitze zwischen die trockenen Schollen hinab und wand am Ende sorgsam einen meterlangen schwarzen Trauerflor um das Kreuz. Andächtig standen Felix' Eltern schließlich auf diesem endlos langgestreckten Leichenacker vor dem einzigen Grab, das geschmückt war. Und merkten in ihrer Versunkenheit nicht, daß sie Besuch erhielten, von rund einem halben Dutzend Friedhofsarbeitern aus einer entfernten Ecke, die sich von den Trauergästen und ihrem Tun offenbar angezogen fühlten. Es waren lauter abgehärmte, sehnige und knochige junge Männer mit nackten, rot verbrannten Oberkörpern sowie alten, ausdruckslosen Gesichtern, begleitet von einem dunkelhäutigen Soldaten, der ein Gewehr über der Schulter trug. Sie gingen überaus langsam, fast schleppend in ihren Drillichhosen und Knobelbechern und kamen schlurfend heran. Als sie das Grab erreichten, zog einer der Entblößten seine Mütze vom Kopf und begrüßte das Paar auf deutsch, zumal es am Grab eines Deutschen trauerte.

„Wenn Besucher auf unseren Friedhof kommen, sind wir immer ein wenig aufgeregt", sagte er wie zur Entschuldigung und schloß die Frage an: „Ihr seid seine Eltern, nicht?"

Krüger vergaß, ihm zu antworten, so überrascht war er:

„Deutsche?", rief er. „Was machen denn deutsche Soldaten auf diesem Friedhof? Der Krieg ist doch aus!"

„Wir sind Kriegsgefangene", entgegnete beinahe vorwurfsvoll ein zweiter, „ihr werdet uns doch nicht vergessen haben!?"

Als Krüger darauf nichts erwiderte, sprach noch einmal der erste:

„Wir legen diesen Friedhof an, heben Gräber aus, tun die Toten rein, schaufeln wieder zu und ..."

„... woher stammen denn eure Toten?", fragte Frau Krüger forsch dazwischen.

„Aus Deutschland, England, Frankreich und sonstwoher."

„Nein, wo findet ihr sie, wo waren sie bisher begraben?"

„Manche in Massengräbern, da drüben an der Front, manche auch gar nicht. Tote liegen hier noch überall im Gelände, tausendfach!"

„Und seit wann?"

„Oft seit Jahren."

„Ihr findet auch solche, die vermißt waren?"

„Ja, auch solche."

Die dürren Gestalten kamen bei jedem Wort näher, und mit ihnen ihre Schatten. Sie bauten sich in immer engerem Kreis um das Ehepaar auf. Mit kindlicher Zuneigung schauten sie Herrn und Frau Krüger an, beschnupperten die beiden wohlgenährten, herausgeputzten Gäste, lächelten von rissigen Lippen und mit staunendem Blick vor allem die Frau an, die im letzten Moment ihren Schleier heruntergezogen hatte, um ihr verweintes Gesicht zu verbergen.

„Ihr seid seine Eltern", wiederholte einer. „Es ist schön, Eltern zu haben, wir haben auch Eltern. Wo seid ihr her?"

Krüger froh: „Aus Esslingen!"

Der Name traf, er weckte Heimweh, rief Seufzer hervor.

Einer sagte: „Also ich bin aus Bühl."

Ein anderer: „Ich aus Calw."

Ein dritter: „Und ich aus Augsburg."

Lauter Beschwörungen, denen nur Stille folgen konnte.

Nach einer Pause wagte Krüger zu fragen:

„Und wo seid ihr hier untergebracht?"

„Im Lager, dort, hinter der Kuppe."

Die Kriegsgefangenen erzählten mehrstimmig und durcheinander, daß sie zu Beginn noch achtzig Mann gewesen seien, zwanzig ihrer Kameraden seien inzwischen jedoch gestorben: an Krankheiten und Unterernährung, an Arbeitsunfällen, einige seien auch bei Fluchtversuchen erschossen worden.

„Wahrscheinlich von dem da", knirschte Krüger und wies mit dem Kinn nach dem schwarzen Wachmann hin.

„Nein", riefen die Gefangenen im Chor, „Amadou ist der einzige, der uns nichts tut. Kein anderer hätte uns von der Arbeit weggelassen. Wir wollten euch doch aus der Nähe sehen, und eure bunten Blumen."

Krüger fixierte den Afrikaner, konnte sich aber nicht entscheiden, ihn zu grüßen. Weshalb er von ihm gegrüßt wurde.

Darauf wollte Felix' Vater, ganz und gar unvermittelt, noch wissen, an wen man sich zu wenden habe, um die Überführung eines Kriegsgefallenen nach Deutschland einzuleiten. Seine Frau zuckte, als sie das hörte, unter ihrem Schleier zusammen.

Doch die Gefangenen konnten ihm nicht helfen und sagten, das Ehepaar solle morgen noch einmal kommen, da sei dann Franz wieder da, der heute krank in seinem Bett liege, der kenne sich mit solchen Dingen aus.

Zögerlich gingen sie davon, in schlotternden Hosen, die an den ausgemergelten Leibern teils nur von Kälberstricken um die Hüfte oben gehalten wurden. Einer wandte sich noch einmal Felix' Grab zu und sagte:

„Wir bleiben, du darfst gehen."

Dann entfernten sie sich mit schweren Schritten, aber nicht ohne ein paarmal verlegen zurück zu winken.

Wie geplant, würde das Ehepaar Krüger im Auto übernachten, das auf einer Ödfläche vor dem Friedhof abgestellt war. Die Frau saß am frühen Abend bei offener Tür auf dem Beifahrersitz, eine Decke über den Knien. Der Mann stand breitbeinig davor und rauchte, den Blick auf das Totenfeld gerichtet, dessen Gräber mitsamt den Kreuzen in der anbrechenden Nacht versanken wie in trübem Wasser. Doch je dunkler es wurde, desto heller erstrahlte über ihnen der sommerliche Sternenhimmel.

Magda Krüger erlebte ein Gefühl aus der Kindheit wieder: Sie fürchtete die Nähe der Toten in der Nacht, zumal so unerhört vieler Toter. Trost fand sie einzig bei dem Gedanken, daß ihr Mann Felix hier wegholen würde. Daß er das wollte, daß er das so kraftvoll betrieb, war großartig von ihm! Ein kleines Glück in ihrem großen Unglück! Schon morgen wüßten sie mehr. Und bald, sehr bald wäre ihr Sohn zu Hause, in fußläufiger Nähe zu ihrer Wohnung, auf dem Stadtfriedhof. Dort könnte sie trauern und weinen um ihn, wann immer ihr danach war. Und sein Grab pflegen wie ihren Garten, noch viele Jahre lang. Denn so alt, dachte sie, bin ich schließlich noch nicht.

Frau Krüger hörte Geräusche, sie kamen vom Friedhof her, ein Grunzen und Hecheln, Jaulen und Krächzen. Welche Brut machte sich im Schutz der Finsternis dort zu schaffen, suchte Nahrung, baute Nester, pflanzte sich fort? Ihr graute noch mehr vor diesem Ort, und sie beruhigte sich wiederum mit dem Gedanken, daß ihr „liebster Felix" hier nicht seine letzte Ruhe finden mußte. Aus der Ferne war eine Explosion zu hören, nicht die erste am heutigen Tag. Wer nahm da auch nachts noch Sprengungen vor? Ein übelriechender Wind strich über den Platz hin, wie von Dung, Morast und Asche, ein Gestank, der noch öfter kam und ging.

Auch Herr Krüger, der direkt aus der Flasche Esslinger Rotwein trank, um Schluck für Schluck seine Angst zu lösen, war zufrieden. Er hatte sich in Sekundenschnelle durchgerungen, und jetzt war es heraus: Sie würden alles daransetzen, um ihren Sohn nach Deutschland umbetten zu lassen! Das war der Plan gewesen, den er seit Frühjahr heimlich entwickelt hatte. Empört rief er sich noch einmal ins Bewußtsein, daß man auf diesem Friedhof keinerlei Unterschiede machte, sondern die Gefallenen beieinander begrub, als wären sie einfach nur Menschen und nicht vor allem Angehörige ihrer jeweiligen Nation. Eine Idee, so recht nach Demokratenart! Vorgeschmack auf ein Vielvölkereuropa, in dem alle rücksichtslos miteinander gekreuzt, vermischt oder zusammengeworfen wurden. Erbärmlich! Aus dieser Vermengung mußte er seinen Sohn befreien, ja, herausreißen. In der Heimat, das war versprochen, wartete eine schöne Beerdigung auf ihn, ganz echt und ganz wirklich, mit christlicher Predigt und *Ich hatt einen Kameraden,* ebenso aber mit einem Orden auf dem Sargdeckel, wenn Felix denn einen Orden hätte. Alle Freunde, Angehörigen und Geschäftspartner sollten dazu eingeladen werden.

Eine Beerdigung, würdig eines Kriegshelden.

Bei dem letzten Wort fuhr Krüger herum, als hätte er es laut ausgesprochen. Seine Frau haßte dieses und andere Worte mit „Held", also mußte er sich hüten. Er lächelte, nichts war passiert. Auch schlief Magda Krüger bereits, eingehüllt in ihre Decke auf dem Beifahrersitz und überwältigt von Müdigkeit sowie dem starken Schlafmittel, das sie nach dem Abendbrot eingenommen hatte.

Sacht schloß der Mann die Autotür, machte ein paar Schritte hinaus ins tiefere Dunkel und steckte sich die nächste Zigarette an. Der Wein und das anhaltende Reisefieber beflügelten ihn, in der Fremde sah er manches klarer als daheim. So etwa die allgemein menschliche, nicht nur familiäre Notwendigkeit, die eigenen Toten zu Hause und nicht in fernen Ländern zu bestatten. Selbst für sein kriegserfahrenes Volk war es eine völlig neue Erfahrung, so viele Gefallene, vermutlich ein Millionenheer, in weit entfernten und schwer erreichbaren Gräbern zu wissen. Arme Mütter und Väter, abgeschnitten von ihren toten Kindern! Eine Trennung, die nicht leicht zu verschmerzen war. Er, Krüger, wußte es von etlichen seiner Bekannten, die in ihren Häusern gut versteckt kleine Totenaltäre, Gedenknischen und Trauerwinkel eingerichtet hatten, mit Photographien und Erinnerungsstücken, mit Immortellen und nationalfarbenen Kranzschleifen, um ihre schwer entbehrten Söhne halbwegs angemessen betrauern zu können.

Dr. Max Krüger würde es besser machen! Denn mittlerweile ahnte er, welche Macht die Toten über die Lebenden wirklich besaßen. Er lachte, heiser vor Trotz, wußte aber nicht so recht, warum. Nur eines wußte er: Ein Vater mußte seinen gefallenen Sohn heimholen, und wenn es das Letzte war, was er im Leben tat.

Leichenhandel

Am anderen Morgen erwachte das Ehepaar Krüger mit
frontalem Blick auf den Soldatenfriedhof. Ein Schock
schon beim ersten Augenaufschlag! Die Sonne schien
gleißend hell, keine Wolke dämpfte ihr Licht, und im
Innern des Autos war es warm und stickig. Dafür, daß
sie im Sitzen geschlafen hatten, fühlten die beiden sich
gar nicht schlecht ausgeruht. Zum Frühstück gab es nur
den Kaffee von gestern aus der Thermoskanne, und der
war kalt und schmeckte bitter. Für die Morgenwäsche
mußte ein wenig Trinkwasser genügen, das Max und
Magda Krüger sich gegenseitig in die geöffneten Hände
gossen.

Es zog sie mit Macht hinüber zu den Totengräbern,
die in derselben Friedhofsecke arbeiteten wie am vo-
rigen Tag. Unterwegs entdeckten sie zu ihrem Entsetzen, daß der Pflanzenschmuck auf Felix' Grab von
den Tieren der vergangenen Nacht abgerupft und ab-
gefressen war bis auf den letzten Stengel. Unter den
Arbeitern erkannten sie einige wieder und wurden von
ihnen als „die deutschen Eltern" überschwenglich begrüßt. Anstelle des schwarzen bewachte heute ein
weißer Franzose den Trupp, der damit beschäftigt war,
von den Särgen, die rings im Kreis standen, einen nach
dem andern in der Erde zu versenken. Die Särge oder

eher Kisten waren geschlossen, trotzdem roch es nach Leichen.

„Guten Morgen! Wir suchen einen gewissen Herrn Franz", rief Krüger geschäftig in die Runde.

Keiner der Umstehenden, mit Schaufel oder Hacke in der Hand, antwortete ihm, bis ein junger Mann mit rotblondem Bart sich unverhofft in einem der Gräber aufrichtete, die soeben ausgehoben wurden. „Da ist der Herr Franz", rief er, ein sonnenverbrannter, abgemagerter Gefangener, der keineswegs überrascht schien, von Friedhofsbesuchern zum Gespräch gewünscht zu werden. Unter Mühen klomm er über den Grubenrand und klopfte sich den Staub von der Hose. Bevor er nähertrat, zog er das Hemd, das um seine Lenden gebunden war, über den nackten Oberkörper. Darauf führte er das Ehepaar Krüger ein paar Schritte beiseite, wobei der bewaffnete Posten ihn beobachtete, jedoch nicht eingriff.

Die Gäste schauten in ein von Erschöpfung gezeichnetes Gesicht. Schwer hingen die Augenlider herab, die Lippen waren aufgesprungen, auf der Nase wölbte sich eine dicke Blutkruste. Sein Schädel war geschoren und mit Kratzern überzogen. Als ahne dieser Franz, welches Bild er bot, sagte er matt, indem er sein bärtiges Kinn strich: „In solch einem Boden ist es ziemlich schwer, den Gefallenen ihren letzten Ruheplatz zu verschaffen. Noch in zwei Metern Tiefe nur harte, trockene, widerständige Materie. So wehrt sich Mutter Erde gegen die vielen Toten, die wir ihr einverleiben wollen. Ständig muß man ihren Widerstand brechen!"

Rasch kamen die Gäste zur Sache: Man wolle den

toten Sohn, der auf *Moscou* begraben liege, so bald wie möglich nach Deutschland überführen und im Familiengrab bestatten. Dafür hätte der französische Staat doch sicherlich Verständnis. Außerdem werde ein Grabplatz frei, den sie anderweitig nutzen könnten, an Toten fehle es ja nicht. Also, wo und mit welcher Behörde sei darüber zu verhandeln? Die Zeit dränge, sie wollten wieder abreisen.

Franz wirkte nicht überrascht, es schien, als habe er solche Gespräche schon öfter geführt. Und so begann er, noch bevor Herr Krüger mit seinen Ausführungen am Ende war, mit mechanischer Hartnäckigkeit und geschlossenen Augen den Kopf zu schütteln.

„Nein, Herr", sprach er fast amtlich, „die Franzosen genehmigen keine Heimholung deutscher Gefallener. Ihre Regierung hat beschlossen, damit mindestens fünf Jahre zu warten, aus Furcht, die Deutschen könnten alle auf einmal ihre toten Söhne abtransportieren, Hunderttausende!, und damit lebenswichtige Verkehrswege lahmlegen. Sie verstehen?! Außerdem, wenn so viele Tote gleichzeitig reisen, entsteht nur Unruhe im Volk, vielleicht sogar Massenangst, Hysterie, neuer Aberglaube."

Krüger war beim vorletzten Satz bereits in Wut geraten und schrie kaum gedämpft über den Friedhof hin: „Was für eine Zumutung für die Eltern! Wie kleinlich, wie engherzig! Wir sollen von unseren Kindern getrennt werden, für immer. Wahrscheinlich will man uns Deutsche auch damit noch strafen."

Franz blieb gefaßt und antwortete: „Es gibt noch einen anderen Weg, Herr. Er ist nicht ungefährlich, kostspielig und illegal, aber es gibt ihn." Er sei jedoch nicht bereit, an diesem Ort darüber zu reden, sondern erst am Abend in dem netten kleinen Schlachtfeldbistro namens *Zur Heldin der Ruinen*, das die Besucher aus Deutschland sicher schon kennen würden, und wenn nicht, unbedingt kennenlernen müßten. Er wies vage in Richtung Norden und fügte an: „Es sind rund vier Kilometer dorthin, drei davon kann man fahren. Wenn Sie näherkommen, sehen Sie Rauch. Der letzte Wegabschnitt ist ein Saumpfad, den bitte nicht verlassen, nicht einen Fußbreit, sonst gehen Sie in Stücke."

Damit stiefelte Franz zurück zu dem Grab, an dem er arbeitete, hockte sich steif und umständlich an dessen Rand und rutschte hinein.

Das Ehepaar Krüger war verwirrt, sie vom Wutausbruch ihres Mannes zwischen den Gräbern, er von den beiden Franz-Wörtern „nicht ungefährlich" und „illegal". Doch Max Krüger besaß weder die Phantasie noch die Kühnheit, sich ausdenken zu können, was dahinter steckte. Es war noch Morgen, ein langer Tag lag vor ihnen, und beide hätten sich nicht getraut, in eine der nahegelegenen Städte zu fahren, um ein wenig Ablenkung zu finden. So beschlossen sie, dem von Franz erwähnten Lokal gleich einen ersten Besuch abzustatten oder es wenigstens einmal zu suchen und von weitem zu betrachten. Es half ja nichts, früher oder später mußten sie hier in Feindesland unter die Leute! Aber vielleicht gab es in dieser *Heldin* sogar heißen, frisch gebrühten Kaffee. Oder sie beendeten ihren Aufenthalt und fuhren umgehend nach Hause. In diesem

Fall, da waren die Krügers sich einig, hätten sie Grund gehabt, sich vor dem toten Felix zu schämen.

Die Straße nach Norden, die ihre Landkarte zeigte, konnten sie im Gelände indessen nicht wiederfinden, nur eine zerlöcherte Piste trafen sie an, hundert Meter weiter östlich und dick bedeckt mit kreideweißem Staub. Diese Straße holperten sie auf vier Rädern entlang, bis linkerhand tatsächlich aufsteigender Rauch zu sehen war, vor einem niedrigen Hügel, dessen Wald nur noch aus rußgeschwärzten Stangen und ausgebrannten Baumgerippen bestand. Etwas davor, ihnen zugewandt, ein paar eingezäunte Baracken aus Blech sowie etliche Zelte, vermutlich das Lager der Kriegsgefangenen. Nicht nur einer, gleich mehrere Pfade führten in die Richtung, in die das Ehepaar Krüger mußte, doch keiner war breit genug, um nebeneinander zu gehen. Auch trugen beide das falsche Schuhwerk für solch einen steinigen, buckligen Weg. Ihr Auto, vor einer kahlen Böschung geparkt, nahm sich wie ein liebliches Kinderspielzeug aus zwischen umgekippten Panzerfahrzeugen, zerbeulten oder geborstenen Kanonen, vom Rost zerfressenen Gewehren und Helmen. Noch weiter links und ein wenig tiefer gelegen war Wasser zu sehen, eingerahmt von zerfetzten und geschröpften Pappeln, die wüst und krallig in den glattblauen Himmel ragten.

Diesmal übersahen Max und Magda Krüger die ruinierte Landschaft nicht.

„Hier muß die Front verlaufen sein!", sagte er nach hinten zu seiner Frau.

„Willst du sagen, unser Felix ist hier gestorben?", fragte sie mit Heftigkeit.

Worauf der Mann keine Antwort wußte.

Stumm gingen sie mit tastenden Schritten auf dem ausgetretenen Pfad voran, stark erhitzt und naßgeschwitzt in ihrer Trauerkluft. Bis sich unerwartet die *Heldin* vor ihnen erhob, die zwar nur eine Blockhütte war, aber immerhin ein befestigtes und obendrein unbeschädigtes Gebäude. Ihr Anblick löste echte Freude bei den Krügers aus, so wie ein Lichtblick, wenn man sich bei Nacht verlaufen hat. Zudem roch es in der Umgebung einladend und vertrauenerweckend nach Frischgebackenem, eine flüchtige Erinnerung an die Backtage der Kindheit. Die Tür des Lokals stand weit offen, von drinnen waren Stimmen zu hören, ein lebhaftes Gespräch schien dort im Gang zu sein. Auch wurde gelacht, hoch und herzhaft, eine Frauenstimme inmitten. Max und Magda Krüger verharrten und schauten einander an. Mit einem Schlag wagten sie es nicht mehr, sich weiter voranzubewegen oder auch nur einen Laut von sich zu geben. Als dürften sie gar nicht hier sein, als hätten sie sich angeschlichen, um etwas Unrechtes zu tun. Der Mann gab der Frau ein Zeichen, und leise machten sie sich rückwärts wieder davon. Erst nach einigen Metern drehten beide sich um und strebten der Stelle zu, wo der Saumpfad in den Vorplatz der *Heldin* mündete, da verbaute ein Hund ihnen den Weg. Er war ungewöhnlich groß und sah mitgenommen aus wie das Land ringsum, einen Vorderfuß hatte er angehoben, als wolle er gleich loslaufen oder -springen, den Kopf streckte er langsam nach vorne, argwöhnisch den Krügers entgegen. Er schien über die Menschen so erschrocken wie sie über ihn. Und noch im selben Moment wandte das Ehepaar sich abermals um, hielt zügig auf die offene Tür des Lokals zu und trat ungebremst ein.

Drinnen platzte es in eine Aufbruchsszene: ein Junge mit Schurz, eine Frau mit Sonnenhut sowie zwei Männer in nicht sehr sauberen Kleidern standen im Kreis und versuchten gemeinsam, eine großflächige Landkarte zusammenzufalten. Sie wandten sich alle vier heftig nach den in den Raum polternden Gästen um, die sich darauf noch mehr als Eindringlinge fühlten, erregt hinter sich deuteten und lauthals ausriefen:

„Ein Hund! Ein riesengroßer Hund!"

Aber sie wurden nicht verstanden, bis einer der Männer übersetzte, und alle anderen die beiden Fremden nur noch verständnisloser anblickten. Als von Max und Magda Krüger nichts mehr kam, hastete der Mann mit dem roten Halstuch an ihnen vorbei ins Freie, von wo er mit scharfer Stimme sogleich etwas hereinrief, was wiederum den Jungen veranlaßte, sich hinter dem Tresen ein Gewehr zu holen und ebenfalls nach draußen zu laufen. Die beiden übrigen Personen folgten, allerdings gemächlich, wobei der Mann mit den Fabrikarbeiterklamotten im Vorübergehen seine Mütze zog und zu den Krügers sagte:

„Guten Tag!"

Das war Jan, der polyglotte Pole, der Elsie, die Engländerin, an diesem Tag in die umliegenden Dörfer begleiten wollte, um dort Zeugen für die Kämpfe am *Chemin des Dames* aufzustöbern. Minot, der Junge im Wirtsschurz, hatte die Waffe ergriffen, die von seinem

Freund Gustave gefordert worden war, jenem Bauern, der sich seit Monaten abmühte, seiner Familie in der schlimmsten Zone des Schlachtfelds eine neue Heimat zu schaffen. Heute sollten seine Kinder anreisen und, solange sie noch Ferien hatten, erstmals ihren künftigen Lebensort besuchen. Darum war Gustave zeitig zur *Heldin* aufgebrochen, um sich das Pferdegespann auszuleihen und sie damit vom nächsten Bahnhof abzuholen.

Allein im Raum, rührte das Ehepaar Krüger sich dennoch nicht vom Fleck. Was mußte das für ein Hund sein, wenn die Menschen sich so von ihm aufscheuchen ließen? Jetzt, im Nachhinein, machte dieses Tier den beiden erst richtig Angst. Sie sprachen kein Wort miteinander, nicht einmal flüsternd.

Sie warteten auf den Schuß.

Doch der fiel nicht.

Draußen fand sich kein Hund weit und breit. Minot lächelte: Vielleicht habe einer der Rückkehrer aus dem Exil einen vierbeinigen Wächter mitgebracht, der grad zum ersten Mal sein neues Reich umrunde. Gustave aber blieb ernst und warnte streng, ja, fast grob, solch ein Tier zu unterschätzen. „Es gibt hier noch keinen Hof, also auch keinen Hofhund", sagte er, „es gibt hier noch kein Haus, also auch keinen Haushund. Ich sage euch, das ist ein wilder, böser, verlorener Streuner, eine Ausgeburt des Kriegs!" Man müsse dieses Vieh jagen und töten, bevor es über den Gaul herfalle, der auch nachts im Freien stehe.

„Aber es ist bloß ein Hund, kein Wolf!", lachte Minot,

„und so ein Hund hat doch auch das Recht, nach diesem Krieg wieder von vorn anzufangen. Wie wir!"

Erstmals stellte der Junge sich gegen seinen bewunderten Freund und Ratgeber.

„Er könnte auch meinen Kindern gefährlich werden", fuhr Gustave aufgebracht fort, „oder den Metallsuchern und Knochensammlern."

„Laß uns aus dem Spiel", entgegnete Jan, „wir leben schon mit so vielen Gefahren, da kommt es auf eine mehr gar nicht an." Als er mit Elsie abzog, sagte der Pole noch in spöttelndem Ton: „Dafür, daß keiner diesen Hund gesehen hat, außer den zwei deutschen Angsthasen, lassen wir uns ziemlich verrückt machen von ihm. Meint ihr nicht? Auf Wiedersehen!"

Bevor Gustave das Pferd anschirrte, überreichte Minot ihm seine Waffe, sichtlich bemüht, es nicht wie eine Demütigung aussehen zu lassen. Dazu sagte er:

„Falls der Hund dir als erstem begegnet."

Dann ging er zurück in die *Heldin*, wo das fremde Paar immer noch wie angewachsen auf derselben Stelle stand. Minot rieb sich die Hände an seinem Schurz ab und forderte die beiden auf, sich zu setzen, was sie begriffen, ohne zu verstehen. Er wischte, als verscheuche er einen zudringlichen Hund, mit der Rechten kräftig durch die Luft und sagte zu seinen Gästen, unbesorgt, ob sie ihm folgen konnten:

„*Chien perdu!*"

Max und Magda Krüger nahmen Platz an einem der nackten, zerschrammten Tische. Beide flüsterten, als müßten sie ein Geheimnis hüten oder dürften nicht stören. Dabei sanken sie regelrecht zusammen. Unaufgefordert brachte der junge Hausherr ihnen Wasser und Kaffee, er hatte an ihren verschwitzten Köpfen und blassen Gesichtern leicht erkannt, was fehlte. Die Gäste nickten dankbar, der Wirt nickte freundlich zurück. Sie löschten mit krachenden Gurgeln ihren Durst, ließen sich beleben von dem trüben, suppigen, aber starken Kaffee. Herr Krüger fing zu rauchen an und aschte in der Untertasse ab. Verstohlen schaute er um sich. Solche Lokale waren ihm bestens bekannt, es gab sie auf großen Baustellen, auf Güter- und Rangierbahnhöfen, in seiner Heimatstadt etwa die Eisenbahnerkneipe *Zur letzten Schwelle*, wohin er eimerweise gepfefferten Krautsalat, Feuersenf und Eßiggurken lieferte, denn die Gäste dort liebten es scharf. Proletarier eben! Dünsteten durch jede Pore die verschwitzte Gewißheit aus, daß die Zukunft ihnen gehöre! Man mußte erlebt haben, wie diese Leute sich nach dem letzten Schnaps stiefelknallend von ihren Stühlen erhoben, mit welcher Wucht sie in ein und derselben Sekunde aufstanden, ja, geradezu in den Stand sprangen. Ihm wurde davon kalt und heiß zugleich. Vor dem Krieg waren dieselben Leute nicht annähernd so wuchtig, so sprungbereit, so aufmüpfig gewesen.

Krüger, ganz allmählich eingelullt von Ruhe und Wärme, dämmerte immer wieder für Momente weg, und auch seiner Frau fielen von Zeit zu Zeit die Augendeckel herunter. Beide schlingerten sie dahin zwischen Schlafen und Wachen, oft eng an der Traumgrenze entlang, erblickten sich selbst in der diesigen Kneipenluft, trauernde Eltern, in schwarze, verstaubte Kleider gehüllt, wie sie bedrückt an einem der runden

Tische Platz nahmen, ein Spiegelbild eigenen Kummers, eigener Verlorenheit, bis sie aufschreckten und gegenüber ein zweites Paar wahrnahmen, das soeben die *Heldin* betreten hatte.

Es war ein französischer Vater und eine französische Mutter, auch sie hatten einen toten Sohn auf dem Friedhof *Moscou* besucht und anschließend den Weg in dieses Lokal gefunden. Minot, damit beschäftigt, in seiner Küchenecke Gemüse zu schnipseln, kam zum Bedienen an ihren Tisch und wurde von beiden begrüßt. Eine Gelegenheit, das etwa gleich alte trauernde Paar gegenüber ebenfalls zu begrüßen, mit Worten und Blicken, in denen viel Mitgefühl und Anerkennung schwang. Als jedoch eine verstehbare Antwort ausblieb, versiegten die Worte, und die Blicke verdüsterten sich. Die Franzosen hatten die Deutschen erkannt, zweifellos Eltern eines Feindsoldaten, der Krieg gegen ihr Land geführt und womöglich ihren Sohn umgebracht hatte. Herr Krüger bemerkte den jähen Stimmungswechsel und starrte unverwandt auf den Kontrahenten, der seinem Blick indes standhielt. Ein Kampf begann: Blick gegen Blick, Trauer gegen Trauer, Verlust gegen Verlust. Zu seiner Frau sagte Krüger, ohne sie anzuschauen:

„Heul jetzt bloß nicht!"

Wie die französische Mutter sah Frau Krüger zu Boden.

Aber sie gab eine Antwort:

„Ich würde mich so gerne versöhnen."

Niemand ging darauf ein.

Später, beim Bezahlen von Kaffee und Wasser, ereiferte der französische Vater sich vor Minot über die Ungeheuerlichkeit, Gefallene verfeindeter Nationen auf einem gemeinsamen Friedhof zu bestatten. Er hoffe sehr, daß die Regierung diese Zumutung rückgängig mache und sich bei den betroffenen Eltern dafür entschuldige. Krüger verstand ihn nicht, sondern vernahm nur den scheltenden, vermutlich gegen ihn gerichteten Ton. Hätte er Französisch gekonnt, hätte er sich an diesem Mann und seiner Wut durchaus erfreuen können.

Als das Ehepaar Krüger wieder lange genug allein dagesessen hatte, brachte Minot eine Karaffe Weißwein sowie eine kalte Mahlzeit, bestehend aus Brot, Käse und ein paar Streifen Paprikaschote, an ihren Tisch. Er tat es wieder unaufgefordert, erriet aber auch diesmal zu rechten Zeit die Bedürfnisse seiner abermals einzigen Gäste. Auch ein Lächeln und Zwinkern hielt der Junge jedes Mal für sie bereit. Wie alt mochte er sein? Jedenfalls zu jung für Feindschaft! Das Brot, das Minot servierte, erwies sich als ungeahnte Köstlichkeit: mit Kümmel und Salzkörnern bestreut, aber auch mit rötlichen Gewürzen, die Max und Magda Krüger nicht kannten. Doch den Duft hatten sie bei der Ankunft bereits gerochen. Offenbar buk der junge Mann sein Brot selber, erstaunlich. Ach, es hätte so viel zu fragen gegeben, was waren die Menschen nur ohne Sprache! Eine milde Scham kam über die Gäste, die Scham kultureller Beschränktheit, und sie wandten sich erneut ihrem eigenen Leben zu. Das wichtige Treffen mit dem Kriegsgefangenen Franz stand bevor, in ein, zwei Stunden würde es soweit sein. Draußen nahm bereits das Licht ab. Womit mochte die *Heldin* abends beleuchtet werden? Lampen oder auch Stromleitungen waren nirgendwo zu sehen. Die Fragen, die sie an niemanden richten konnten, verstopften ihnen die Köpfe.

Zwischen ausgedehnten Pausen forderte die Frau:

„Der deutsche Gefangene muß uns in der Nacht unbedingt zum Auto begleiten. Denn vergiß nicht, da draußen rennt immer noch dieser Hund herum. Allein gehe ich hier keinen Schritt!"

Ihr Mann schwieg. Er mußte wieder an seine Pistole denken, die er allerdings samt Magazin im Handschuhfach vergessen hatte, und grollte mit sich.

Mit der Zeit trudelten die ersten Abendgäste ein, jüngst heimgekehrte Dorfbewohner oder Soldaten aus den Sprengtrupps, die mit ein paar Kurzen darauf anstießen, daß sie den Tag überlebt hatten, aber auch Metallsucher und Knochensammler. An Trauergästen, gleich woher, nahm niemand Anstoß aus der zusammengewürfelten Schar. Ebensowenig an dem deutschen Kriegsgefangenen, der hin und wieder in der *Heldin* aufkreuzte, dieser kleinen Menschenzuflucht im Niemandsland, in der jeder jeden gelten lassen konnte. Die Welt hier draußen war so häßlich, armselig und kaputt, daß keiner sie dem anderen als Heimat streitig machte. Da gedieh keine Liebe, also auch keine Eifersucht. Vielmehr wurden alle unterschiedslos willkommen geheißen, die bereit waren, die allgemeine Not zu teilen, und sei es nur für Stunden. Selbst die Lust wurde gedämpft vom nachwirkenden Kriegsschrecken, und die Menschen suchten eher geistige als körperliche Nähe zueinander.

Von Minots Freunden kehrte heute als erster der Spanier Pablo ein und stellte seinen höchstens halbvollen Tragesack mit Geklapper bei der Eingangstür ab. Kurz darauf kam Jan der Pole zurück, zusammen mit der zarten Frau aus England, die an diesem Tag zum ersten Mal eines der fast ausgestorbenen Ruinendörfer aus nächster Nähe erlebt hatte. Sie wirkte müde, aber auch nachdenklich, ja, aufgewühlt und setzte sich entschieden auf das hellblaue Sofa, das ein wenig abseits und in Fensternähe stand. Als es vollends dunkel wurde, erhellten Kerzen und Ölfunzeln den Raum, unruhige Lichter, die unruhige Schatten erzeugten.

Minot fragte, ob jemand draußen im Laufe des Tages einen Hund gesehen hätte. Pablo antwortete mit einem raschen Ja, aber niemand schenkte ihm Glauben. „Doch, doch!", keifte er quer durch das Lokal, und wie zum Beweis zählte er noch einige andere Tiere auf, die sich mittlerweile in der verheerten Zone in wachsender Zahl wieder ansiedelten oder es zumindest versuchten. Singvögel vor allem, die in den vom Krieg ausgedünnten Baumkronen auf der Suche nach geschützten Nistplätzen seien. Oder Enten, die in den schlickigen Tümpeln des zerrissenen Laufs der Aisne oder auch des an manchen Stellen flußbreit ausgebuchteten Miette-Bachs nach Nahrung tauchten. Und natürlich die unerschrockenen Krähen oder Elstern, die sich nach jeder Landung Ruß und Asche aus den Flügeln schütteln mußten und trotzdem immerzu wiederkamen. Irgendwann, vielleicht schon bald, würden sie alle endgültig bleiben, und ihr Gesang, ihr Geschnatter, ihr Gekrächze wäre von neuem zu hören wie vor der Katastrophe. Menschen brauchten doch Tiere in ihrem Umkreis: gleichsam als Lebensgefährten, die ihnen Mut machten und das Gefühl gaben, nicht allein zu sein unter einem stummen, rätselhaften Firmament. Ja, selbst ein versprengtes, hungriges Bienenvölkchen wollte der Spanier in der vom Krieg abgesensten Landschaft angetroffen haben.

„Aber einen Hund hast du nicht gesehen", bemerkte trocken der junge Wirt. Einige mußten lachen. Pablo sah empört zur Decke hoch und verkniff sich jedes weitere Wort.

Elsie Norton zog noch eine ganze Weile die kaum gezügelte Aufmerksamkeit der Männerrunde auf sich: zum einen als Frau, dann als Frau ohne Männerbegleitung, schließlich als Frau in Hosen. Nirgendwo sonst hätte sie sich überwinden können, dieses Kleidungsstück anzuziehen, hier, im ehemaligen Kriegsgebiet mit all seinen Unwegsamkeiten, tat sie es ohne Zögern. Allerdings war sie froh, daß es in der *Heldin* keinen Spiegel gab! An den Füßen trug sie absatzlose Herrenstiefel, die ihr auf ihrer Expedition stets einen guten Stand verschafft hatten, und die Entscheidung, diesmal statt eines Reisehütchens einen bis über die Schulter hinausreichenden Sonnenhut aufzusetzen, war gleichfalls richtig gewesen.

Aber es befand sich ja noch eine zweite Frau im Raum, eine in Trauerschwarz, die Elsies Neugier weckte und die sich auch für sie zu interessieren schien. Sie trank ihr zu, erschreckte sie damit jedoch offenbar nur, zumal diese Frau ihren Blick sofort von ihr ab- und ihrem Mann zuwandte, mit dem sie sich wie zur Ablenkung eifrig in ein Gespräch vertiefte. Elsie vernahm die Sprache, in der es geführt wurde, Deutsch, und ihr fielen die Volkslieder ein, die sie daheim mit ihrem Chor bis kurz nach Kriegsbeginn gesungen hatte. Das hätte sie ihren Sitznachbarn gern mitgeteilt, ein Wunsch, der mächtig in ihr aufstieg, aber sie konnte kein Deutsch, nur die auswendig gelernten Verse und Strophen von einst, die ihr jetzt kreuz und quer durch den Kopf hallten: *Ich schnitt in seine Rinde so manches liebe Wort* etwa oder *Sing, sing, was geschah* oder auch *Der Wald steht schwarz und schweiget*, deren Sinn sie allerdings schon fast wieder vergessen hatte. Sie konnte doch nicht zu singen anfangen oder einzelne Liedfetzen durch die Kneipe juchzen! Und während Elsie in ihrer Gefühlsbewegung an sich hielt und den Mund geschlossen ließ, fühlte sie eine unbändige Lust, noch eine andere als nur die eigene Sprache zu beherrschen und so ihre Welt auszudehnen.

Als letzter Gast dieses Abends tauchte ein Mann in arg zerschlissener Kluft auf, die einmal Uniform gewesen zu sein schien und mit einer Zahl sowie ein paar großen Buchstaben von allmählich verbleichendem Weiß beschriftet war. Dieser halbverhungerte Mensch wirkte auf Elsie wie ein Skelett in Klamotten. Schwer zu sagen, ob er ein junger Greis oder ein vergreister Jüngling war. Seine ausgebeulte Hose fand kaum Halt an ihm, die Stiefel hingen schwer an seinen Füßen als wären sie aus Stein, auf der Nase hatte dieser Schreckensmann eine stattliche Blessur, und daneben, auf beiden Wangen, statt des Vollbarts vom vergangenen Morgen, verschorfte Risse und Schmisse, höchstwahrscheinlich vom Rasieren. Doch sein Mund und seine Augen lächelten hellauf, als er die junge Frau im Sofa erblickte, und erstaunlich flink zog der Gast seine Mütze vom kahlen, zerbeulten und zerkratzten Kopf.

Zugleich hielt er vor Elsie an und sagte auf französisch:

„Sie sind meine erste Frau seit Jahren."

Elsie entschuldigte sich, daß sie nur Englisch verstehe.

Worauf der Satz in ihrer Sprache wiederholt wurde.

Der Mann schaute hinüber zu dem deutschen Paar, das ihm ungeduldig zuwinkte, deutete an, daß man ihn am Nachbartisch erwarte, stellte der ziemlich verdutzten Elsie aber noch die Frage:

„Sind Sie auch hier, um einen Toten heimzuholen? Dann wäre *ich* ihr Mann! Wie auch immer, wir sehen uns wieder."

Und schon trat er zu den Deutschen, die ihm sogleich einen Stuhl anboten. Elsie hörte ihn von weitem Deutsch reden, seine dritte Sprache in drei Minuten.

„Wie geht's denn so meinem Deutschland? Man wird doch fragen dürfen! Schließlich war ich seit Jahren nicht mehr da", sagte Franz nach knapper Begrüßung.

„Ihrem Deutschland geht es schlecht", gab Krüger barsch zurück, „es wird von den falschen Leuten regiert. Aber mal sehen, wie lange noch!"

Franz bat den Wirt um Wasser, mehr nicht. Als das Glas vor ihm stand, nahm er daraus jeden Schluck so zaghaft und widerstrebend, als handle es sich um siedendes Öl. Das Ehepaar Krüger setzte ihn mit fordernden Blicken von zwei Seiten derart unter Druck, daß der Kriegsgefangene ohne weitere Umschweife zur Sache kam. Jedoch rächte er sich an seinen drängelnden Landsleuten, indem er mit brutaler Direktheit sagte:

„Unser Thema, Herrschaften, heißt: Leichenhandel!"

Zwei Gesichter zuckten und wichen vor ihm zurück.

Darauf erläuterte Franz sachlich, wie dieser Handel üblicherweise vor sich ging: Eltern, die es nach ihrem toten Sohn verlangt, treffen mit einem geeigneten Transportmittel sowie einem leeren Sarg beim Friedhof ein. Sie kennen ihr Risiko, denn was sich hier anbahnt, ist kriminell und steht unter Strafe. Darum geschieht es nur bei Nacht. Der mitgebrachte Sarg muß zum Grab geschafft werden. Dort warten oder tauchen in Kürze auf: französische Wachleute aus dem Kriegsgefangenenlager, sozusagen die Hauptgeschäftspartner der Eltern. Sie bringen einige Gehilfen mit, deutsche Gefangene, die den Toten ausgraben und in den neuen Sarg legen, während der alte, leere Sarg sogleich wieder eingebuddelt wird. Dann erfolgt die Bezahlung, bar, in Landeswährung und auf die Hand. Der derzeitige Preis liegt bei fünfhundert Francs und ist nicht verhandelbar. Wie die Eltern den Toten in ihrem Gefährt verstauen, wie sie ihn durchs Land chauffieren oder über die Grenze schaffen, ist allein ihre Sache. Viel Glück!

„Einen Sarg! Wie sollen wir denn einen Sarg beschaffen?", platzte Krüger heraus.

„Vielleicht genügt ja auch ein großes Stück Segeltuch oder ein Wäschekorb", schlug Franz vor.

„Für einen Leichentransport?"

„Wie ich schon sagte: illegal, risikoreich und mit Kosten in jeder Hinsicht verbunden."

„Und wann?"

„In zwei, drei Tagen, das entscheiden die Franzosen."

„Und das haben schon viele Eltern gemacht?"

„Ja."

„Auch deutsche?"

„Ja."

„Und es ist gut gegangen?"

„Wer kann das wissen!? Morgen erfahren Sie mehr über den Zeitpunkt, Herr."

Jetzt schaltete sich die Frau ein, sie schien nicht halb so entsetzt wie ihr Mann: „Woher wissen wir, ob wir den richtigen Toten mitnehmen?"

„Sie können ihn gern anschauen, oder was noch von ihm da ist, Verzeihung. Mal sehen, ob Sie ihn wiedererkennen."

Franz stöhnte auf und krampfte seine Hand in den Unterleib. Mit der Entschuldigung, austreten zu müssen, wankte er davon.

„Wir sollten zum Ende kommen", sagte Herr Krüger zu seiner Frau, „der Kerl stinkt und hat Läuse. Außerdem erinnert er mich daran, daß wir den Krieg verloren haben. Und das mag ich gar nicht!"

„Egal", beschied sie ihn, „*eine* Sache will ich noch wissen."

Als Franz wieder am Tisch saß, unzählige kleine Schweißperlen auf der Stirn, mußte er erklären, woher die Totengräbertruppe ihre Toten kenne. „Na, was denken Sie? Wir sind jedem von ihnen persönlich begegnet", lautete seine Antwort, die Max und Magda Krüger jedoch überhörten. Franz seufzte und fuhr nüchterner fort, wobei jedes Wort ihn spürbar Kraft kostete: Selbst ein Toter, der von Freund oder Feind ausgeplündert worden sei, sagte er, trage in aller Regel noch seine Erkennungsmarke um den Hals. Die sei stets von allen geachtet worden, beinahe abergläubisch, weil kein Soldat daran schuldig sein wollte, einem Kameraden die Identität zu rauben und damit die Chance persönlichen Gedenkens. Immer in der Hoffnung, daß auch die eigene Erkennungsmarke geschont und geschützt werde, falls es zum Äußersten gekommen wäre. Er, Franz, erinnere sich, hier am *Chemin des Dames* eines Tages auf einen ganzen Wald von Erkennungsmarken gestoßen zu sein, fünfzig bis siebzig seien es wohl gewesen, die knapp über der Erde mit Drähten an Stecken oder Pflöcken befestigt waren. Sie blitzten in der Sonne, tänzelten und klirrten im Wind. Jeder Draht verschwand im Boden, und die Totengräber hätten schnell geahnt, worum es sich handelte: um ein kunstvoll angelegtes Massengrab. Jawohl, die fünfzig bis siebzig Drähte nämlich verbanden je eine Erkennungsmarke mit dem zugehörigen Toten in der Erde und waren fest um sein Hand- oder Fußgelenk geschlungen. „Wir mußten vorsichtig graben", schloß Franz, „damit kein Draht riß und alle Toten da unten sauber identifiziert werden konnten."

Er hatte versucht, seine Geschichte so tröstlich wie möglich klingen zu lassen, auch für sich selbst, zumal er wußte, daß sie nicht der ganzen Wahrheit entsprach.

Beim Abschied von seinen Gästen raunzte er noch:

„Ich leg mich jetzt hin, zum Schlafen oder zum Sterben."

Das Ehepaar Krüger ließ den Gefangenen ziehen,

ohne ihn um seine Begleitung zum Auto zu bitten. Beide waren viel zu müde und bedrückt, um noch einen freilaufenden Hund zu fürchten. Und auch die Klage in den Abschiedsworten des jungen Mannes hatten sie nicht gehört. Schweigsam fuhren sie zurück zu ihrem Halteplatz vor dem Soldatenfriedhof und stellten, ohne es zu merken, ihren Wagen genau auf jener Reifenspur ab, die sie am Morgen hinterlassen hatten.

Franz nimmt von sich selber Abschied

Den Aufstieg zum Leichenhändler verdankte Franz seiner Mehrsprachigkeit. Eines Tages hatte einer der französischen Wachmänner ihn, den Lagerdolmetscher, gefragt, ob er ein wenig Geld verdienen wolle. Es war ihm schwer gefallen, nicht zu lachen, zumal er wußte, daß kein Gefangener hinter diesem Zaun jemals Gelegenheit finden würde, Geld auszugeben. Denn erstens gab es hier nichts zu kaufen und zweitens ließ keiner der Posten sich von den verhaßten Deutschen bestechen. Und der einzige, der ihnen bisweilen etwas zuliebe tat, Amadou, tat es umsonst. Zugleich jedoch wußte Franz, daß man diese Leute nicht ungestraft enttäuschte, und nach einem lauten Ja hatte er eifrig erwidert:

„Was muß ich tun dafür?"

„Du mußt zwei, drei von deinen Mitgefangenen auswählen, die das Maul halten können und ebenfalls ein wenig Geld verdienen wollen. Außerdem mußt du für uns mit Deutschen verhandeln, die einen Toten kaufen wollen."

So bündig war die Antwort gewesen.

Er beschaffte den Franzosen die gewünschten Helfer.

Einer von ihnen hatte freudig gesagt: „Mit dem Geld finanziere ich meine Flucht. Von irgendwas muß ich unterwegs ja leben, und die Einheimischen werden einem türmenden deutschen Gefangenen kaum beistehen. Hab ich recht?"

Franz durchschaute nie ganz, wer und wie viele von den Wachleuten an dem Leichenhandel beteiligt oder zumindest eingeweiht waren. Gehörte auch der Kommandant dazu? Oder bezahlte man den nur fürs Wegsehen? Genausowenig begriff er, auf welchen Wegen die Totenverkäufer zu ihrer Kundschaft kamen, etwa zu jenem deutschen Vater, mit dem Franz seine ersten Verhandlungen geführt hatte. Er war dazu unbewacht und außerhalb der Arbeitszeit in die *Heldin* gesandt worden, jene nahegelegene Ausschankhütte, die er bisher nur von weitem gekannt hatte. Seine Kameraden waren fast alle an den Zaun getreten, um ihm verblüfft, wenn nicht verstört, hinterher zu schauen. Und auch in dem Lokal, das damals eine ziemlich rauhbeinige Frau mittleren Alters geführt hatte, war die Verwunderung groß gewesen, als plötzlich und wie aus dem Nichts ein *prisonnier boche* eintrat und sich setzte. Aber man hatte ihn gewähren lassen, auch beim zweiten und dritten Mal, bevor die *Heldin* vorübergehend geschlossen worden war, um wenige Wochen später von einem sehr jungen Mann wieder geöffnet zu werden. Dieser Junge hatte sich dem Kriegsgefangenen Nummer 2341 bei dessen erstem Besuch sogar namentlich vorgestellt und sich aufmerksam und höflich seinen eigenen Namen nennen lassen, mit dem er ihn fortan grüßte.

Von seinen Auftraggebern war Franz mit den aufmunternden Worten verabschiedet worden: „Hau ruhig ab, wenn dir danach ist. Aber denk dran, weit kommst du nicht! Niemand hilft in solchen Zeiten einem Deutschen. Jeder wird ihn jagen, totschlagen oder zurückbringen ins Lager. Also vergiß nicht, in Gefangenschaft bist du immer noch am sichersten."

Beim ersten Totenverkauf im Frühjahr waren Franz und die übrigen Gehilfen durch ihren fortwährenden Umgang mit menschlichen Überresten bereits gut abgehärtet gewesen. Aber noch wenige Wochen zuvor, als sie gerade begonnen hatten, die Front abzuräumen: Was für eine abscheuliche Arbeit! Die deutschen und französischen Schützengräben entlang der Hauptkampflinie waren übervoll mit Leichen gewesen, ein Toter neben dem andern, mit Sand, Erde und Kalkstaub nur flüchtig bedeckt, Köpfe, Beine und Arme gleich unter der lockeren obersten Schicht, und bei näherem Hinsehen oft genug ohne den übrigen Körper.

So sah der traurige Rest jener Wahrheit aus, den Franz später dem Elternpaar aus Deutschland vorenthalten sollte. Auch dessen Sohn hätte schließlich im Moder der vordersten Gräben gefunden worden sein können.

Seit einem Jahr und länger lagen diese Gefallenen zu Hunderten in ihrer flachen, langgezogenen Gruft, und allem Anschein nach waren die meisten von ihnen im Beschuß mit schweren und schwersten Waffen umgekommen: zerfetzt, halbiert, der Länge nach auseinandergerissen, ihrer Gesichter beraubt, gegen die Grabendeckung geklatscht, an die Wände geschmiert, ins Erdreich gesickert. Es fiel nicht schwer, sich die totale Vernichtung dieser Soldaten vorzustellen. Endlich konnte Franz, der Artillerist, die Wirkung seiner Lieblingswaffe aus der Nähe studieren. Der Fernschütze begegnete seinen Opfern! Hier sah er im Detail, was die langen und steilen Rohre noch über größte Distanzen anrichteten. Und begriff, weshalb der Menschenleib als das weichste aller Ziele galt. Die bewaffneten Wächter hielten sich derweil ächzend im Hintergrund und rauchten in einem fort. Nicht, daß es Handschuhe gegeben hätte! Mit nackten Händen durften die deutschen Kriegsgefangenen mitten hineinfassen, Uniformjacken durchwühlen, Hemden öffnen, in Hosentaschen greifen, um atemlos nachzuprüfen, ob es Hinterlassenschaften zu finden gab, mit denen die Toten identifiziert werden konnten: Erkennungsmarken, Briefe, Tagebücher, Ringe, Uhren. Wertsachen wurden häufig und im Handumdrehen privatisiert, wehe, die Wachleute erwischten einen dabei, schließlich wollten die meisten von ihnen das Totengut selbst einstecken. Als eine Art Trinkgeld für ihren aufopferungsvollen Dienst! Wer identifiziert war, kam mit seinem Namen unter einer Laufnummer in eine Liste, seine Leiche aber in einen Sarg, der dieselbe Nummer erhielt, desgleichen das Holzkreuz, auf das einer der Totengräber inzwischen den Namen gepinselt hatte. Alles zusammen schleppten sie hinüber nach *Moscou* oder zu einem der anderen Friedhöfe in der Umgebung, gruben den Toten ein, rammten sein Kreuz in den Boden und vergaßen den Namen noch bevor er sich ihnen hatte einprägen können. Still und verbissen taten sie ihre unaussprechliche Arbeit, manchmal spuckte einer aus, ein anderer fluchte, ein weiterer lachte keckernd oder schnaufte schwer durch „aufgesperrte Nasenlöcher", wie die

Franzosen gern spotteten. Pietätvolles wurde nie geäußert, man vermied es, sich auch noch durch eigene Worte zu erschüttern. Für Trauer oder Mitgefühl war weder Raum noch Zeit. Ekel und Grauen hatten sich längst verflüchtigt und einer, wenn es so etwas gab, tätigen Apathie Platz gemacht. Jeder funktionierte gleich einem Schlafwandler bei Tage. Selbst die Empfindlichkeit gegen den allgegenwärtigen Verwesungsgeruch stumpfte allmählich ab. Tote, die nicht identifiziert werden konnten, wurden auf Tragbahren und Zelttüchern hinüber zu einem Massengrab befördert, in dem nach kurzem bereits über zweihundert Mann beisammen lagen und das sich täglich tiefer in die Landschaft fraß.

Die Gefangenentrupps mußten jedoch ebenso Einzelgräber leeren und beseitigen, die über das ehemalige Schlachtfeld verteilt waren und künftigen Futterwiesen, Kartoffeläckern und Weizenfeldern weichen sollten. Es widerstrebte ihnen, diese oft sehr persönlichen, teils idyllischen, jedenfalls mit viel feldgrauer Romantik angelegten Begräbnisstätten aufzuheben und die Toten nach Maß und Vorschrift auf das kartierte Leichenfeld eines Soldatenfriedhofs umzubetten, so etwa den britischen Piloten, der eng neben, ja, fast unter seinem Flugzeug beerdigt worden war. Dessen abgeknicktes Vorderteil ragte in die Höhe, und die beiden kaum beschädigten Flügel bildeten dem Gefallenen das Grabkreuz. Nicht selten standen die Totengräber auch vor Rätseln, Sinnbildern oder Gleichnissen, die den grausigen Unsinn des Kriegs in sich zu bergen schienen. So traten sie auf einem kleinen französischen Friedhof, der wohl bereits während der Kämpfe angelegt worden war, unvermutet vor zwei Holzkreuze mit deutschen Namen. Sie gruben auf und fanden zwei tote Fremdenlegionäre, jedem hatte man den Helm mit der Sphinx der Sahara-Truppe in seinen Sarg gelegt. Die beiden Leichen waren gut erhalten und nicht verunstaltet. Jede trug an der gleichen Stelle ein Loch in der Stirn. Den erfahrenen Soldaten dämmerte rasch: entstanden durch Schüsse aus kurzem Abstand. Alle schauten genau hin, keiner sprach ein Wort. Welches Drama mochte den Todesschüssen vorausgegangen sein? Hatten hier zwei Deutsche auf französischer Seite nicht Krieg gegen die eigenen Landsleute führen wollen? Sondern sich in auswegloser Lage kurzerhand selbst erschossen, einvernehmlich und gegenseitig, der eine den anderen und in brüderlicher Liebe? Jeder der Totengräber behielt seine Gedanken für sich. Bloß nichts aufrühren! Aber in einer Art stillen Übereinkunft sahen sie alle gemeinsam zu, daß die beiden Legionäre drüben auf *Moscou* am Ende wieder nebeneinander lagen.

Und noch bei anderen Arbeiten wurde Franz etwas vom Wesen des Kriegs offenbar. So zum Beispiel, wenn seine Reparationsbrigade Granattrichter zuschütten mußte, mit Erde, die von Armeefuhrwerken herangekarrt wurde: unfaßbar, was diese Löcher faßten, ehe sie sich wieder schlossen! Auch das Stacheldrahtaufrollen ließ tief oder besser noch: weit blicken, denn Franz errechnete während dieser Arbeit, daß allein im Westen bei achthundert Kilometern Frontlänge und zehntausend Metern Stacheldraht pro Kilometer so viel von diesem ganz besonderen Kriegsmaterial ausgerollt worden war, um damit den Erdball zweimal umwickeln zu können. Kopfschüttelnd hob Franz mit derlei Vergleichen immer wieder seine eigene Vorstellungskraft aus den Angeln. Das schien ihm nötig, wenn er diesen Krieg auch nur annähernd verstehen wollte. Übrigens war das Aufrollen eine der gefährlichsten Tätigkeiten seiner Truppe, weil die Träger der schweren eisernen Spindeln stets der Drahtspur folgen mußten, auch dorthin, wo Blindgänger lauerten. Mindestens vier Kriegsgefangene waren dabei schon im ersten Monat ausgelöscht worden, und zwar so gründlich, daß es nichts mehr zu beerdigen gab. Wer angesichts der drohenden Gefahren protestierte, verbrachte drei Tage im nach oben offenen Arrestkäfig. Und wer meinte, fliehen zu müssen, sich aber erwischen ließ, wurde vor aller Augen erschossen. Doch der eine, einzige Kamerad, der auch nach sechs Wochen noch nicht wieder eingefangen war, verwandelte sich für die Zurückgelassenen geradezu in einen Heiligen, der ihnen Kraft und Hoffnung gab in einem Maß, das sich kaum mehr erklären ließ.

Ja, darüber staunte der gut aufs Denken dressierte Naturwissenschaftler am allermeisten: daß im Unglück jeder, auch er selbst, ziemlich schnell bereit war, das vernünftige Urteilen aufzugeben und Trost und Ermutigung lieber aus privatem Aberglauben und abstruser Alltagsmagie zu beziehen. Das war eine der beunruhigendsten Erkenntnisse, zu denen der Intellektualist und Physiker Franz während seiner nicht endenden Kriegsgefangenschaft gelangte.

Täglich nahm er an Stärke und Zuversicht weiter ab.

Beim Rasieren, ohne Schaum, nur mit Kaltwasser und stumpfer Schneide, mußten schon andere ihm zur Hand gehen, damit er sich mit seinem Gezittere Hals und Gesicht nicht noch übler zurichtete. Die Ruhr hatte ihn ausgezehrt, und sie zehrte ihn, zumal es im Lager keine Medikamente dagegen gab, immer weiter aus. Meist ließ er auf dem Abtritt nur Blut und Schleim unter sich. Wie die meisten Gefangenen war Franz chronisch unterernährt. Mit seiner Provision als Leichenhändler hätte er sich in der *Heldin* zwar die eine oder andere Mahlzeit leisten können, doch behielt er das üppige Essen nie lange bei sich, und sein Geld war verschwendet. Nur einen Kaffee leistete er sich hin und wieder noch, obwohl der ihm wie flüssiges Feuer durch die wunden Eingeweide rann. Oft und öfter suchten ihn Fieberschübe, Ohnmachtsanfälle und Schüttelfröste heim. Trotzdem stapfte er täglich zur Arbeit hinaus, bei der seine zertrümmerte und wieder zusammengeschraubte Hüfte ihn zuverlässig plagte. Auch hatte es ihn noch nie zuvor mitten im Hochsommer derartig gefroren.

Außerdem setzten ihm fremde, unbekannte Wünsche und Sehnsüchte zu. Das waren schlimmere Quälgeister als die körperlichen Leiden! Wenn er hier stürbe, so schoß ihm mit zwanghafter Regelmäßigkeit durch den Kopf, könnte er nie mehr Vater werden. Nie zuvor hatte der Student und Weinbauernsohn ans Vaterwerden gedacht. Jetzt aber, plötzlich, lockte es ihn, zu lieben und geliebt zu werden, eine Frau und Kinder zu haben oder wenigstens die Aussicht darauf. Wie es schmerzte, ohne Zukunft zu sein! Längst war die Gewißheit, Krieg und Gefangenschaft zu überleben, dahin, Zweifel, Angst und Schwäche hatten sie restlos aufgefressen. Doch zu klagen und zu weinen war nicht nach der Art des Mannes, der sich mittlerweile in seinen Selbstgesprächen „toter Mann Franz" nannte. Manche seiner Kameraden waren da weniger duldsam. Nachts, wachliegend auf seinem Strohsack, hörte er sie wimmern oder gar beten. Doch auch er hätte sich gern einmal ausgeweint, am liebsten bei seiner Mutter, ein urtümliches Verlangen, das ihn entsetzte. Denn Franz traute sich ja nicht einmal, nach Hause zu schreiben, wenn die Lagerleitung es von Zeit zu Zeit erlaubte. Viel zu groß war die Scham des Sohnes vor seinen Eltern, von denen er sich, unterwegs zum Wissensmenschen und Weltbürger, bereits vor Jahren schroff abgewandt hatte.

Franz mußte es vor sich selber zugeben: Das Denken, seine Königsdisziplin, hielt auf Dauer nicht stand, weder der schieren Not noch der Hoffnungslosigkeit. Wenn der Leib und die Seele litten, hatte das reine, erhabene Denken auf Dauer nicht genug zu bieten. Auch blieb es keineswegs unabhängig vom Elend, war einfach nicht kräftig genug, sich darüber hinwegzusetzen und das Hirn gleichsam kalt zu halten. Gewaltträume, Halluzinationen, innere Schrecknisse aller Art mengten sich zusehends in das Denken ein, durchwucherten es, hitzten es auf, lähmten seine Widerstandskraft und machten es lächerlich vor sich selbst. Solches Denken war kein Bollwerk mehr und schützte nicht gegen eine feindliche Umgebung. Im Gegenteil, es wurde selbst feindselig, schlug um in Negativität, Melancholie, ja, Depression und zog unwiderstehlich hinab.

Womöglich hätte Lektüre dagegen geholfen, schöne Wörter in sich hineinträufeln, aber es gab hier nichts zu lesen, außer den alten Tageszeitungen, die Minot bisweilen von seinen Einkäufen aus der Stadt mitbrachte und in seiner Kneipe auslegte. Von Büchern war Franz noch nie vollkommener abgeschnitten gewesen als jetzt. Außerdem strengte in diesem erbärmlichen Zustand das Denken mehr und mehr an. Seine Gedanken zündeten kaum mehr, und wohl darum flammte seine vom Denken sonst leicht entfachbare Lebensgier immer seltener auf. Wenn zart die Hoffnung sich meldete, versuchte er sogleich, sie wieder zu vertreiben, weil sie doch nur quälte. Auch seine Ziele waren versunken auf Nimmerwiedersehen, selbst die Physikerkarriere, die er sich noch in Gefangenschaft lange mit Lust ausgemalt hatte. Sie war der Fixstern gewesen, der aus der Zukunft herüberleuchtete und niemals erlosch. Doch inzwischen hatte alle Zukunft sich kläglich zusammengekrampft auf ein winziges Pünktchen: den jeweils vor ihm liegenden Tag, der sein letzter sein konnte. Und mit seiner gut geübten Intellektualistenneigung zu vorschnellen Gewißheiten sah Franz sich unter all den Kriegskadavern bereits draußen im Massengrab liegen, anonym und von keiner Seele betrauert.

Doch Zweifel und Selbstzweifel fielen auch über seinen Wissenschaftsglauben her, und vieles, was er bei Professor Wiener in Leipzig gelernt hatte, erschien Franz mit einem Mal fragwürdig oder gar falsch. Müde, grausam ernüchtert und mit dem Gefühl, todgeweiht zu sein, schlurfte er durch das Arsenal seiner Theorien und Grundsätze. Selbst sein Vertrauen in das unter Naturwissenschaftlern so verbreitete wie beliebte kalte Betrachten der Welt und ihrer Bewohner war erschüttert. Hart setzte ihm neuerdings der Verdacht zu, daß es vielleicht nicht genügen könnte, der Physik nur als Fachmann und nicht auch als Mensch gewachsen zu sein. Physik war freilich mehr als nur Wissenschaft, Physik war umfassendes, ganzheitliches Weltbild, das ältere Weltbilder, religiöse wie philosophische, souverän überwunden hatte. Wer ihr diente, sollte titanische Züge haben, und Franz hatte geglaubt, davon wenigstens ein paar zu besitzen. Jetzt aber zeigte sich, unschön genug, daß bereits Hunger, blutiger Durchfall und ein Quentchen Todesfurcht ihn verwirren konnten. Eignete er sich wirklich für dieses anspruchsvolle Fach, die treibende Kraft des Menschheitsfortschritts? Angesichts von so viel Schwachheit blieb ihm nichts anderes übrig, als sich selbst zu verachten, was ihm immerhin leichter fiel als zu trauern.

Die stolze Mitte seines Physikerweltbilds bildete die Gewißheit, daß die Natur wissenschaftlich erkennbar und technisch beherrschbar sei, und zwar vollkommen und rückstandslos. Das Motto lautete: Wir können alles wissen, dürfen alles machen, müssen auf nichts und niemand Rücksicht nehmen, brauchen keinerlei Folgen zu fürchten! Unbegrenzt schien die menschliche Macht über Raum und Zeit. Keiner der Adepten dieser Lehre fürchtete sich je vor der abgründigen Freiheit seines Tuns und Lassens. Keiner auch fühlte sich noch irgendwelchen Instanzen außerhalb der Wissenschaft rechenschaftspflichtig. Gott war abgeschafft wie eine veraltete Fußballregel und mit ihm jeder moralische Einwand gegen das eigene Wollen. Das All schien leergeräumt und konnte nun neu möbliert werden, von Franz und seinesgleichen. Auch die Bedenken der traditionellen Metaphysik, die über alles wissenschaftliche Erkennen und Handeln kritisch gewacht hatte, wurden fortgefegt wie welkes Laub. Welch ein Triumph war es gewesen, als sein Lehrer Otto Wiener vor wenigen Jahren mit sicherem Griff Kants „Ding an sich" entzaubert hatte! Unsäglicher Jubel war, jeweils am Ende dieses zigfach wiederholten Vortrags, wie Donner durch Deutschlands physikalische Institute gerollt.

Nach Arbeitsschluß, im Schneidersitz vor der Drahtsperre sitzend und mit der Entlausung seines Hemdes beschäftigt, knöpfte Franz sich diese ruhmreiche Denkoperation noch einmal vor. Manchmal schweifte dabei sein Blick hinaus in das öde, kriegstote Land: „An sich" sind die Dinge laut Kant weder zu erkennen noch zu bestimmen. Was „für uns" an ihnen erkennbar und bestimmbar ist, hängt allein von unseren natürlichen Sinnen ab. Deren Leistungsfähigkeit jedoch läßt zu wünschen übrig, weshalb die Dinge letztlich auch dem auf Sinnesdaten angewiesenen Denken zum größten Teil unzugänglich bleiben müssen, gleichsam eine nicht genutzte Ressource außerhalb des vom Menschen „wahrnehmbaren Weltgeschehens", wie sein Lehrer sich ausgedrückt hatte. Ein bedauerlicher Tatbestand, der nur zu beseitigen sei, wenn wir die engen Schranken der sinnlichen Wahrnehmung überwinden und den Machtbereich unserer Sinne ausdehnen.

Womit der Mensch nicht länger an seine einge-
schränkten Naturmöglichkeiten gefesselt wäre, sondern auf jahrtausendelang unbetretenes Neuland vor-
stoßen könnte. Endlich! Die Physik des Wienerschen
Typs machte es möglich! Und löste damit ein uraltes
Freiheitsproblem, indem sie die „Natur der außer uns
bestehenden Vorgänge" für die totale Eroberung
freigab. Noch das letzte Naturgeheimnis konnte von
nun an ohne jede Schonung gelüftet werden. Kühl bis
ins Herz hatte sein Leipziger Professor von diesem un-
geheuren Aufbruch gesprochen, grad als handle es sich
nicht um einen bisher unbekannten Gewaltexzess in
der Naturbeherrschung, sondern lediglich um einen
harmlosen kleinen Laborversuch. Auch die zahlreiche
Schülerschar im Land ahnte wohl nur wenig von der
Dimension dieser Entfesselung. Für die meisten besaß
die neue Lehre sogar die Würde des Philosophischen,
von der sie sich blenden ließen. Und fortan durften
junge Physiker wie Franz sich geschmeichelt fühlen, zu
Erben altehrwürdiger Weisheitslehren geworden zu
sein. In diesem Gewand mußte die Physik noch gewaltiger und noch mächtiger erscheinen als jemals zuvor,
so daß niemand es wagte, zu fragen oder zu zweifeln
oder auch nur die Stirne zu runzeln.

„Kulturentwicklung" lautete fortan das Ziel jener
Physik, die selbstbewußt, ja selbstzufrieden an der
grenzenlosen „Erweiterung der menschlichen Naturanlagen" arbeitete. Alles war auf Anwendung und prak-
tischen Nutzen ausgerichtet! Der Gehörsinn etwa sollte
durch die Erforschung der Schallenergie erweitert
werden, um diese noch wirksamer und massenhafter in

elektrische Energie umwandeln und durch Telephon-
und Telegraphendrähte senden zu können. Die Fähig-
keiten des Auges konnten für die Medizin durch das
Mikroskop und für die Kriegsführung durch den pho-
tographischen Apparat gesteigert werden. Luftbilder,
aufgenommen von Piloten im Flug, würden am Ende
die Schlagkraft des Militärs vervielfachen. Bei den Menschen, so hatte Wiener betont, sei es schließlich nicht
anders als im Tierreich: Der Adler mit dem schärferen
Blick erkenne den Feind schneller und könne ihn darum
auch schneller angreifen. Doch ebenso werde man
schon recht bald in der Lage sein, bei einem Kranken
die natürliche Linse des Auges gegen eine künstliche
auszutauschen, um ihm die Sehkraft zu erhalten. Alles
Entwicklungen, die ohne falsche Bedenken voranzu-
treiben waren, um dem Homo sapiens die Lebenslast
leichter zu machen.

Ein besonderes Mysterium schien für den Leipziger
Professor die „Sichtbarmachung der Luftschliere" zu
sein, eine photographische Technik, mit der Bilder von
Geschossen bei Überschallgeschwindigkeit hergestellt
werden konnten: äußerst hilfreich, um die Reichweite
feuernder Großgeschütze zu messen und, natürlich!, zu
maximieren. Also wieder ein Fortschritt, der der Kriegsführung zugute kam, insbesondere jener Waffengat-
tung, bei der, argloser als arglos, Franz gedient hatte,
nämlich der fernhintreffenden, alleszermalmenden Artillerie. Überdeutlich drängte sich auf, wie oft die Fortschritte der Physik dem Heilen und Zerstören gleichzeitig von Nutzen waren, je nach Bedarf. So konnte mit
der neuartigen filmischen Bewegungsverlangsamung,

der „Zeitlupe", die Eigenart des menschlichen Gangs zu orthopädischen Zwecken aufgezeichnet werden, der Vogelflug aber, um noch wendigere und damit kriegstauglichere Fluggeräte zu bauen. Für jedes Problem gab es in Wieners Vorstellungswelt eine Lösung, selbst für das Gedankenlesen sollte in Kürze eine Apparatur erfunden sein, ganz zu schweigen von einer Maschine zur Erkennung von Geisteskrankheiten. Ja, selbst dem „Rätsel des Todes" hatte dieser wunderliche Naturforscher seinerzeit beikommen wollen, und zwar mit den Mitteln der fortgeschrittenen Atomistik sowie dem vertieften Studium der „Radioaktivität". Kinderträume einer technischen Zivilisation, die sich mit Hilfe ihrer exakten Wissenschaften in Kriegszeiten jedoch dafür entschieden hatte, dem menschlichen Sterben noch lustvoller zu dienen als dem Leben. Vielleicht wäre es nun endlich an der Zeit, die Kulturziele solcher Wissenschaft ein bißchen genauer zu sortieren!

Fast schwanden Franz die Sinne, und laut stöhnte er auf: So gewalttätig kam die Einsicht über ihn, daß er selbst, sein Lehrer, seine Wissenschaft, ja, sie alle zusammen, in der Kühlhausatmosphäre ihres Denkens keinerlei Organ besessen hatten, um die Leiden von Mensch und Natur im Krieg wahrzunehmen. Mitgefühl: null, kein Zeigerausschlag, unmeßbar! Sie waren damit zufrieden, sogar glücklich gewesen und hatten nichts vermißt. Doch wenigstens bei ihm war inzwischen, wenn man so wollte, eine Belebung eingetreten, wenigstens er war mittlerweile einigermaßen sehend und fühlend geworden, und zwar durch die Lektion, die sein eigenes, hinfälliges Fleisch ihm erteilte, aber auch durch den Anschauungsunterricht, den er beim Abräumen der Front genoß. Früher war der Krieg ihm gleichgültig gewesen, und Franz hatte ihn ohne weiteres Nachdenken hingenommen wie eine Naturtatsache, eine häßliche, unvermeidliche Begleiterscheinung des Lebens. Wogegen sein Professor schon seit längerem über eine regelrechte Kriegslehre verfügte, nach der Krieg und Fortschritt sich wechselseitig bedingten. Große Schlachten erschienen ihm als geeignetes Experimentierfeld zur Materialerprobung. Die dort gewonnenen Erkenntnisse wirkten unmittelbar auf Wissenschaften wie die Physik zurück und spornten sie zu unermüdlichen Neuerungen an. Neuerungen, die das Kulturniveau mittels technischer Fortschritte weiter und weiter anhoben und die Menschheit letztlich aus der Barbarei führen sollten. Eine Dialektik, die spätestens mit diesem Krieg ad absurdum geführt war. Denn dank der waffentechnischen Fortschritte aller teilnehmenden Nationen hatte er sich unversehens zum Weltkrieg ausgewachsen, schließlich wollte jeder seine Kriegsmaschine einmal testen und mit den Kriegsmaschinen der Konkurrenz vergleichen. Gerade dafür schien Krieg ja unentbehrlich, zumindest wenn es nach Otto Wiener ging, der nur mit geringem Bedauern verkündet hatte, daß der „Völkerfriede" sich wohl noch einige Jahrhunderte gedulden müsse. Doch wie viele Weltkriege vertrug die Welt, zwei, drei, vier?

An der Langlebigkeit des Kriegs, so dachte Franz wiederum voll Selbstverachtung, waren nicht allein enthemmte Wissenschaftspriester wie sein Leipziger Professor schuldig, nein, sondern ebenso schuldlose, gläubige, ergebene Jünger wie er. Weitaus entschlossener, eigenwilliger und parteiischer hätte er sein müssen, das wußte er jetzt oder ahnte es zumindest. Gleichgültigkeit war zu wenig in einer so wichtigen Frage wie Krieg oder Nichtkrieg, lediglich eine Maskierung der Feigheit, die nicht wahrhaben will, was sie eigentlich ist.

Jetzt war der Krieg sein ultimativer Lehrmeister geworden: gar nicht unwahrscheinlich, daß der Meisterschüler Franz hier, in diesem gift- und gasverseuchten Todessumpf am *Chemin des Dames,* seinen Untergang fand. Vielleicht zurecht, vielleicht als angemessene Strafe für seine Feigheit sowie die Schuld, die er bei blindem Handeln auf sich geladen hatte! Die Zukunft würde ohne ihn anbrechen, der Fortschritt ohne ihn voranmachen. Und ein anderer Nachwuchsphysiker den funktionstüchtigsten „Sonnenstrahlenakkumulator" zum Nutzen der Spezies ersinnen. Krieg, Leid und Tod behielten wohl die Oberhand über Franz, den maßlos früh Vollendeten.

Amadou trat ihm in den Blick, der Soldat aus dem Senegal, der heute im Lagerinneren seinen Wachdienst versah und am Zaun auf und ab ging, mit Helm, Gewehr und Wickelgamaschen bis herauf an die Knie. Dieser Mann aus einem der französischen Kolonialregimenter schien wie immer nahezu unbeteiligt am Geschehen ringsum, so als sei er rein zufällig anwesend oder aus Versehen oder gar gegen seinen Willen. Wenn er einen der schmutzigen, halbverhungerten Gefangenen anschaute, dann stets in unaufdringlicher Weise und nie zu lange. Grad als wolle er sagen: Tut mir leid, euch so sehen zu müssen, Gefangenschaft ist peinlich und abstoßend, wie eine gewaltsame Entblößung, eine öffentliche Demütigung, eine Anprangerung. Dagegen die anderen Wächter: ihre Blicke trafen wie Hiebe!

Und jetzt entsann sich Franz lebhaft, daß sein Professor in Vorträgen, um die technische Überlegenheit der weißen Rasse herauszustreichen, zum Vergleich gern „Urwaldneger" herangezogen hatte, die zwar ein Telephon bedienen, aber keines erfinden könnten. Auch diese so unbewiesene wie unbeweisbare Aussage war vom Auditorium, mittendrin Franz, einfach hingenommen worden. Dabei hatten sie allesamt bereits jahrelang Wissenschaft betrieben, und der Beweis war ihr tägliches Geschäft gewesen.

Und wie nebenbei murmelte Franz, derweil er zwischen den Fingerkuppen eine Laus zerrieb, die dabei ihr winziges bißchen Leibeswärme an ihn abgab: Welche große Erfindung hätten die Römer wohl den Germanen zugetraut, na?

Beschämend, zugleich aber auch lachhaft und höchst gefährlich erschien ihm sein Berufsstand inzwischen. Da befand er sich lieber in den Händen eines Amadou, ja, vielleicht verdankte Franz es ausschließlich diesem ersten Afrikaner seines Lebens, daß ein letzter Funke Hoffnung noch in ihm glomm. Was ein einzelner Mensch doch bewirken konnte, selbst im Zeitalter großer, dumpfer, das Individuum längst erdrückender Menschenansammlungen!

Und auch diese Erkenntnis schenkte der Krieg ihm zum Schluß noch: daß Freundlichkeit, Güte, Mitgefühl unter Ehrgeizlingen vom Schlage Franz allzeit unterschätzte, ja verachtete Haltungen gewesen waren, die eine brüchig gewordene Welt wie die jetzige aber immerhin notdürftig zusammenhalten konnten. Dergleichen schien viel, viel besser bei diesem Schwarzen aufgehoben als bei ihm und seinen Kollegen, die sich als dumm genug erwiesen hatten, mit ihrem grandiosen Erfindergeist ein paar Wirklichkeiten zu erschaffen, in denen sie selbst jämmerlich zugrunde gingen.

Reisevorbereitungen für einen Toten

Wieder war es eine warme Nacht, die das Ehepaar Krüger im Auto verbringen würde. Die zweite bereits und unter den gleichen schlechten Bedingungen wie die erste, wenn auch in besserer Stimmung. Bei offenen Wagentüren standen die beiden noch eine Weile eng nebeneinander auf dem Vorplatz und blickten hinaus in das undurchdringliche Friedhofsdunkel, dorthin, wo Felix in seinem Grab lag. Dann wandte die Frau sich ihrem Mann zu, zog ihn an den Aufschlägen seiner schon mehrmals durchgeschwitzten Jacke zweihändig zu sich her und küßte ihn mit bebenden Lippen auf den Mund.

„Was hast du vor?", fragte er.

„Ist noch Wein da?", lautete ihre Antwort.

„Möchtest du deine Schlaftablette nehmen?"

„Nein." Sie lachte leise.

Keiner konnte das Gesicht des andern sehen.

Wortlos holte Max Krüger aus einem der Proviantkörbe im Auto eine Flasche vom heimatlichen Roten. Er hatte sämtliche Flaschen zu Hause bereits entkorkt und mit Glaskapseln wieder verschlossen. Auch hielt er plötzlich ein kleines, grobes Trinkglas in der Hand.

„In der Kneipe mitgehen lassen", sagte er feixend.

„Was ist los mit uns?", fragte seine Frau.

Sie tranken die Flasche in ziemlich kurzer Zeit aus, und danach noch die Hälfte einer zweiten. So ausgiebig und derart versessen auf einen Rausch hatte das Ehepaar noch nie zusammen getrunken. Sie räumten in wortlosem Einverständnis hastig die Rückbank des Autos frei, warfen sich gegenseitig darauf, rissen sich im Wechsel die schweißfeuchten Kleider von den Leibern und schliefen miteinander, gierig und verzweifelt. Dann drückten sie Wange gegen Wange und weinten wie nie um ihren gefallenen Sohn, grad als fühlten sie in der Vereinigung seinen Verlust noch stärker als sonst.

Ächzend kehrten sie nach einer Weile zu sich zurück, wie aus einer Betäubung, und Magda fragte ihren Mann:

„Max, was ist los mit uns?"

Sie tranken schweigsam den Rest des Weins und sanken, so wie sie waren, im offenen Wagen in den Schlaf.

Fast gleichzeitig erwachten die beiden am anderen Morgen. Sie waren verkatert, steif und krummgelegen, fühlten sich aber dennoch von der nächtlichen Liebe erquickt wie lange nicht. Unternehmungslustig sagte der Mann: „Ich möchte jetzt richtig frühstücken, doch auf keinen Fall in dieser Totengräberkantine." Seine Frau pflichtete ihm bei: „Ein anständiges Klosett und fließend Wasser zum Waschen wären auch nicht übel. Und ein Spiegel! Gott, ein Spiegel!!" Geduldig fuhren sie im Slalom über die Schlaglochpiste des *Chemin des Dames* in Richtung Westen und folgten, sobald es zum ersten Mal auftauchte, einem Schild mit der Aufschrift: Soissons.

Dort wurden die Krügers mit ungeahnter Wucht an den Krieg erinnert, den sie für Stunden vergessen hatten. Die Stadt war fast vollkommen zerstört. Schuttberge in Häuserhöhe säumten die Straßen. Fassaden ohne den Rest des Gebäudes ragten zum Himmel auf, in einer stand sogar noch ein Fenster offen, eine unzerbrochene Scheibe zerlegte das Sonnenlicht und warf es in Blitzen zurück. Die beiden Türme einer großen Kirche erhoben sich, ohne Schaden genommen zu haben, aber das Längsschiff war wie mit einem Schwerthieb querdurch in zwei Teile gehauen. Die Stadt schien bewohnt, einige Frauen und Männer gingen umher, doch Behausungen, in denen sie leben mochten, waren nirgends zu entdecken. Krüger wendete zwischen den Ruinen fast panisch sein Auto, und die Besucher aus Deutschland staubten über die holprige Hauptstraße wieder davon.

„Hast du je den Namen dieses Orts gehört?", schrie er durch den Fahrtlärm.

„Nein!! Nein, noch nie!", schrie seine Frau zurück, wie um ihn zu beruhigen.

Die Angst in Feindesland, so kurz nach dem größten aller Kriege, kehrte mit Macht zurück.

Bald erreichten sie wieder die Einmündung in den Damenweg und hielten vor einem Schild, auf dem zwei Namen zu lesen waren: Reims und Laon. Der erste war ihnen bekannt, sie hatten sich erst vor wenigen Tagen von ihm in die Flucht schlagen lassen, um die Kathedrale nicht sehen zu müssen, die kurz nach Kriegsbeginn von den Deutschen zu Klump gebombt worden war. Der zweite Name sagte ihnen nichts, und so fuhren die Krügers geradeaus nach Laon, wo indessen, hoch auf dem Burgberg, eine weitere Kathedrale auf sie wartete, allerdings eine kaum beschädigte, so wie auch die Stadt ringsum leidlich erhalten war. Hier, so glaubten sie, würden Reisende aller Art willkommen, zumindest wohlgelitten sein.

Sie stellten ihren Wagen am Rand eines gepflasterten Platzes bei der Zitadelle der Stadt ab und entfernten sich zügig, grad als wollten sie auf keinen Fall mit diesem deutschen Auto in Verbindung gebracht werden. Dann spazierten sie, immer langsamer, immer gemächlicher, auf die Innenstadt zu. Dr. Krüger kam seine Pistole wieder in den Sinn. Sie lag geladen im Handschuhfach, doch da lag sie gut. Nicht auszudenken, wenn man sie bei ihm gefunden, ja, nur vermutet hätte. Als zwei schlichte, unbedarfte Fremde betraten die Eheleute kurz darauf ein hallenartiges Café, in dem niemand besonders auffiel, weil es stark besucht war. Max und Magda Krüger setzten sich an ein separates Tischchen mit zwei Stühlen. Beinahe im selben Moment entdeckten beide in der Wand gegenüber den Toilettenausgang. An Tagen wie diesem war das schon einen Glücksseufzer wert! Sie schwitzten, trotz des dumpf rauschenden, breitflügeligen Ventilators an der Decke. Weder er noch sie wagten es, sich einer Bedienung bemerkbar zu machen. Sie harrten aus, bescheidene Ausländer, die nicht drängeln wollten. Als schließlich ein Kellner an ihren Tisch trat, sagte Herr Krüger nur ein einziges Wort, ein Fremdwort, das längst überall beheimatet war:

„Káffee!" Frau Krüger nickte und lächelte dazu.

Der Kellner, ein Mann fortgeschrittenen Alters, stutzte und wiederholte das Wort, wenn auch entschieden mit anderer Betonung:

„*Café!*"

Dann hakte er noch mit einer Frage nach. Als ihm darauf nicht geantwortet wurde, blickte er seine Gäste mit Strenge an, rümpfte die Nase und entschwand.

„Hoffentlich hält er uns für Engländer!", knarzte Krüger.

„Englisch kannst du doch auch nicht, oder?", knarzte sie zurück.

„Verlernt!", trotzte er.

„Sag, warum können wir denn nicht eine einzige Sprache?", ereiferte sie sich, „ich würde mich so gerne versöhnen."

„Und ich würde so gern was essen", entgegnete ihr Mann.

Der Kaffee wurde gebracht. Heiß wie er war, schlürften die beiden ihn in sich hinein. Dann sagte die Frau spitzmäulig:

„Bestell doch! Und wart ab, was du kriegst."

Als der Kellner wieder an ihnen vorüber hastete, diesmal beim Abtragen des Geschirrs von einem der Nachbartische, sprang Herr Krüger ihm in den Weg und wies gebieterisch auf den Korb mit Hörnchen und groben Stücken eines Stangenbrots, den er mit sich trug, zum Zeichen: solches Gebäck da will ich auch! Der Kellner begriff sofort, drückte dem Gast kurzerhand das

Brotkörbchen an die Brust und eilte weiter. Krüger, kaum verblüfft, griff sofort zu und schob sich die teils abgerissenen, teils angebissenen Brocken hochzufrieden zwischen die Zähne.

„Was ist bloß los mit dir?", schalt Frau Krüger, „davon würde ich nichts runterkriegen!"

„Und ich dachte, du willst dich versöhnen", schnauzte er kauend und gedankenlos zurück.

Nach diesem arg verspäteten Morgenmahl begann der Mann, wie befreit zu rauchen. Als wäre dies ihr Signal, stand die Frau auf, durchquerte den Raum, ohne beachtet zu werden, und schritt durch die Tür zur Toilette. Eine Viertelstunde später kam sie zurück, erfrischt und erleichtert. Als darauf er sich erhob, um das gleiche zu tun, gab seine Frau ihm den Rat: „Und rasier dich endlich!" Über die Schulter zwinkerte er ihr zu: „Mit was denn? Um diese Zeit wollten wir schon längst wieder zu Hause sein." Nach Krügers Rückkehr nahm die Mühsal des Fremdseins in ungastlichen Zeiten noch immer kein Ende. Um den Kellner nicht ein weiteres Mal an ihren Tisch lotsen zu müssen und stumm oder stammelnd die Rechnung zu begleichen, beschlossen die beiden, stillschweigend oder gar klammheimlich zu zahlen. Dazu klemmten sie einen viel zu großen Geldschein unter den Tassenrand, holten tief Luft und huschten aus der Kaffeehalle davon, in der Hoffnung, daß niemand ihnen folge, um sich über diesen respektlosen Abgang zu beschweren.

Doch von nun an besaßen die Krügers nicht mehr genug französisches Geld für das Wichtigste: ihren toten Sohn auszulösen aus dem entsetzlichen Massen-

grabfeld namens *Moscou*, um ihn anschließend heimbringen zu können ins Familiengrab auf dem Esslinger
Stadtfriedhof. Fünfhundert Francs, so hatte der deutsche Kriegsgefangene Franz ihnen schamlos eröffnet,
würde der Handel kosten. Das Ehepaar verfügte jetzt
nicht einmal mehr über die Hälfte dieser Summe, also
mußte man tauschen, und zwar bei der nächsten *Bank*.
Wieder eins von diesen Wörtern, die ihnen zu Hause,
in vertrauter Umgebung, nicht einmal aufgefallen
wären. Doch hier, im Ausland, wurde jedes noch so
versprengte Fremdwort zum einzigen Halt, den Sprach-
lose wie sie finden konnten.

Max und Magda Krüger schämten sich, in ihrem abgerissenen Zustand ein Geldinstitut zu betreten, und es
kostete sie einige Überwindung. Fast alles in dieser
französischen Bank erinnerte sie an eine deutsche: der
polierte Steinboden, die Möbel aus dunklem Holz, das
gedämpfte Licht. Eine Atmosphäre, die zum Flüstern
nötigte. Umsichtig, ja unterwürfig näherten die beiden
sich dem einzig geöffneten Schalter. Herr Krüger
beugte sich ein wenig vor gegen das Sprechgitter, hinter
dem die Umrisse eines Kassierers erkennbar waren. Er
brummte zur Begrüßung ein unverständliches Wort
und streckte einen Zettel in die Höhe, auf dem seine
Frau mit dem Bleistift „500 Francs" geschrieben hatte.
Zugleich schwenkte er mit der anderen Hand die deutschen Banknoten, die er hier zu wechseln gedachte.
Außerdem hielt Krüger in der Jackentasche ihr Reise-
visum bereit, falls jemand prüfen wollte, ob sie auch das
Recht besaßen, sich in diesem Land aufzuhalten. Alles
lief wieder notgedrungen wortlos ab, doch schon nach

kurzem empfing das Ehepaar aus der Schalterluke das gewünschte Geld. Vom Mann hinter dem Gitter hatten die beiden kaum mehr gesehen als die Hände, die es herausreichten, nebst einer Quittung. Zum Schluß verabschiedete der Kassierer seine Kunden auf französisch. Herr Krüger glaubte, ihn zu verstehen, und sprach darum laut und deutlich gegen das Gitter: „Vielen Dank und auf Wiedersehen!" Es klang wie eine Entschuldigung, daß er es anders nun einmal nicht könne.

Noch unter der Tür lachte er auf wie nach einem Witz:

„Man versteht ja wirklich nichts voneinander."

Worauf sie grimmig erwiderte:

„Führt aber Krieg!"

Draußen im Freien traf die beiden unvermutet ein sommerlicher Hitzeschwall.

Lange redeten sie kein Wort miteinander und wanderten ziellos durch die Stadt. Der grausige Handel, auf den sie sich eingelassen hatten, rückte näher. Nach dem Geldumtausch war ihnen, als hätten sie ihren Toten bereits freigekauft und seinem Grab entrissen. Eine Art Endgültigkeit schien eingetreten, täuschend echt. Welch ein verrücktes Vorhaben! Ein Verbrechen sogar! Sie waren doch brave Bürgersleute: wie konnten sie solch eine Tat wollen und wünschen und auch noch in Angriff nehmen? Es erschreckte beide zutiefst. Wie verwildert waren die Zeiten, daß ausgerechnet sie sich zu so einem Entschluß hinreißen ließen? Dr. Max Krüger und seine Ehefrau Magda, zwei zivilisierte mitteleuropäische Menschen, die sich schon überwinden mußten, mit der Hand die tote Amsel oder Blindschleiche oder Wühlmaus wegzuschaffen, die ihre Katze ihnen zuweilen auf den Schuhabstreifer legte. Und eben diese beiden waren nun drauf und dran, sich an der Totenruhe zu vergreifen und ein uraltes Verbot zu übertreten. Leichenraub, eigenhändig! Wie weit mußte ihre Verzweiflung gediehen sein? Doch Max und Magda Krüger konnten zu alledem nur wie gelähmt schweigen, grad als gehörten auch sie inzwischen unterschiedlichen Sprachen an. So weit lag das alles außerhalb ihrer Welt! Bloß ihre Hände griffen fahrig nacheinander, suchten und spendeten Trost, ungefragt. Würde ihr Liebesmut ausreichen, den gräßlichen Plan umzusetzen?

Die Mutter dachte bei sich: Ich will mein Kind zurück, wenn nicht lebend, dann wenigstens tot. Meine Schuld, unseren Sohn nicht vor dem Krieg bewahrt zu haben, wächst noch einmal, wenn wir ihn in fremder Erde liegen lassen. Den Toten, immerhin, kann man retten, Himmel hilf!, diesmal darf unsere Liebe nicht versagen. Oder bin ich schon irre vor Trauer und Schmerz?

Und der Vater dachte: Auch die Toten brauchen ein Zuhause, genau wie die Lebenden. Sie brauchen eine Familie, eine Heimat, ja, eine Nation! Oder rede ich mir das nur ein? Nein, es ist ihre Stimme, die zu mir spricht. Seid nicht traurig, ruft sie, seid stolz! Bekennt euch zu uns wie bei Kriegsbeginn, gebt uns ein sichtbares Grab, da, wo man uns kennt und ehrt, trotz Niederlage.

Felix' Eltern flanierten an Schaufenstern vorbei, und ihnen war, als durchquerten sie einen Alptraum. Sie sahen Tierfelle, echte und künstliche, die wohl als Bettvorleger dienen sollten, ebenso gestrickte und gehäkelte Überwürfe. Doch nie zuvor hatten sie einfache Dinge des Alltagsgebrauchs mit solchen Augen gesehen. Vor einem Möbelgeschäft stand eine geräumige Truhe, eisenbeschlagen und mit antikem Schlüssel. Beim Betrachten dieser Truhe, da ganz besonders, wurde die bevorstehende Tat so aufdringlich konkret und bildhaft, daß ihnen schwindelte. Und vor ein Sargmagazin, falls vorhanden, hätten Herr und Frau Krüger sich gar nicht erst getraut, aus Angst, man könnte an jeder ihrer Gesten ablesen, was sie vorhatten.

Dringend mußte er sich Luft machen: „Wir könnten heimfahren, Magda, und ich komme in ein, zwei Wochen mit meinen Freunden noch einmal hierher, außerdem mit allem, was nötig ist, und viel, viel besser vorbereitet."

„Meinst du, deine Freunde hätten dazu den Mut?", fragte sie zurück, erhielt jedoch keine Antwort.

Das Wort „Freunde" war von ihr zwischen zwei Pausen plaziert, so als gehöre da eigentlich ein anderes Wort hin oder gar keins.

Sie betraten wahllos den Dom, und die Frau fühlte den Wunsch, ein Machtwort zu sprechen:

„Wir sind doch seine Eltern!", sagte sie schneidend.

„Aber vergiß nicht", erwiderte er mit halb ersticktem Flüstern, „wenn man uns unterwegs erwischt, sind wir dran. Und über den Rhein müssen wir auch noch mit ihm!"

Wieder draußen, umrundeten die Krügers die Kirche wie Getriebene. Sie suchten, doch erst, als sie gefunden hatten, wußten sie, wonach: Auf einer Baustelle, nicht weit von einem Seiteneingang der Kathedrale, wo offenbar Kriegsschäden im Gemäuer behoben wurden, entdeckte das Paar einige Rollen Teerpappe, Abdeckplanen sowie einen Haufen Seile, außerdem mehrere Handschuhe. Die Baustelle war verlassen, niemand auch nur in der Nähe. Kurzentschlossen packten die beiden zu, rissen, was sie zu fassen bekamen, an sich und schleppten es im Laufschritt davon, geradewegs zu dem Platz, auf dem ihr Auto geparkt war. Sie jammerten vor Verwunderung über sich selbst und stolperten keuchend dahin, ihr Schweiß floß in Strömen, die Hitze brannte auf ihrer Haut. Niemand trat ihnen in den Weg, um sie aufzuhalten, auch dann nicht, als sie das Raubgut mit flatternden Händen in den Wagen luden. Danach fuhren Herr und Frau Krüger zurück zum Soldatenfriedhof ihres Sohns.

Dort wurden sie erwartet, und als dieser Umstand ihnen zu Bewußtsein kam, erschraken sie und fühlten sich vollends ertappt. Die Krügers waren auf ihrer Rückfahrt gerast wie Verfolgte. Dafür gab es keinerlei Anlaß, denn bis zum Abendtreffen mit dem Kriegsgefangenen würden noch Stunden vergehen, die Zeit drängte also nicht. Selbst zum Trinken hatten sie nicht angehalten, obwohl der Durst ihnen derart zusetzte, daß sie kaum noch schlucken konnten. Nein, blindwütig und wie unter Zwang waren sie jener Tat entgegengestürzt, zu der sie sich in ihrer Elternverzweiflung entschlossen hatten, und nun wollten sie aus Franzens Mund endlich hören, wann es soweit war.

Als der Staub rings um den schroff abgebremsten Wagen sich verzogen hatte, erkannten Max und Magda Krüger die Wartenden. Es waren zwei Gäste aus der

Heldin, einmal die junge Frau vom Sofa, die am Abend davor so aufdringlich zu ihnen herüber gesehen und ihnen sogar zugeprostet hatte, dann der eher unscheinbare Mann, der wie ein Fabrikarbeiter angezogen war und sie jetzt überlegen anlächelte. Auch die seltsame Frau steckte in Herrenkleidern und trug einen schulterbreiten Schlapphut, unter dessen Rand zwei brandhelle Augen sie in den Blick nahmen und nicht wieder freigaben. Schuldbewußt stiegen die Krügers aus dem Auto und traten, allen Durst vergessend, vor ihre Besucher hin. Sie sahen noch gebannt auf die Frau, als der Mann neben ihr bereits zu reden anfing, gemessen und in einem Deutsch mit östlicher Färbung:

„Ich spreche im Namen dieser englischen Dame", sagte er, „und drücke zuerst ihr Mitgefühl aus, weil Sie, Herrschaften, Ihren Sohn verloren haben im Krieg. Davon hat die Dame erfahren, drüben, in dem Lokal *Zur Heldin*, wo nichts geheim bleibt, und dort hat sie ebenfalls erfahren, daß Sie Ihren toten Sohn auf dem hiesigen Friedhof ausgraben, mit sich fort nehmen und heimbringen wollen an seinen Ort. Die englische Dame bittet Sie aber inständig: Herrschaften, lassen Sie Ihren toten Sohn hier in seinem Grab und nehmen Sie dafür einen Lebenden mit, nämlich den Kriegsgefangenen Nummer 2341, der sonst sterben muß, dieser junge, junge Mensch ..."

Weiter kam Jan, der Pole, nicht. Doch er schien zufrieden.

Elsie, die kein Wort verstanden hatte, aber aufmerksam der Klangspur seiner Rede gefolgt war, wirkte ebenso.

Bis Herr Krüger sich aus seiner Erstarrung löste, einen Schritt nach vorne trat und den Schlachtfeldarbeiter am Kittel packte. Schuld, Angst, Zweifel und Erschöpfung wurden ihm schlagartig zur Wut. Er krächzte aus trockenem Hals mit staubbelegter Stimme kaum Verständliches, etwa: „Was Sie sich erlauben!", „Privatsache", „unser Sohn" oder „welcher Kriegsgefangene, verdammt?" Frau Krüger wollte sich, um Schlimmeres zu verhindern, zwischen ihren Mann und den Sprecher drängen, fiel dabei jedoch hart zu Boden. Elsie griff nach ihr und zog sie wieder hoch in den Stand. Spürend, daß ihre Sache gefährdet, wenn nicht verloren war, redete sie in ihrer Muttersprache laut und wenig begütigend auf die Deutsche ein, ohne sie loszulassen. Der Pole, noch von Krüger festgehalten, übersetzte trotzdem, während alle vier mit dem Stampfen und Scharren ihrer Füße mächtig Staub aufwirbelten, der in felsgrauen Wolken zum Friedhof hinüberzog und sich auf den Gräbern niederließ:

„Es ist Unsinn, einen Toten zu retten!", schrie Elsie, „wenn man einen Lebenden retten kann!"

Dabei schüttelte sie ihr Gegenüber wie einen Baum. Aber Frau Krüger antwortete genauso laut:

„Es ist unser Kind, wir sind doch seine Eltern, wir haben die Pflicht!"

„Nein! Es gibt keine Pflicht, einen Toten zu retten. Es gibt nur die Pflicht, einen Lebenden zu retten."

„Es ist unser Fleisch und Blut!"

„Aber tot, tot, tot!"

Tapfer übersetzte der Pole in Krügers Klammergriff. Er wehrte sich mit keinem Finger, sondern grinste nur ab und zu, als entgehe der bittere Witz der Szenerie ihm keineswegs. Wie leicht und wie schnell diese Begegnung doch entgleist war! Dabei hatte Jan die übelsten Verwünschungen beider Seiten gar nicht erst gedolmetscht. Und als alle innezuhalten schienen, um die Wirkung ihrer Worte abzuwarten, sagte er auf deutsch:

„Sie wissen, wer der Lebende ist, den Sie retten sollen!?"

Elsie sah ihn an, verblüfft, weil ihr Übersetzer plötzlich mit eigenen, ihr unverständlichen Worten eingriff. Auch Krüger stutzte und ließ den Polen fahren. „Sie sollen den Mann retten, der für die Franzosen mit Leichen handelt", fuhr Jan ruhig fort, „den deutschen Kriegsgefangenen namens Franz, der selbst bald eine Leiche ist, wenn ihm niemand hier heraushilft. Sie kennen ihn!"

„Das ist ja verrückt!", schrie Herr Krüger mit aufgerauhter Stimme, „es wird streng bestraft, einen Gefangenen zu befreien!"

„Einen Toten zu entführen, auch!", schrie der Pole gewissenhaft zurück. Und leiser, beinahe schon schmeichelnd, setzte er hinzu: „Beides ist riskant, jawohl. Aber dieses Risiko auf sich zu nehmen für einen Menschen, der vom Tod bedroht ist, nenne ich richtig und ehrenwert. Dasselbe Risiko für einen Toten auf sich zu nehmen, scheint mir dagegen falsch und idiotisch."

Krüger ließ seine Arme schwer heruntersinken, er schien zu erschöpft für weitere Empörung.

„Und warum sollten wir den Kerl mitnehmen?", fragte er.

„Er ist ein Mensch, außerdem Ihr Landsmann", sagte

Jan wie gelangweilt, „und er sühnt mit seiner Gefangenschaft, ich bitte um Vergebung, auch für Sie."

Einmal in Fahrt, hätte er zu gerne noch den Satz nachgeschoben: Wer einen Menschen retten kann, es aber nicht tut, lädt schwere Schuld auf sich. Oder den allgemeineren Hinweis, daß diese vom Krieg verheerte und verkehrte Welt endlich vernünftige Regeln brauche, damit die Menschen wieder den richtigen Unterschied zwischen Lebenden und Toten machen könnten. Welche Freude wäre es für diesen Grenzlandeuropäer gewesen, die Vertreter des Zentrums moralisch zu belehren! Doch Elsie schnitt ihm das Wort ab und nötigte ihn, das Gespräch mit dem Deutschen zu übersetzen, das der Pole sozusagen eigenmächtig geführt hatte.

Max Krüger machte unterdessen einige Schritte hinüber zu seiner Frau, die wieder zusammengesackt war, als Elsie sie aus ihrem Griff gelassen hatte, um sich dem Dolmetscher zuzuwenden. Er hob Magda so vorsichtig zu sich herauf, als könne sie zerbrechen, und führte sie zum Auto. Mit einer Stimme wie versengt sprach er schläfrig und zungenlahm: „Wir müssen trinken, wir müssen endlich trinken!" Sacht ließ sich die Frau mit seiner Hilfe auf die Türschwelle des Wagens hinab, wo sie zusammengekrümmt sitzen blieb. Umständlich und plump suchte Krüger auf dem Rücksitz zwei unter dem gestohlenen Baumaterial begrabene Wasserflaschen hervor. Eine streckte er seiner Frau hin, die andere hob er an seinen Mund, um mit säuerlicher Miene von dem schal gewordenen Esslinger Leitungswasser zu trinken. Bevor Magda trank, wollte sie sich mit ein wenig

Wasser den Staub aus dem Gesicht waschen, vermengte ihn aber nur mit Resten von Schminke zu einer nachtblauen Paste, die sie sich ahnungslos über Stirn und Wangen schmierte. Ihr Haar war in nassen, salzigen Strähnen an den Kopf geklatscht wie Seetang, und ihr feiner Trauerschleier schlang sich inzwischen fadendünn und durchgeweicht um ihren Hals. Ihre Arme: von Schnaken- und Mückenstichen rot übersät. Drunten die Strümpfe voller Löcher und Laufmaschen. Max hatte sich eine Zigarette angezündet, wobei Rauch ihm beißend ins Auge kam, und er sich so sehr mit dem Finger rieb, daß ihm ein Äderchen platzte und sein linkes Auge in Kürze blutunterlaufen war. Jetzt blinzelte er geplagt ins unvermindert starke Sonnenlicht. Auch er trug nach wie vor seine schwarze Jacke, durch deren Stoff an den dicksten Stellen, unter den Achselhöhlen, weiß das Salz seines Schweißes schlug und breite Ränder bildete. Hin und wieder hechelten die Krügers vor Anstrengung wie gehetzte Tiere.

Derart gezeichnet von Verzweiflung und Kraftlosigkeit, zogen die beiden Elsies Blick auf sich. Zum ersten Mal fühlte die junge Engländerin mit dem deutschen Paar. Wer bin ich, sagte sie sich, diesen Menschen vorzuschreiben, wie sie um ihren Sohn trauern sollen und wie nicht? Schamvoll erinnerte sie sich, wie erst vor kurzem James Norton unter ihrem Unverstand und ihrer Roheit zu leiden gehabt hatte. Und befahl dem Polen, in einem Anfall von Aberwitz, noch einmal für sie zu übersetzen. „Wann", ließ sie ihn den ermatteten Deutschen zurufen, „wann genau ist ihr Sohn denn gefallen?" Nach ein paar langen Sekunden antwortete der Gefragte ohne jede Gegenwehr:

„Ende Mai achtzehn, vermutlich."

„Dann weiß ich, wie er gestorben ist!", rief Elsie auftrumpfend zurück.

„Ach ja!?" Herr Krüger schnitt eine Grimasse, halb verächtlich, halb belustigt. „Sie waren wohl dabei, was?"

„Nein, aber mein Mann."

„Ist der auch gefallen?"

„Nein, schwer verwundet worden. Er ist immer noch schwer verwundet, und wird noch lange Zeit schwer verwundet bleiben, vielleicht für immer. Doch er lebt, ist heimgekehrt, mir und seinen Eltern, ebenso seinen Freunden und Geschwistern wiedergegeben worden, lebendig. Verstehen Sie? Das ist trotz allem ein großes Glück!"

„Sie wollten uns etwas zum Tod unseres Sohnes sagen?!"

Auch Felix' Mutter harrte mit hängendem Kopf auf die Antwort, und Jan, der Übersetzer, atmete japsend durch.

Elsie verlangte es, Mitgefühl zu zeigen mit diesen Feindeltern, die sie so schonungslos herausgefordert hatte. Dazu folgte sie dem Impuls, ihr jüngst erworbenes Wissen auszubreiten, grad als wolle sie sagen: Ich erzähle euch eure Geschichte, dann seid ihr nicht mehr so allein damit. Ich kann mir das Sterben eures Sohnes nämlich genau vorstellen und weiß, was ihr als sein Vater und seine Mutter leidet. Auch haben wir noch nie gemeinsam getrauert.

Noch vor kurzem hatte sich Elsie den Krieg ihres eigenen Mannes nicht vorstellen können und seine Kriegsleiden zornig bestritten. Jetzt verstand sie sogar schon die Gegenseite und glaubte, ihren Verlust zu fühlen. Forsch bekundete sie Anteilnahme über Gräben und Grenzen hinweg. In wenigen Tagen hatte Jims Kriegsschauplatz sie hellsichtiger und einfühlsamer gemacht. Oder war nur ihr Wunsch so stark, dem bis auf den Tod gefährdeten Franz das Leben zu erhalten?

Elsie sieht und hört den Krieg

Durch Jans Mund erzählte Elsie dem deutschen Elternpaar, was sie am Morgen erfahren hatte. Es war ihr
mitgeteilt worden von einem Franzosen aus einer Dorf-
ruine namens La Ville, der die letzte Schlacht am
Chemin des Dames erlebt hatte und dessen Bericht wiederum für ihr Ohr übersetzt worden war, und zwar
abermals von dem polyglotten Polen, der seit Tagen
sprachliche Schwerstarbeit leistete. Gleichsam aus
Worten flickte er Europa zusammen.

Der alte Mann hieß Dominique, ein besitzloser Land-
arbeiter und einst der Sonderling seiner Gemeinde, der
den Ort auch während der schlimmsten Kanonaden als
einziger nicht verlassen und trotzdem jedes Mal überlebt hatte. Als im Frühjahr 1918 britische Truppen unweit seines Dorfs am *Bois des Buttes* in Ruhestellung
gegangen waren, hatte Dominique sie aufgesucht und
um Arbeit gebeten: Pferde füttern, Stiefel wichsen, Kartoffeln schälen. Man war nett und freundlich zu diesem
französischen Verbündeten gewesen, zumal er der einzige war, der sich zeigte, und hatte ihn für Brot, Wein
und Tabak kleine Hilfsdienste verrichten lassen. Und an
der Seite der Briten, vor allem eines Bataillons Infante-
risten aus Devonshire, den *Second Devons*, bei denen
auch Elsies Ehemann diente, hatte er am 27. Mai 1918

den Sturmlauf der Deutschen erlebt, die in kurzer Zeit den längst von Busch und Baum entblößten Kreidehügel hinaufgestürmt waren und das so schutz- wie ahnungslose Feldlager im Stampfschritt überrannt hatten. Doch auch dieser Falle war Dominique entronnen. Seit Kriegsende half er beim Schlachtfeldräumen und lieferte seine Funde an den Souvenirhandel, der in etlichen Städten Frankreichs soeben aufzublühen begann. Bei dieser Tätigkeit hatte er draußen in der roten Zone den Polen sowie dessen spanischen Kollegen kennengelernt.

Über Geröllhalden und Trümmerberge erreichten Jan und Elsie, mühselig und von ziegelrotem Staub bepudert, die Behausung des Alten. Er wohnte in den Überresten eines Stalls, dessen Eigentümer noch nicht von ihrer Flucht vor dem Krieg zurückgekehrt waren, und hatte dort aus Tüchern, Decken, Hemden und sogar Unterhosen eine Art Zelt gebaut, das ihm anscheinend als Schlafkoje diente. Drumherum standen etliche Holzeimer, in denen Dominique seine Schlachtfeldfunde aufbewahrte, bevor er sie auf dem Tischchen, an dem er saß, untersuchte und säuberte. Im rußgeschwärzten Dachgebälk, das kein Dach mehr zu tragen hatte, turnten die Ratten und schnupperten mit langen Nasen nach den beiden Besuchern herab.

„Stühle gibt es keine", sagte der Gastgeber, „sucht ein Trümmerstück und macht es euch darauf bequem."

Er wagte es kaum, seinen weiblichen Gast anzublicken, so groß war offenbar seine Scham angesichts der bei ihm eingetretenen jungen Frau. Fast schien es, als schäme der alte Mann sich nicht allein für seine Umstände, sondern für sein Dasein, ja, für sein Leben selbst, grad als wäre er der letzte, nichtswürdigste Vertreter einer ganz und gar auf den Hund gekommenen Spezies, die nun zurecht abtreten mußte. Und auch Elsie schämte sich, einmal dafür, Zeugin solchen Elends zu werden, dann für den Ekel, der angesichts des ungewaschenen Alten mit seinen braungelben Zahnstumpen im zerfallenen Mund in ihr aufstieg und den sie hoffte, vor ihm verheimlichen zu können. Sie mochte sich lieber nicht vorstellen, wo dieser Mensch aß und vor allem, was.

Dominique rauchte Selbstgedrehte. Seine tütenförmigen Zigaretten rochen, als enthielten sie nicht Tabak, sondern gedörrte Wiesenkräuter. Vor ihm auf dem Tisch stand ein Aschenbecher, der eigentlich ein großer, scharfkantiger Granatsplitter war und in allen Regenbogenfarben schillerte. Daneben lag eine Art Messer, das er gerade begutachtete und als Brieföffner bestimmte, der allem Anschein nach, wie er meinte, aus dem stählernen Flügelchen einer Fliegerbombe zurechtgehämmert sei.

„Wofür doch die Leute selbst im Krieg noch Zeit finden!", sprach der Alte in Richtung des Polen Jan, von dem ihm mitgeteilt worden war, daß er für die Engländerin dolmetschte. Und auf dessen Kopfnicken hin erzählte Dominique schließlich, was man von ihm zu hören wünschte:

Mit heftigem Trommelfeuer hatte die Schlacht an jenem 27. Mai, einem Montag, wie er noch wußte, begonnen. Sprenggranaten kamen geflogen mit brüllendem Lärm, zerfetzen Männer und Pferde. Die Erde bebte zwei Stunden lang. Der Berg wankte, ja wackelte geradezu, so als wolle er umfallen. Im kreidigen Boden sprangen Risse und Schrunden auf, manch einer fiel hinein, manch einer suchte Schutz darin. Die englischen Soldaten wurden panisch vor Überraschung, sie hatten nicht mit einem deutschen Angriff gerechnet, nicht auf ihr Ruhelager. Jetzt irrten sie zum Teil hemdsärmelig und auf Socken darin herum, weil ihre Sachen in den zusammengeschossenen Unterständen begraben waren. Andere erwarteten mit starrem Blick, daß endlich der Feind auftauchte. Dabei sahen viele kaum aus ihren Gesichtern, die von Blasen bedeckt waren, dicken, prallen, schwer entstellenden Blasen, wie nur Senfgas sie hervorrief. Dann endete der Beschuß, und die Deutschen stürmten über die Hügelkante heran, mit Rufen wie: „Nach Paris! Nach Paris!" Die englischen Truppen versuchten, sie aufzuhalten, wehrten sich verbissen, häufig genug ohne jede Deckung. Noch im Fallen griffen manche nach den Beinen der gegnerischen Soldaten, die über sie hinweg sprangen und weiter stürmten. Ja, selbst mit Fingernägeln und Zähnen wurde gekämpft, wenn Bajonette und Messer, Pistolen und Gewehre ausgedient hatten. Schwärme von Handgranaten füllten die Luft, wurden mit Händen gefangen und zurückgeworfen, vom Boden aufgenommen und abermals zurückgeworfen, flogen hin und her, bis sie zerbarsten und wahllos Beine, Hände, Köpfe abrissen. Gestandene Männer, großgewachsen, ja, teils hünenhaft, wurden weggefegt wie Strohpuppen. Doch plötzlich war der Sturmlauf vorüber, und die Gegend gehörte von nun an zum deutschen Hinterland, aus dem in

Scharen englische Gefangene abgeführt wurden. Die Toten, oft genug unerkennbar, auch ihrer Nationalität nach, blieben liegen, unter dreien in einer Mulde auch Dominique, ohne Verletzung, aber bestens getarnt als Toter mit Blut von ihrem Blut, das leicht für vier reichte, ob deutschem oder englischem Blut, das wußte er nicht. Ob es außer ihm noch Überlebende dieser Blitzattacke gab, konnte er nicht ausmachen. Drüben die Erhebung des *Plateau de Californie* loderte wie eine Fackel dem Himmel entgegen, und noch nie zuvor hatte der alte Mann einen Berg brennen sehen. Drunten über dem Flußtal wogten träge Wolkenmassen aus Gas, denn Gas sei schwerer als Luft und sinke stets zum tiefsten Punkt.

„Irgendwann", so hatte er seinen Bericht geschlossen, „bin ich zurückgeschlichen, hierher in meinen Rattenstall, im Arm ein Säckchen Proviant und ein paar Brotbeutel."

Elsie gab Stunden darauf alles getreu wieder, Jan übertrug es, diesmal ins Deutsche. Als Stille eintrat, sahen beide Max und Magda Krüger ihre Erschütterung an. Felix' Eltern erhielten zum ersten Mal eine Vorstellung von der wahren Wirklichkeit des Kriegs, den auch ihr Sohn geführt hatte. Sie waren zu müde, den Tatsachen auszuweichen oder sich dagegen aufzulehnen und blickten glasig ins Leere. Ebenso verzichteten sie, noch einmal nachzufragen, „wie ihr Sohn gestorben sei", denn davon zu berichten, hatte die junge Engländerin ihnen ja angekündigt. Stattdessen gaben sie sich zufrieden mit dem Gesamtbild jenes furchtbaren Kriegsgewimmels, in dem mutmaßlich auch Felix untergegangen war. Und ahnten zugleich, daß Bilder seines ganz persönlichen Sterbens sich später wider Willen von selbst in ihnen entzünden und sie in noch schmerzensreichere Trauer stürzen würden.

Doch nicht minder war Elsie ihre Erschütterung anzumerken. Jetzt, beim Nacherzählen der Geschichte, fühlte sie sich noch aufgewühlter als morgens beim ersten Hören. Redend hatte sie sich selbst erschüttert und glaubte, Jims Qualen nachzuerleiden wie niemals vorher: den Bajonettschrecken, den Handgranatenschock, die aufbrausende Mordwut, Angriffsangst und Angriffslust. Es drängte sie, Dominique nochmals aufzusuchen, um ihn zu fragen, ob er ihrem Mann unter all den Soldaten nicht leibhaftig begegnet sei und etwas Persönliches von ihm zu erzählen wüßte. Auch hätte sie zu gerne erfahren, wie Jim sein nacktes Leben aus solch einer Lage überhaupt hatte davontragen können. Doch gab Elsie ihre Hoffnung sogleich wieder auf, zumal die Ahnung sie beschlich, daß ihr Mann in der Schlacht für ihre suchende Seele unauffindbar bleiben mußte, zu gewaltig war das Geschehen, zu winzig ihre Vorstellungskraft, zu schwach ihre Einfühlung. Elsie sah und hörte zwar den Krieg, sie fand aber nicht den Einzelnen darin, auch nicht James Norton. Ja, selbst der, den sie liebte, blieb ihr verborgen wie das Staubkorn in der Landschaft. Konnte sie sich damit begnügen? Mußte Jims *shell shock* ein Geheimnis für sie bleiben?

Voller Enttäuschung beschloß sie, nicht aufzugeben.

Heimatabend im Niemandsland

Minot war in diesem Jahr eins nach dem Krieg unversehens zur ersten und einzigen Berühmtheit der Gegend geworden. Je mehr Kriegsflüchtlinge an den *Chemin des Dames* zurückkehrten, desto mehr von ihnen kehrten in seinem Lokal ein. Alle wollten das Kind sehen, von dem überall die Rede war, das Kind, das die zerstörte Heimat wieder zum Leben erweckte und die Zukunft verkörperte fast wie ein Neugeborenes. Oft war der Satz zu hören: Wenn ein Kind hier lebt, ist nichts verloren! Jeden verlangte es, von ihm bekocht und bedient zu werden, und wenn Minot zuweilen auf seiner Mundharmonika spielte, kam in der *Heldin* beinahe Feststimmung auf. Weit und breit gab es noch keine von den alten Autoritäten wieder, nicht Bürgermeister, nicht Lehrer, nicht Pfarrer. Ebensowenig eine Polizei, weshalb jeder in diesem Provisorium es für seine persönliche Ehre hielt, gegen kein Gesetz zu verstoßen. Es schien, als halte das Böse für eine Weltsekunde den Atem an. Wie lange mochte diese Weltsekunde dauern? Auch Schulen, Rathäuser und Kirchen lagen weithin in Trümmern, nur die Ausschankhütte *Zur Heldin der Ruinen* ragte keck und unversehrt in der verwüsteten Landschaft auf, als einzig echte, würdige Menschenbehausung dieser Schreckenszone. Hinter ihren vier Wänden aber wirkte ein bewundertes, ja verehrtes Kind, an dem kaum einem auffallen wollte, daß es eigentlich ein sechzehnjähriger Junge war, mitten im Stimmbruch und mit hauchdünnem Bartflaum auf Wangen und Oberlippe, der hin und wieder gern rauchte und seinen Anis mit wenig Wasser trank. Doch dieser Junge genoß es, erstmals im Leben eine solch überragende Bedeutung für andere zu haben, zumal für Erwachsene, und fast hätte er im Eifer, ihnen gerecht zu werden, seinen eigenen Schmerz vergessen.

Wie auf Verabredung trafen an diesem Augustabend sämtliche von Minots Freunden ein: zuerst Gustave, der seine Kinder nach ihrem Kurzbesuch zum Bahnhof gefahren und anschließend pflichtgetreu das Pferdegespann zurückgebracht hatte, sodann Pablo der Spanier, der viele Stunden auf dem Schlachtfeld unterwegs gewesen war, um „Metalle zu ernten", wie er sich ausdrückte, außerdem Jan der Pole, der als Dolmetscher den ganzen Tag über Elsie Norton begleitet hatte, damit sie Kriegseindrücke sammeln konnte. Auch die Engländerin selbst tauchte wenig später in der Runde auf, nachdem sie sich in ihrer engen, muffig warmen Unterkunft ausgeruht hatte. Man kannte sich inzwischen so gut, daß man ungefragt beieinander Platz nahm, mit Ausnahme des deutschen Ehepaars Krüger, das für sich blieb und Abstand hielt, in Erwartung des Kriegsgefangenen Franz, der jede Sekunde mit einer hochwichtigen Nachricht durch die Kneipentür treten mußte. Obwohl die Krügers zuletzt gekommen waren, bediente Minot sie zuerst und redete fast zärtlich auf diese ermatteten und ziemlich verwahrlosten Gäste ein, obwohl er wußte, daß sie ihn nicht verstanden. Er streichelte sie sozusagen mit Worten. Auch ein halbes Dutzend französischer Soldaten aus den Sprengkommandos traf schließlich ein und wollte mit ein paar Lagen Cognac einen Kameradengeburtstag feiern. Die Sonne über der *Heldin* brannte noch heiß und hell wie zu Mittag, das hochsommerliche Wetter dauerte nun schon seit Wochen an und dörrte den Boden bis tief hinab. Wasser tat not, auch Minots Reserven wurden allmählich knapp. Flüsse und Bäche waren nur noch Rinnsale, in deren ausgetrockneten Betten die zutage getretenen Blindgänger herumlagen wie tote Fische. Doch jeder wußte, wenn es ausgiebig regnete, wurde das um- und umgewühlte Kriegsland vollends unbewohnbar.

Zwei Friedhofsbesucher, vielleicht Vater und Sohn, gesellten sich auch noch dazu und belegten einen eigenen Tisch. Ebenso trat ein Heimgekehrter aus dem nahen Corbeny in den Raum, stierte ausgiebig in alle Gesichter und wunderte sich, daß er in der alten Heimat keinen Menschen mehr kannte. Bald war nur noch das blaue Sofa unbesetzt, selbst Elsie mied es heute. Der Spanier half dem überforderten Wirt beim Bedienen, servierte frisches Brot aus dem Feldbackofen hinterm Haus, trug volle Weinkaraffen an die Tische, schnitt Ziegenkäse auf, und wurde gleich mehrfach dafür gelobt: „Pablo, so kennen wir dich gar nicht!" Worauf dieser voll Übermut antwortete: „Natürlich nicht! Wenn mehr Leute wüßten, wer ich bin, wäre ich unheimlich bekannt. Doch wenn mich mal einer kennt, ist es prompt eine Verwechslung!" Leider sei das auch das Schicksal der kleineren Völker.

Der Gastraum war höchstens stubengroß, jeder erreichte jeden mühelos, ohne die Stimme zu heben.

Trotzdem erörterten die Soldaten an ihrem Tisch lautstark, wie viel Zeit wohl nötig sein würde, um die kriegsverkrüppelten Wälder am *Chemin des Dames* aufzuforsten, bis sie wieder geradestehen könnten. Sie einigten sich auf nicht weniger als hundert Jahre und waren erschüttert von ihrer eigenen Prognose.

Gustave fragte fordernd, wann wohl der Staat hier draußen endlich seine hoheitlichen Aufgaben wahrnehme und Straßen repariere, neue Stromleitungen verlege oder Brücken baue, damit nach all den Kriegsjahren das Leben sich beruhigen und wieder in geordneten Bahnen verlaufen könne.

„Willst du das wirklich?", fragte einer dagegen, „daß nach den Kriegsgewinnlern die Friedensgewinnler einziehen? Wenn das Schlachtfeld wieder sauber ist, wird der Boden mehr wert sein. Dann kommen die Geschäftemacher, reißen als erstes diese niedliche Vielvölkerhütte ab und jagen unsereins davon. Laßt uns, bevor es zu spät ist, eine eigene, unabhängige Republik gründen, die *Republik am Rande der Menschheit*, ja, laßt uns viele solcher Republiken gründen, um den Nationalstaat zu zerstören, denn der ist die Ursache allen Kriegs!"

„Wo haben sie dich denn freigelassen?", fuhr Gustave auf.

„Ich bin ein belgischer Anarchist, den der Krieg von einer Krankheit namens Staat geheilt hat", lautete die Antwort.

Gustave überhörte ihn und wurde eindringlich: „Sollte ich der einzige sein, der hier an die Zukunft glaubt? Eine Zukunft, die so lebenswert ist wie die Zeit vor dem Krieg?"

„Die Zeit vor dem Krieg", höhnte der Belgier, „das war die Zeit, in der es unausweichlich auf den Krieg zu ging. Und die willst du zurück? Ist es dir damals so gut gegangen? Nein, nein, der Staat sollte abgeschafft werden und das Geld gleich dazu. Nach diesem Krieg bietet sich endlich eine Chance, die Geschichte neu zu beginnen. Lieber in der Wildnis leben als im Irrenhaus oder im Gefängnis!"

Gemurmel erhob sich und kündigte Streit an.

„Was macht Minot eigentlich mit dem vielen Geld, das er in der *Heldin* verdient?", wollte rasch einer wissen, der offenbar einen Ausbruch politischer Leidenschaft fürchtete.

„Ich werde damit Madame Berthe ein Denkmal errichten", rief mit klarer, fast jubelnder Stimme der junge Patron vom Tresen zurück, „ohne sie hätten wir in unserer Zone nicht einmal dieses eine Dach über dem Kopf. Das darf nie vergessen werden!"

Er tönte so entschieden, daß sofort Schweigen einkehrte, selbst am Soldatentisch. Erst als Minot die Bemerkung nachschob, wenn sein Geld für ein Denkmal nicht reiche, dann müsse er eben die Preise erhöhen, verflog die ernste Stimmung wieder.

Darauf konnte auch Jan es wagen, einen Witz zu erzählen, einen jener Bildungswitze, die er gern erzählte und selten absichtslos. Den folgenden wollte er in einer Zeitung entdeckt haben, und es blieb ihm angesichts seines Publikums gar nichts anderes übrig, als ihn mehrsprachig zu erzählen. Die erwähnte Zeitung hatte, noch tief im Frieden, auf einer Seite links oben gefragt:

„Was ist das Paradies?"

Und die Antwort gegeben:

„Im Paradies
ist der Engländer Polizist,
der Deutsche Mechaniker,
der Franzose Koch,
der Italiener Liebhaber
und der Schweizer
der Organisator des Ganzen."

Auf derselben Seite stand rechts unten die Frage:

„Was ist die Hölle?"

Darauf die Antwort:

„In der Hölle
ist der Deutsche Polizist,
der Engländer Koch,
der Franzose Mechaniker,
der Schweizer Liebhaber
und der Italiener
der Organisator des Ganzen."

Als der Pole mit sämtlichen Fassungen fertig war, meinte die Runde einhellig, Europa erkannt zu haben, einmal in seiner besten, einmal in seiner schlechtesten Verfassung. Doch Jan widersprach, denn es handle sich nur um das halbe Europa, die Ostvölker fehlten vollständig, Russen, Polen, Tschechen und all die anderen, sie seien schlicht nicht vorhanden, sondern vergessen und verschwiegen wie schon das ganze letzte Jahrtausend hindurch. Dieser Witz sei ein typischer Witz aus Westeuropa, kurzsichtig, ungerecht und auf Kosten der Osteuropäer.

Ob daran der neue Friede etwas ändere?

„Sonst bleiben wir ewig Grenzlandbewohner oder, wie Dostojewskij sagt, Landstreicher ohne festen Aufenthalt in eurer Mitte. Dabei glaubt der Osten schon viel länger an Europa als der Westen, und immer, wenn ihr die europäische Idee wieder mal in den Dreck getreten habt, haben wir euch getröstet, vor allem wir Polen mit unserem unsterblichen Klavier!"

Die Stille, die daraufhin eintrat, endete erst, als Pablo sagte:

„Damals haben die Europäer immerhin Witze übereinander gemacht. Nach *diesem* Krieg könnte es noch länger dauern, bis man wieder lacht übereinander. Aber Jan, ich teile deinen Schmerz. Ehrlich!"

„Wieso?"

„Weil Spanien in diesem Scheißwitz auch nicht vorkommt."

Themen kamen und gingen, kaum eines wurde erschöpfend behandelt. Nicht selten hockten die anwesenden Gäste nur mit versiegelten Mündern beieinander und träumten dem Tabakrauch hinterher, der durch ein geöffnetes Fenster ins Weite zog. Mancher nippte an seiner Kaffeetasse oder an seinem Weinglas. Minuten inniger Stille gehörten wie selbstverständlich zu den Genüssen, die hier, in diesem Dorfwirtshaus ohne Dorf, geschätzt wurden. Es war, als kosteten alle in kleinen Portionen vom Frieden, dankbar, daß keiner sie dabei störte. An dem wenigen, was man voneinander wußte, hatte jeder genug. Keiner bohrte dem anderen in der Seele und wollte ihm seine Geschichte oder gar seine Träume und Alpträume abluchsen. Man achtete das Unglück des Nächsten. Wenn einer freiwillig etwas von sich preisgab, wurde ihm zugehört, in der Hoffnung, daß er sich kurz faßte. So wie überall in Europa herrschte auch hier draußen seit dem Krieg das Schweigen der Verwundeten. Selten hatte man unter so vielen Männern so wenig Flüche und Zoten gehört. Auch wurde nur wenig gelacht, aus Furcht, an der falschen Stelle zu lachen, denn kaum einer besaß noch ein Gespür für das Komische, mit Ausnahme des Spaniers, der Witze für Heilmittel hielt. Der Humor, wenn überhaupt vorhanden, gab sich grimmig und verstandeskühl. Das Provisorium am *Chemin des Dames* war eine ungeahnte Insel der Selbstbeherrschung. In allem galt es, gemäßigt zu sein und den Respekt voreinander nicht zu gefährden. Darum soff auch keiner. Außerdem war es viel zu gefährlich, nachts in diesem Landstrich betrunken nach Hause zu walzen, fast so gefährlich wie im Krieg. Die rote Zone nahm alles übel, jeden Fehltritt, jeden Ausrutscher, jede Schlagseite. Wie gut es den Menschen doch tut, sagte der Pole zu sich selbst, wenn sie nur ein kleines bißchen ans Überleben denken müssen.

Seit Tagen bereits hatte sich herumgesprochen, daß auf dem Schlachtfeld Neuankömmlinge eingetroffen waren, drei an der Zahl und von unbekannter Herkunft, vermutlich jedoch Inder oder Chinesen. Sie sammelten Kriegsmetalle, so wie der Pole und der Spanier es auch taten, und kampierten in einem verblichenen Armeezelt unweit des Friedhofs von *Moscou.* Die seltsam alterslosen Männer beherrschten ihr Handwerk, außerdem besaßen sie den Mut, sich mit Spaten und Hacke ohne Scheu jenen Stellen zu nähern, an denen andere zögerten. Die Ära des oberflächlichen Metallsammelns war vorüber, was auf der Erdoberfläche herumgelegen hatte oder gleich darunter, war von Gastarbeitern wie Pablo und Jan zum Großteil fortgeschafft worden. Die Asiaten gruben tiefer, dorthin, wo vor ihnen noch keiner gewesen war und wo jede Menge Stahl und Eisen schlummerten, vielleicht auch Kupferhaltiges, ihr begehrtester Bodenschatz. Sie begannen ihre Grabungen in der Regel mit vorsichtigem Stochern, drückten Stangen oder längere Drahtstücke sacht in den Boden, um zu sondieren, Zentimeter für Zentimeter voran. Wenn sie auf Leichen stießen, war die Freude groß, denn wo Leichen lagen, gab es auch Munition, gab es Seitengewehre, Helme, Pistolen, Minenflügel und anderen gewinnbringenden Abfall, ja, manchmal sogar rostige Flinten, Stiefelsporen oder Säbel, die aus noch älteren Zeiten stammen konnten, denn bis tief hinab war der Boden hier gespickt vom Krieg. Mit Brecheisen wuchteten sie das Stahlgewebe aus betonierten Unterständen oder zersägten die Eisenarmierungen an den Einstiegsschächten unterirdischer Stellungen.

Die asiatischen Konkurrenten arbeiteten schnell, gründlich und mit wenig Unterbrechungen, wozu gegebenenfalls auch der eine oder andere Todesfall gezählt hätte. Sie waren im Auftrag internationaler Schrottverwerter vor Ort, drei suchten an diesem Frontabschnitt, dreihundert an anderen Frontabschnitten, allesamt mit gültiger Aufenthaltsgenehmigung. Längst hatte der Weltmarkt Wind davon bekommen, welchen Reichtum die Schlachtfelder bargen. Ganze Eisenbahnzüge ließen sich damit füllen, und an den Börsen wurde bereits heftig darauf spekuliert. So hatte nur noch das geeignete Personal rekrutiert werden müssen, das diese Schätze für minimalen Lohn unter maximaler Lebensgefahr hob und sie illegalen Ausländern wie Jan und Pablo wegschnappte, um die sich schon bald die Fremdenpolizei kümmern würde.

Gustave verlor die Fassung, als man davon erzählte.

„Das hört und hört nicht auf!", rief er zornig und auch bitter in den Raum, „zuerst kommen die fremden Heere und machen das Land unbewohnbar, und wenn sie wieder gehen, lassen sie ihren Müll und ihre Toten zurück, Zehntausende, die uns fast erdrücken. Dann stoßen die Gastarbeiter nach, die am Krieg verdienen wollen und zu Hunderten über die Schlachtfelder wandern wie lebende Magneten, und auch die ersten Touristen tauchen auf, schon bald werden es unzählig viele sein und ihre Krankheiten bei uns einschleppen. Und selbst ein bösartiger Kriegsköter läßt sich hier nieder, obwohl es nicht einmal Hundehütten gibt! Er wird die Nächte durchheulen und meinen Kindern Angst machen. Nicht mehr lange, und wir sind Fremde in der eigenen Heimat. Und wenn es ganz dumm läuft, wird man uns eines Tages tatsächlich vertreiben, weil wir nur noch im Weg sind. Ich will das alte Frankreich zurück, mein unbeflecktes Land, mit Frauen, Kindern, Familien! Also hinaus mit den ausländischen Toten, den Kriegsgewinnlern von wer-weiß-woher und mit anderer Leute Hund!"

Diesmal wurde nicht übersetzt, der Pole blieb sprachlos, nur der Spanier fand Worte, und zwar die folgenden: „Du kannst uns doch nicht mit diesen Mongolen in einen Topf werfen, Mann, wir sind Europäer, sozusagen Verwandte ersten Grades. Euer Kaiser Napoleon hat das noch gewußt, sonst hätte er sicher seine polnische Mätresse geheiratet, man heiratet schließlich keine nahen Verwandten. Und an uns Spaniern, Männern wie Frauen, liebte er, daß sie so stolz und aufrecht vor seine Erschießungskommandos traten. Und du willst uns aus Frankreich verjagen!"

Gustave antwortete ihm nicht. Und sein Schweigen konnte herrisch sein.

Minot war enttäuscht von seinem Vorbild, dem Kleinpächter aus der Vendée, dem der Krieg einen Bauernhof beschert hatte, falls er es schaffte, ihn aus Ruinen wieder auferstehen zu lassen. Der war ja selbst ein Kriegsgewinnler! Zugleich aber tat Gustave dem Jungen auch leid, doch beides, Bedauern wie Enttäuschung, verheimlichte er ihm und sagte nur leise: „Der Krieg hat in dieser Zone die unterschiedlichsten Leute zusammengewürfelt. Wer von ihnen beim Aufbau hilft, hat das Recht hier zu sein und zu bleiben. Unser Land wird sein Land. Das ist meine Ansicht, und so fühle ich auch."

Niemand widersprach.

Elsie hatte, ohne zu verstehen, gleichwohl begriffen. Sie bat nicht um Übersetzung, sondern gab sich zufrieden damit, rein zufällig Zeugin eines kurz aufschäumenden, dann wieder in sich zusammensinkenden Streits in einer wunderlichen Familie geworden zu sein, einem Streit, der eine Ausländerin eigentlich nichts anging.

Später am Abend, als die Sonne nahezu gesunken war und das Licht in der *Heldin* von mehreren Kerzen und einer Laterne gespendet wurde, erschien Franz, der numerierte Kriegsgefangene. Er setzte sich knieweich zu dem deutschen Paar an den Tisch, wo schon ein Stuhl für ihn bereit stand, dafür hatte Max Krüger gesorgt. Elsie versuchte, zu erlauschen oder wenigstens dem Mienenspiel der drei Tischnachbarn zu entnehmen, wovon sie redeten. Würden die beiden es ihm sagen? Würden sie sich zu ihrer Menschenpflicht bekennen, ein vom Tod bedrohtes Leben zu retten? Elsie hoffte, dem Blick von Herrn oder Frau Krüger zu begegnen, um wortlos, nur mit den Augen ihre Forderung zu bekräftigen, ja, diese Macht traute sie sich zu. Doch niemand sah zu der jungen Engländerin herüber, nicht einmal der Gefangene, für den sie sich so verkämpfte.

Franz senkte den Kopf über der Tischplatte, um seinen Landsleuten stockend mitzuteilen, daß sie sich „morgen bei Einbruch der Dunkelheit am Friedhof" einfinden sollten, „mit allen nötigen Utensilien", „und vor allem, halten Sie das Geld bereit". Die Krügers versprachen es mit Gegrummel und nickten, dankbar und erschreckt zugleich. Dann nannten sie zweimal feierlich den Namen ihres Toten und seine Grabnummer, nicht daß man noch den Falschen ausgrub. Ihr Gegenüber verschwamm vor ihnen in einem Nebel der Gleichgültigkeit, und flüchtig dachten sie: Das soll der Mann sein, der angeblich gerettet werden muß? Der sieht gar nicht aus wie einer, der Rettung braucht. Ein Bad vielleicht und frische Kleider, auch eine warme Mahlzeit. Mehr nicht! Der Gedanke, daß es anders sein könnte, erreichte sie nicht, sowenig wie der Mensch sie rührte, indem sein erbärmlicher Zustand ihr Mitgefühl wachrief.

Franz erhob sich träge und sprach unter Mühen: „Morgen gegen Abend sollen Wolken aufziehen, keine schlechte Voraussetzung für Ihr Vorhaben. Aber hoffentlich regnet es nicht zu viel. Ich werde auch da sein drunten auf *Moscou*, wenn wir Ihrem Toten einen Nachtbesuch abstatten. Alles muß rasch und reibungslos verlaufen. Darum verabschiede ich mich jetzt schon und wünsche Ihnen und Ihrem Herrn Sohn eine glückliche Heimreise."

Im singenden Trichter

Am nächsten Morgen saß Elsie frühstückend auf dem Vorplatz der *Heldin*. Sie hatte sich gleich nach dem Aufstehen drinnen im leeren Gastraum über der leberfarbenen Waschschüssel mit verschwindend wenig Wasser gewaschen, während Minot draußen wachsam gewesen war, damit niemand sie stören konnte. Eine Stunde später, der Tag versprach bereits, wieder ein ungetrübter, hitzeflirrender Hochsommertag zu werden, traf das Ehepaar Krüger ein, das sich entschlossen hatte, seinen letzten Tag in Frankreich bei dem sympathischen Jungen zu verbringen und nicht in einem verdreckten, stinkenden Auto vor diesem grauenhaften Soldatenfriedhof. Auch war die Übermacht der Toten heute noch drückender als sonst. Was also konnten Max und Magda tun, außer hartnäckig, mit nervösem Zähneknirschen und Augenzwinkern, dem Abend entgegen zu warten, für den sie alle Not der zurückliegenden Tage auf sich genommen hatten? Die beiden setzten sich im Innern des Lokals in den schattigsten Winkel und hofften, der Patron möge sie bedienen wie immer, ohne Aufforderung oder Bestellung und der Tageszeit gemäß. Bei ihm fehlte es ihnen an nichts! Selbst ihr Gewissen beruhigte sich in seiner Umgebung. Auch verschwand der Zwang, sich als besiegte und gehaßte Feinde fühlen zu müssen. Dabei übersah vor allem der Mann den Grund für dieses Wohlgefühl, nämlich daß Minot die Menschen nicht nach Nationen sortierte, so wie er selbst, Dr. Krüger, es unentwegt tat. Was für Zeiten, in denen fehlender Haß schon wie Zuneigung wirkt!

Die junge Engländerin übrigens hatten die beiden im Vorbeigehen kaum merklich gegrüßt.

Zum ersten Mal trug Herr Krüger an diesem Tag seine Pistole bei sich. Sie gab ihm das Gefühl, den unausdenkbaren Abend, der ihm und seiner Frau bevorstand, sicher zu erreichen. Eisern hatte er sich vorgenommen, die Waffe gegen jeden einzusetzen, der ihn von seinem Plan abbringen wollte, auch gegen sich selbst. Als Krüger sich vorbeugte, um nach dem von Minot unverlangt vor ihm abgestellten Milchkaffee zu greifen, drückte sie ihm aus der linken Innentasche seiner Jacke knorrig gegen das Herz. Felix' Eltern waren blind und fanatisch zum Äußersten entschlossen. Wenn sie aber nur von fern und mit Vorsicht daran dachten, wie ihr Sohn mit ihnen im Wagen nach Deutschland fahren würde, erschauderten sie. Beide vermieden es dann, Worte und Blicke zu wechseln. Stillschweigend und verbissen mahnte jeder sich zu noch mehr Elternliebe.

Minot, am Tresen werkelnd, spürte, daß seine deutschen Gäste ausschließlich mit dem Warten beschäftigt waren. Der Mann rauchte in einem fort, und die Frau war in ihrer Unruhe schon zweimal aufgebrochen zur Abortgrube hinter dem Haus, aber jedes Mal nach wenigen Minuten und mit unglücklicher Miene zurückgekommen. Als Frau Krüger das dritte Mal Anlauf nahm und draußen Elsies Frühstückstischchen passierte, sprang die junge Engländerin auf und drückte ihr eine schneeweiße Rolle Toilettenpapier von britischem Fabrikat in die Hand. Mit unschuldigem Lachen machte sie der Deutschen Mut, diesmal ihren Gang nicht vorzeitig zu beenden. Wie ertappt nahm die gepeinigte Frau an, bog leicht beschämt um die Ecke in Richtung Sitzgerüst und ließ sich tatsächlich mehr Zeit. Elsie freute sich, in einer solch heiklen Angelegenheit hilfreich gewesen zu sein, und zwar ganz ohne Worte, aber aussagekräftig genug.

Sie blätterte weiter in ihrem Wörterbuch, um zum wiederholten Male festzustellen, daß zwischen Englisch und Französisch ein Abgrund klaffte, breiter und tiefer als der Ärmelkanal. Sie faßte ein einzelnes Wort in den Blick, zuerst in dieser, dann in jener Sprache, sah sich darauf die Lautschrift an, die ihr beim Artikulieren helfen sollte, aber in Zeichen verfaßt war, die sie weder entziffern noch aussprechen konnte und an denen man sich nur die Zunge verrenkte. So entstand in ihrem Mund eine dritte Sprache, aber keine schöne. Mit dem Buch vor sich, wußte Elsie zwar, was das jeweilige englische Wort auf französisch hieß, sie war aber nicht imstande, es auch auszusprechen, so daß ein Einheimischer es verstanden hätte. Umgekehrt wäre sie nicht in der Lage gewesen, ein französisches Wort aus dem Mund eines Einheimischen so zu hören, daß sie es in ihrem Wörterbuch hätte wiederfinden können, zu groß war der Unterschied zwischen gesprochen und geschrieben, wenn man die Sprache nicht beherrschte.

Der Weg zum Französischen war anscheinend viel länger als der Weg nach Frankreich!

Morgen würde sie weiterreisen, an den Fluß namens Somme, den zweiten von Jims Kriegsschauplätzen. Minot hatte versprochen, seinen englischen Gast mit Pferd und Wagen zum Zug zu bringen. Eine Vereinbarung, die sie wiederum nur mit Hilfe des Polen hatte treffen können. Ohne dessen Übersetzerkünste wäre sie in diesem Land so gut wie taubstumm. Auch an diesem Tag hätte sie im Duo mit Jan nur allzu gerne noch einmal Kriegszeugen befragt, doch ihr Dolmetscher war zusammen mit seinem spanischen Freund bereits bei Tagesbeginn aufgebrochen, um ihre Pfründe im Niemandsland gegen die indische und chinesische Konkurrenz zu verteidigen.

Hoffentlich fand sie an der Somme einen zweiten Jan!

Sprachgelähmt rutschte Elsie auf ihrem Stuhl herum und blinzelte oft hinauf in die Himmelsbläue.

Minot wollte die Langeweile seiner Gäste, oder was er dafür hielt, beenden und dachte, während er sich seine Schirmmütze vom Bord schnappte: Ich führe sie hinüber zum Krater von Berry, das wird ihnen die Zeit verkürzen, außerdem ist es lehrreich. Auch besaß Minot noch die kindliche Lust, voller Stolz Dinge weiterzuzeigen, die ihn beeindruckt hatten. Elsie konnte er rasch dafür gewinnen, es reichten ein paar Gesten wie im Kinderspiel, die besagten: Wir gehen und schauen, ich zeig dir was, du machst Augen! Bei Max und Magda Krüger war es schwieriger, beide verstanden seine Pantomime nicht und erschraken sogar davor. Also winkte Minot sie mit sanften Bewegungen und seinem gütigsten Lächeln heran, um sie vors Haus zu lotsen, wo die Engländerin, diesmal im Reitkostüm, wartete und ebenfalls winkte, was die Deutschen mißtrauisch machte. *„Visitez, visitez!"*, rief er, weil die eigenen Gesten ihn doch zum Reden verführten, und löste damit im Fremdwortschatz seiner Gäste ungewollt einen leisen Widerhall aus. Ein wenig zaudernd folgten nun auch die Krügers Minot auf seinem Weg zum Sprengtrichter, diesem Meisterwerk der Kriegsbaukunst, das von drei Armeen in vier Jahren erschaffen worden war, indem sie mit Erdminen und anderen kratererzeugenden Waffen den Feind nicht nur von oben, sondern auch aus der Tiefe angegriffen und in Regimentsstärke höllenwärts versenkt hatten. Nicht ahnend, wohin, spazierten Minots Gäste im Gänsemarsch über das Schlachtfeld und achteten alle streng darauf, Tritt an Tritt in der Spur des Jungen zu bleiben. Auch das Ehepaar aus Esslingen war inzwischen voll und ganz dessen Charme erlegen, seiner suggestiven, ja, beinahe hypnotischen Kraft, von der eine sanfte Dringlichkeit ausging. Mit anderen Worten, sie vertrauten diesem Knaben, ohne recht zu begreifen, wieso. Der Trupp mußte unterwegs, am Ausgang eines Ruinendorfs, auch mehrere Gewässer überqueren, auf wackeligen Planken, zurückgelassenen Pontons sowie über unsichere Brücken und Stege hinweg, doch alle hielten durch, keiner wollte umdrehen.

Kleinere Erdlöcher kündigten schließlich das große an, Mulden und Maare, Pfannen, Risse, Spalten und Dolinen dicht an dicht, als betrete man einen neuen, rein von Menschenhand gemachten Planeten. Schmale, loipenartige Wege führten an den Abbrüchen entlang, schlängelten sich labyrinthisch zwischen den Trichtern hindurch, um sie herum, an ihnen vorbei. Schräg fielen die Trichterwände in die Tiefe. Sand und Gestein rieselte und rollte bei jedem härteren Auftreten an ihnen hinab. Die Hitze drückte, das Licht blendete. Wind kam auf und fächelte den Frontwanderern ein wenig Kühle zu, blies ihnen aber auch körnigen Staub und versengte Grashalme in die Gesichter. Von weitem, aber nicht allzu weit, war ein dünner, eintöniger Gesang zu hören, wie von Wind an einer scharfen Kante oder in einem Flaschenhals. Noch ein kurzer Anstieg, und Minot und seine Begleiter standen auf der kahlen, kreideweißen Schulter des größten Kraters der Westfront. Genau vor ihren Schuhspitzen begann der Abhang, der sich wohl über hundert Meter weit hinabzog, nach unten hin jedoch an Steile verlor und an einem glitzernden kleinen Teich auslief. Der jüngst aufgekommene Wind hatte sich in diese Arena verirrt, fauchte oder heulte an ihren Wänden hinauf und pfiff oben schrill über den Rand hinweg ins Freie. Auf seinem Weg schüttelte er die wenigen Sträucher, die sich im Kraterboden halten konnten, unbestimmbare, aber duldsame und widerborstige Gewächse. Staub- oder Sandwirbel hüpften wie Kobolde im Kreis. Und jeder Laut, sei es ein Räusperer, ein Huster, ein Staunensruf, lief ringsherum durch das Rund oder sprang hin und her von Wand zu Wand, bis er vollends verhallte. Noch das schwächste Echo dauerte und entkam dem Trichter kaum. Von drunten war bisweilen ein Glucksen zu hören wie aus dem verstopften Abfluß einer Wanne. Und hoch darüber, in der klaren Luft, standen Wolken, deren Schatten die Kraterhänge sprenkelten. Überall zogen sich Wege hinunter und hinauf, Gehsteige und Trittfurchen, die tief in den Untergrund gestampft waren und alle Schrägen mit dem gleichen wirren Muster überzogen. Sämtliche Pfade hatten wohl die Metallsucher angelegt oder die Soldaten aus den Sprengtrupps, die Blindgänger von den Feldern hier hereintrugen, um sie auf der Bühne dieses Naturtheaters zu zünden und damit ein nicht endendes Echo auszulösen, das rollte und raste wie die Schlacht selbst.

„*Voilà!*"

Diese monsterhafte Sehenswürdigkeit hatte Minot seinen Gästen präsentieren wollen.

Er sprang in eine der Laufrinnen und machte sich winkend auf den Weg nach unten, ins Innere des Trichters. Die anderen folgten ihm ohne Zögern. Mit allen Sinnen saugten sie auf, was ihnen rings geboten wurde. Jeder suchte beim Abstieg nach einem Vergleich, doch je weniger ein Vergleich zu finden war, desto mehr wurde das hier offenbarte Übermaß des größten aller Kriege fühlbar. Weil es sich aber nicht aussprechen ließ, selbst wenn die Besucher eine gemeinsame Sprache besessen hätten, reizte das Unsagbare ihre Einbildungskraft und steigerte ihre Empfindsamkeit. Am Teich des Kraterbodens angekommen, blickten die Pilger zurück, drehten und wendeten ihre Köpfe und maßen das Rund mit ungläubigen Augen aus. Das Sonnenlicht, von den hellsten Stellen an den Hängen noch heller zurückgeworfen, stach und blitzte bei jedem Blick und verwandelte sich auf der Netzhaut in sprühende Farben. Das

Singen des Windes, der Wirbel der Echos waren am tiefsten Punkt des Trichters mit einem Mal nicht mehr zu hören, die plötzlich eingetretene Stille, als wäre man schlagartig in einen anderen Raum versetzt, hatte sie verschluckt. Auch der Himmel schien von hier aus viel näher, grad als hätte er sich herabgesenkt, ein Deckel aus massivem Blau, um den Krater zu verschließen. Zart bebte die Erde, so als zittere sie vor Schreck, womöglich war in der Tiefe wieder ein Hohlraum eingestürzt. Die winzigen Wellen auf dem Teich, die dabei entstanden, sahen aus wie Falten einer durchsichtigen Haut.

Und aus Andacht und Erschütterung wurde Trauer, eine weit ausgreifende, eine umfassende Trauer, wie Minots Gäste aus Deutschland und England sie noch nie zuvor empfunden hatten. Eine Trauer, die alle Opfer des Krieges einschloß, nicht nur die eigenen, nicht nur die vertrauten, nicht nur die geliebten, sondern fremde, unbekannte und fernstehende Opfer, doch nicht minder die geschändete, geschundene Natur. Hier, an diesem überwältigenden Ort, und jetzt, an diesem Tag ohne Sprache, konnten Elsie Norton sowie die Eltern Krüger zum ersten Mal einen Verlust fühlen, der über sämtliche Grenzen hinausging. Und alle drei streiften im Krater von Berry für die Dauer nur weniger Herzschläge das Unermeßliche dieses Verlusts. Der Krater sprach zu ihnen als Wunde für alle Wunden, die der Krieg geschlagen hatte, und flößte ihnen eine seltene, kostbare Trauer ein.

Die Krügers vergaßen darüber sogar, weshalb sie in Frankreich waren und konnten ihren Sohn tot und auch begraben sein lassen, ohne das peinigende Gefühl, ihn zu verraten und aufzugeben. Und auch Elsie kam in der Trauer ihr Ehrgeiz abhanden, perfekt lieben zu müssen und ihren beschämenden Irrtum angesichts von Jims Leiden um jeden Preis wiedergutzumachen.

Alle fühlten, wie viel Gerechtigkeit in dieser Trauer lag.

Mitten hinein war plötzlich Minots Schrei zu hören: *„Chien!"*

Und da, wohin er mit ausgestreckter Hand wies, im fast senkrechten Steilstück eines der Kraterhänge, erblickten sie einen Hund. Jenen, den das Ehepaar Krüger vor der *Heldin* schon einmal gesehen und gefürchtet hatte und der von dem Mann mit dem roten Tuch um den Hals bis auf den heutigen Tag offenbar nicht getötet worden war. Auch Minot, überzeugt, daß es sich um denselben Hund handelte, war hoch erfreut, daß er noch lebte und sich zeigte. Als Kind hatte er oft auf Tiere gewartet oder sie gesucht, entlaufene Schafe, verletzte Katzen, einmal auch ein von Liebesverlangen hinausgetriebenes Schwein. Er mochte das Hirtenglück, das sich einstellte, wenn sie gefunden waren oder freiwillig wiederkehrten. Und hätte nie daran gedacht, eines der Tiere für sein Davonlaufen zu bestrafen.

Der Hund war über Minots Schrei zusammengefahren, hatte dabei eine kleine Lawine aus Staub und Steinen losgetreten und selber den Halt verloren. Jetzt, während das Echo nachklang, rutschte er auf allen Vieren, das Hinterteil an den Boden gedrückt, die Vorderläufe ausgestreckt, über die abschüssige Flanke meterweit nach unten, wo er schließlich eine Weile sitzenblieb, um durchzuschnaufen. Er war den Menschen jetzt so nah, daß sie an ihm ein verstümmeltes Ohr erkennen konnten. Ob umgekehrt er sie sah, war nicht auszumachen, jedenfalls hatte er keinen Blick für sie, erhob sich und kam noch näher heran. Niemand konnte verkennen, daß dieser Hund am Ende war, gezeichnet von einer Müdigkeit, für die es nicht genug Schlaf gab. Man sah, daß er einst ein edles, stolzes Tier gewesen sein mußte, sah, daß höchstwahrscheinlich der Krieg ihn verbraucht und ausgespien hatte, sah, daß er zu keinem Menschen gehörte, wenn er je zu einem gehört haben sollte. Er war verlassener als die Verlassenheit, entblößt bis aufs knöcherne Elend. Und als der Hund an Minot und seinen Begleitern vorbeiging, schienen alle Anwesenden für ihn wie nicht da zu sein, eine Leerstelle, nicht einmal Schatten. Kein Blinzeln in Menschenrichtung, nicht die schwächste Witterung. Er wollte trinken und erreichte wankend die Wasserstelle. Weil er zu schwach war, aus seiner beträchtlichen Körperhöhe den Kopf hinabzubeugen, legte er sich hin oder besser: ließ sich einfach zusammensinken. Liegend, flach auf dem Bauch, die Beine weit ausgebreitet, trank er mit schwerfälliger Zunge laut schlappend aus dem Kraterteich.

Minot winkte, die Zeugen zogen sich zurück.

Beim Weggehen flüsterte der Junge:

„Ich sehe dich wieder, Hund."

Dabei war ihm, als spitze das Tier kurz sein heiles Ohr.

Max und Magda Krüger fürchteten sich dieses Mal nicht. Zwei Tage zuvor, als derselbe Hund ihnen unverhofft im Gelände begegnet war, hatten die beiden nur Feindseligkeit an ihm wahrgenommen und waren in die sichere Kneipe geflüchtet. Jetzt erschien dasselbe Tier ihnen ungefährlich, ja harmlos, wenn nicht gar erledigt und verachtenswert. Magda mußte nicht einmal den Arm ihres Mannes suchen, um sich Mut zu machen, und Max war weit davon entfernt, sich seiner Pistole zu entsinnen, obwohl er sie wieder verläßlich bei sich trug. Stattdessen empfanden die Eheleute eine starke, bisher kaum gekannte Rührung. Ein Gefühl, das lange gefehlt hatte, aber nicht entbehrt worden war. Mächtig pulsierend strömte es in sie ein, wie Blut in einen erschlafften und erkalteten Muskel. Vollkommen grundlos kam es ihnen vor, dieses Gefühl, und Krüger schaute auf halber Höhe von einem der Kraterwege aus zurück, schroff und fragend, als suche er da unten mit Blicken die Kraft, die es wagte, so auf ihn zu wirken. Doch weder war das Gefühl zu erklären noch abzuschütteln. Auch der Wille richtete nichts dagegen aus, und bald quollen dem Mann die nutzlosesten Tränen aus den Augen. Er versuchte, sie zu verbergen, vor sich selbst und vor seiner Frau, die noch nie hatte mitansehen müssen, daß er weinte. Doch ihr erging es nicht besser, und auch wenn Magda Krüger ihre Tränen niemals unterdrückte, so tat sie es nun. Was aber nicht gelang! Da versuchte sie, sich abzulenken, und sagte mit tonloser Stimme, ohne sich nach ihrem Mann umzudrehen, der hinter ihr ging:

„Hast du diesen Hund gesehen? Der wird von seinen Leuten aber nicht gut gehalten!"

„Ja! Jaa!", kam es lauthals zurück und klang so, als wolle jemand darüber lachen.

Doch das Gefühl war selbst durch Spott und Hohn

nicht zu vertreiben. Im Gegenteil! Die Rührung hielt sich zäh, nahm sogar noch zu, schwoll an, breitete sich aus, ja, es schien, als wolle sie nach und nach zwei ausgedörrte Seelen mit dem ganzen Reichtum menschlichen Empfindens überschwemmen, um eine verlorengegangene Fähigkeit wieder herzustellen. Das war anstrengend, wenn nicht schmerzhaft, eine Art Häutung. Und auch mit Scham verbunden, vor allem der Scham, für jene armselige Kreatur von Hund insgeheim ein Mitgefühl empfinden zu müssen, das Max und Magda Krüger schon seit sehr langer Zeit nicht mehr für einen Menschen empfunden hatten.

Man trat den Heimweg an, und Elsie öffnete wieder ihren Sonnenschirm. Beim Abstieg in den Krater hatte sie ihn geschlossen, um sich nicht selbst den Blick zu versperren. Jetzt war sie satt von all den Eindrücken und hatte genug gesehen. Kaum zurück in der *Heldin*, verspürte die junge Engländerin ein überwältigendes Redeverlangen. Dringend bedurfte sie der Aussprache, doch nicht portioniert und kanalisiert von einem Dolmetscher, sondern sprudelnd, stürzend und in einem Fluß. Viel zu lange hatte sie nicht in ihrer Muttersprache geredet! Überdruck war entstanden, sie mußte sich von der Seele reden, was sich nicht erst heute, sondern in Tagen bleiern darauf niedergelassen hatte. Sprechend wollte Elsie ihr Gleichgewicht wieder erlangen. Doch es fehlte ein Gegenüber. Da stieg der Wunsch in ihr auf, Jim einen Brief zu schreiben. Es war ein drängender, pochender Wunsch, eng bei der Sehnsucht, und noch nie während dieser Reise hatte die junge Frau so sehr die Entfernung zwischen sich und ihrem Mann körperlich fühlen können. Als sie drauflos schrieb, glaubte Elsie zu spüren, wie diese Entfernung sich sogleich verringerte. Auch sprach sie an ihrem Tischchen halblaut Wort für Wort mit. Mehr war nicht möglich unter all diesen Fremden, die ihr peinlich berührt zusahen, so wie einem, der vor Zeugen plötzlich laut zu beten beginnt. Doch schon allein auf englisch in Jims Ferne zu sprechen und den eigenen Sprachklang, der ihm galt, zu vernehmen, tat ungemein wohl. Elsie schrieb übrigens mit einem Tintenbleistift, dessen Spitze sie immer wieder kurz mit der Zunge befeuchten mußte. Dabei war ihr jedes Mal, als würde sie ihren Worten einen Kuß mit auf den Weg geben.

Sie sprach und schrieb:

Liebster Jim,
erschrick nicht: Deine Elsie ist nach Frankreich gefahren, um
über Schlachtfelder zu laufen und sich nachträglich Deine
Liebe zu verdienen. Doch was ich hier erlebe, läßt mich an
meinem Verstand zweifeln. Bin ich verrückt oder ist es die
Wirklichkeit?
Oh, Jim!
Ich traf einen Hund, der Kriegsveteran ist. Ich traf einen Sol-
daten, der mit Toten handelt und selbst aussieht wie einer.
Ich traf Eltern, die ihren gefallenen Sohn retten wollen, so als
wäre er noch am Leben. Ich traf einen Feind, der vor aller
Augen stirbt, und wollte ihn retten, als wäre er Du.
Dies alles passiert mir in einer Welt, wo die Luft bitter und
rußig schmeckt, wo tote Soldaten im Wald auf ihre Beerdi-
gung warten, wo die Friedhöfe größer sind als die Dörfer und

wo der Krieg unterirdisch weitergeht. *Ja, die ganze Gegend hier ist eine einzige Sprengladung!*

Doch mittendrin lebt ein großes, seelenstarkes Kind, das dieser Welt tagtäglich einen Sinn abtrotzt, als hätte es nie einen Krieg gegeben. Davon leben an diesem traurigen Ort ein paar Menschen, darunter Deine verwirrte Elsie, die ihre Reise aber fortsetzen muß, zum nächsten Schlachtfeld, um Deiner Liebe wieder voll und ganz wert zu sein.

Ein Mensch wird gerettet

Abends begann es zu regnen. Ein gewaltiger Schlag, Blitz und Donner in einem, nicht unähnlich der Explosion eines Blindgängers, zerriß die Sommerstille über dem *Chemin des Dames*, und der Regen fing wie auf Befehl zu strömen an. Unter dem wolkenverhangenen Himmel wurde es nach all den hohen, hellen Tagen dunkel wie lange nicht. Franz hatte sich soeben mit zwei deutschen Helfern sowie zwei seiner französischen Auftraggeber, die zugleich ihre Bewacher waren, auf den Weg zum Soldatenfriedhof gemacht. Dort war er um diese Stunde mit Felix Krügers Eltern verabredet. Der Kriegsgefangene verfluchte den jähen Wetterumschwung, dem lähmende Schwüle vorausgegangen war. Doch mit Genuß leckte er sich das Regenwasser von den salzigen Lippen. Dürr, krumm und fast schon ein Knochenmann humpelte Franz in seiner zerfledderten, rasch durchweichten Kluft dahin, auf wunden, ewig kalten Füßen und mit der wieder gut zu lesenden Nummer auf Rücken und Brust: 2341. Diese Nummer war das einzige, was ihm in den letzten Monaten einen Wert verliehen hatte, nämlich den, ein arbeitsfähiger Gefangener zu sein. Doch war dieser Wert inzwischen nahezu aufgebraucht.

Als im Lager erst kurz davor die verblaßten Brust-

und Rückennummern mit dicken weißen Strichen nachgezogen worden waren, hatte man den Gefangenen fröhlich mitgeteilt:

„So! Die halten jetzt wieder zwei Jahre!"

Er begriff nicht, ob es das Gewitter über seinem Kopf war, das ihn dazu inspirierte, denn plötzlich und unverhofft verspürte er den Wunsch, ein Gelübde abzulegen: Der tote Mann Franz, so sprach er in sich hinein, geht wieder mal einen Toten befreien, vielleicht seinen letzten. Aber wenn er wider Erwarten dem Tod doch noch von der Schippe fallen sollte, dann wird er sein dreckiges kleines Leben dem Teufel der Physik weihen und Waffen erfinden, Waffen, wie sie noch keiner gesehen, benützt und erlitten hat, jawohl! Ich kann dir das in seinem Namen versprechen, Professor Satan, weil dieser Kerl hier ja eh nicht lebend rauskommt. Franz feixte übermütig, aber auch wehleidig, fühlte sich von seinen Worten jedoch seltsam gestärkt, grad wie andere Menschen vom Beten. Wie wohl es tat, bösartig und moralfrei vor sich hin zu phantasieren! Tausendmal wohler als die kühnste Selbstkritik! Und wie Haß und Wut belebten! Einem solchen Gefühlsansturm war sein Leib indes kaum mehr gewachsen, und Franz fing zu zittern und zu schüttern an, als wolle er in seine Einzelteile zerspringen. Jetzt wurde ihm zum Weinen zumute, doch zwang er sich, weiter zu lachen, während über ihm fortgesetzt Donner krachten und Blitze zuckten und ein Sturzbach von Regen den Schmutz der Gefangenschaft von seinem zerschundenen Schädel wusch. Er versuchte, mit seiner allmählich schwach und schwächer gewordenen Stimme gegen den Gewitterlärm anzukeifen: „Selbst dem Teufel soll es eines Tages grausen vor diesem Fraaanz!"

Auf dem Friedhof begab sich der Totengräbertrupp, ohne mit der Taschenlampe noch einmal groß suchen zu müssen, an Felix Krügers Grab. Einer riß achtlos das hölzerne Kreuz aus dem Boden, der andere begann sofort zu graben, fluchend über die vom Regen rasch schwerer und klumpiger werdende Erde. Die Wachsoldaten bauten sich ein wenig abseits auf, zogen die Schultern weit herauf und erwarteten so das Erscheinen des Toten im Lichtkegel ihrer Lampe. Auch sie fluchten, weil es zum Rauchen zu naß war. Nur Felix' Eltern fehlten, und sie waren auch noch nicht da, als die Gefangenen mit Hacke und Schaufel bereits hüfttief im Grab ihres Sohnes standen. Franz erhielt von allen Seiten fragende und strafende Blicke zugeworfen. Darauf schaute er sich genauer um und entdeckte in der Ferne, etwa dort, wo das Gräbermeer auslief, zwei eng beieinander stehende gelbe Lichter. Scheinwerfer, wie er vermutete, Autoscheinwerfer, die hartnäckig herübersahen, ohne ihm zu verraten, was sie sagen wollten. Erleichtert und wie zu seiner Entlastung wies Franz den Rest des Trupps auf die beiden Lichtpunkte hin. Worauf einer der Totengräber, bei seiner Arbeit innehaltend, ausrief:

„Kaum zu glauben! Die sitzen im Wagen und warten, bis es nicht mehr regnet. Los, geh da rüber und mach ihnen Beine! Wir wollen nach Hause."

Franz trottete davon. Er blickte nur noch einmal zurück, ob vielleicht die Wächter etwas gegen seinen Abgang einzuwenden hätten, was nicht der Fall war. Schließlich brummte er mürrisch ins Dunkel:

„Und habt mir bloß genügend Zaster dabei, ihr traurigen Eltern!"

Während Franz sich entfernte, vernahm er noch zwischen zwei Donnerschlägen, wie seine Kameraden mit ihrem Werkzeug auf Holz stießen.

Rutschend, stolpernd und oft nur mit Mühe sein Gleichgewicht haltend, schritt er die in Truppenstärke aneinander gereihten Grabhügel ab. Die weiß lackierten Grabkreuze schienen im flackernden Licht der Blitze mitzuflackern, bevor sie wieder in Finsternis fielen, um wenig später abermals aufzutauchen und wieder zu versinken. Ringsumher die vom Krieg gerodeten Wälder mit ihren paar aufrecht gebliebenen Baumleichen waren im krassen Helldunkel des nächtlichen Gewitters noch schauriger anzusehen als bei Tag. Fast machte ihr Anblick ihm Angst. So weit war er schon: daß ein optischer Eindruck ihn ängstigen konnte wie ein Kind! Doch hätte Franz auch noch ein Ohr besessen für die Sprache der Natur, dann wäre ihm ein weiterer Eindruck wohl kaum verwehrt geblieben: nämlich daß dieses tobende Wetter ein verzweifelter Versuch des Himmel sein mußte, das tote Land mit allem, was in ihm war, wieder zum Leben zu erwecken.

Er besaß dieses Ohr aber nicht, sondern dachte nur: Hoffentlich zieht der Stahl in meiner Hüfte die Blitze nicht an! Am Ende seines Wegs hatte zwar kein Blitz ihn getroffen, doch war er auf dem schmierigen, schlüpfrigen Untergrund dreimal der Länge nach hingeschlagen.

Als Franz schließlich, über und über mit Schlamm besudelt, das parkende Auto erreichte, im Scheinwerferlicht die Augen zusammenkniff und versuchte, von vorn ins Wageninnere zu schauen, da sprang der Motor an. Er wich zurück. Im selben Moment senkte sich auf der Seite des Fahrers die Fensterscheibe. Die Umrisse eines Kopfes wurden sichtbar, das Gesicht aber war nicht zu erkennen, bis schließlich Herrn Krügers Stimme ertönte:

„Da sind Sie ja endlich, Herr Soldat. Steigen Sie ein, los, wir nehmen Sie mit!" Sein Fuß spielte am Gaspedal.

„Wohin?", fragte Franz verstört.

Ein Donnerschlag fiel ihm ins Wort, er mußte wiederholen:

„Wohin?"

„Nach Hause, Mann, in die Heimat!"

„Aber wieso?"

„Fragen Sie nicht! Wir haben uns das lange überlegt. Los!"

„Und ... und Ihr Sohn?"

„Steigen Sie endlich ein, bevor wir alle im Schlamm ersaufen und ebenfalls hier bleiben müssen."

„Denken Sie doch an Ihre Eltern!", sprach weinerlich aus dem Dunkel des Wagens Frau Krüger.

Franz schwankte, kaum trugen ihn seine dünn gewordenen Beine. Den Intellektualisten in ihm verlangte es jedoch unerbittlich, die Gründe für seine geplante Rettung zu erfahren. Mit einem Mal gaben diese Leute ihren gefallenen Sohn auf und schenkten *ihm* das Leben! Das konnte doch nicht sein! Das war nicht logisch, ja, das war nicht einmal unlogisch, sondern lupenreiner Unsinn, so wirr wie irr, gegen alle Menschennatur. Viel zu viel Sprunghaftigkeit für ein Wissenschaftlerhirn! Franz stürzte in Mißtrauen. Mißtrauen kostete Kraft. Aber Mißtrauen war keine Methode, sondern Folter: eine Streckung auf langer Bank, eine grausame Dehnung zwischen wahr und unwahr, ohne Aussicht auf klares Erkennen. Als sein Mißtrauen auf dem Höhepunkt angelangt war, erfaßte ihn Schwindel. Was konnten diese braven Bürgersleute von ihm wollen, ihm, dem so gut wie toten Häftling, ihm, dieser Leiche auf Urlaub? Franz schnappte nach Luft, dann stammelte er:

„Und wenn ich ... wenn ich mich ... ich mich weigere?"

„Das werden Sie nicht, das können Sie nicht, das dürfen Sie nicht", befahl Krüger und schlug dabei dreimal mit beiden Händen auf das Lenkrad ein. „Wir geben immerhin unseren Sohn für Sie auf, verdammt! Und können Ihretwegen nie wieder ins schöne Frankreich reisen."

Aus dem Hintergrund war Frau Krügers Stöhnen zu hören, und ihr Flehen klang noch klagender als zuvor:

„Denken Sie doch bitte-bitte an Ihre Eltern!"

Franz geriet ins Taumeln und lachte wie ein Betrunkener. Einer Ohnmacht bereits nahe, dämmerte ihm noch, daß er offensichtlich für wert erachtet wurde, einen Toten aufzuwiegen und gegen ihn eingetauscht zu werden. Darauf wäre dieser Leipziger Geniephysiker nicht einmal im Traum gekommen! Was für ein Handel! Wer mochte diese Spießer dazu bewogen haben? Handelten sie überhaupt freiwillig?

Lallend rieb er sich das Wasser aus den Augen, und sein Blick verschwamm:

„Sie wissen ja gar nicht, was Sie tun! Und vor allem: *wen* Sie da retten mit ihrer guten Tat!"

Sein Lachen klang wie Weinen.

„Doch!", rief die Frau vom Beifahrersitz.

Und vom Fahrersitz rief es schrill:

„Wollen Sie damit sagen: Vorsicht, wen man rettet, es könnte ein Lump sein?! Los, Mann, jetzt bewegen Sie sich endlich und steigen Sie um Himmelswillen ein!"

Franz lief, mal ausgleitend, mal strauchelnd, an der Fahrerseite des Autos entlang, riß nach mehreren vergeblichen Versuchen die hintere Wagentür auf und machte mit letzter Kraft einen Satz nach drinnen. Dort blieb er wie tot auf der Rückbank liegen, zwischen Reiseutensilien, die nach altem Öl und Teer rochen. Krügers Worte während der Abfahrt drangen nicht mehr in sein Ohr:

„Freu dich bloß nicht zu früh, Kamerad! Wir sind noch weit, weit weg vom Rhein und von der Grenze. Dort werfen wir dich raus, dann mußt du schwimmen."

Draußen stand, als unbewegter Zeuge, triefnaß und säulenstarr, der schwarze Wachmann Amadou. Für einen Augenblick, aber von niemandem gesehen, erschien er im grellen Licht eines Blitzes und verschwand sogleich wieder mit ihm in der Nacht. Der Afrikaner, der das Kriegsgefangenenlager in seiner dienstfreien Zeit ab und an verlassen mußte, weil ihn in diesen Stunden mehr als sonst das Gefühl bedrückte, ein Mitgefangener zu sein, hatte den Handel aus nächster Nähe erlebt und das Nötigste im Nu begriffen.

Jetzt wünschte er Franz gute Fahrt.

Ein Hund kehrt heim

Minot hatte sich vorgenommen, den verlorenen Hund zu retten, dem er und seine Gäste im Trichter von Berry begegnet waren. Gleich am Tag nach der Regennacht sollte ein erster Versuch unternommen werden. Zuvor aber mußte der Junge die Engländerin, die für den Morgen gestenreich ihre Abreise angekündigt hatte, zur Bahn bringen. Er war früh aufgestanden, um für Elsie zu backen, sechs rundliche und sechs längliche Brote, die er in einem Papiersack verstaut und bereits auf den Wagen geladen hatte, zusammen mit ihrem Reisegepäck. Als sie losfuhren, war der Duft frischen Weißbrots vom Feldbackofen hinter der *Heldin* bis beinahe hinüber zum *Chemin des Dames* zu riechen. Ein Geruch, der sicher schon bald die ersten Metallsucher und Knochensammler zum Frühstück anlocken würde, die sich diesmal jedoch gedulden müßten, bis Minot vom Bahnhof wiederkehrte.

Er fuhr mit Elsie auf Wegen, die von Pfützen übersät und teils bis weit hinab versumpft waren, in das nur wenige Kilometer entfernte Amifontaine, wohin die Bahnlinie aus westlicher Richtung mittlerweile wieder reichte. Der letzte Abschnitt war erst Tage zuvor eröffnet worden. Gleismeter für Gleismeter wurden die Kriegsschäden behoben, Schwelle um Schwelle kam die

Zivilisation zurück, auch wenn der Bahnhof so wie das übrige Dorf noch fast gänzlich in Schutt und Asche lag. Die Luft war lau und viel leichter zu atmen als unter der vergangenen Bruthitze. Der Himmel schien müde nach den Verausgabungen der letzten Nacht. Tief hing eine dichte, milchig trübe Wolkendecke über ihren Köpfen, nur aufgelockert von ein paar rosigen Streifen jenes Sonnenlichts, dem es heute noch nicht gelungen war, mit Macht zur Erde durchzudringen. Zwei Nasen schnupperten Modergeruch, wie wenn Fäulnis und Feuchte sich verbünden.

Mehr als sonst waren Explosionen zu hören. Der überaus starke, langanhaltende Regenguß hatte viel Erdreich in Bewegung gesetzt, das noch nicht wieder zur Ruhe gekommen war: Hier stürzte eine Trichterwand ein, da rollten Steine und Schutt hangabwärts, dort schob sich Schlamm in kleinen Muren voran. Und inmitten all der beweglichen Masse rutschten und kugelten Blindgänger mit, wurden frei- und nach oben gespült, dabei sanft oder unsanft berührt, gingen früher oder später in die Luft. Von nah und fern vernahm man das Krachen, Bersten, Wummern, und es schien, als hätte das Unwetter die Schlacht wiedererweckt.

Der Patron und sein erster Pensionsgast saßen nebeneinander auf dem Kutschbock und blickten dem Pferd zwischen den Ohren hindurch ins Weite. Der Lärm aus dem Kriegsland beunruhigte sie nicht. Ein Abschiedsfeuerwerk, sonst nichts! Elsie hatte beschlossen, für ihren Aufenthalt lieber zu viel als zu wenig zu bezahlen, und Minot war klug und höflich genug, die ihm vors Gesicht gehaltenen Geldscheine anzunehmen und unbesehen einzustecken. Für einen Handel hätten die beiden sowieso keine gemeinsame Sprache besessen, und so wickelten sie ihr Geschäft wortlos ab, verlegen und mit unaufhörlichem Lächeln. Jeder von ihnen war insgeheim froh, für diesen Abschied keine Worte finden zu müssen, was der eine vom anderen ahnte. So schweigsam wie sie zusammengekommen waren, gingen sie auseinander. Alles, was zu sagen gewesen wäre, mußte in einen Handschlag und einen Blickwechsel gelegt werden. Man würde sich wahrscheinlich nie wiedersehen. Das Leben war zu kurz und zu gefährdet, Europa zu weitläufig und zu unverständlich, ja, exotisch. Einen Ausländer, gar eine Ausländerin zu Gesicht zu bekommen, konnte an jedem Ort dieses Kontinents auch schon beim ersten Mal als unglaublicher Zufall empfunden werden. Überdies nahm zu der Zeit kaum jemand mit großem Gefühlsaufwand Abschied, zumal jeder, besonders im Krieg, viele und weitaus schlimmere Abschiede erlebt hatte.

Dennoch erhielt sich von solch einer Begegnung noch lange und deutlich das Gefühl, mit einem fremden Menschen da draußen irgendwie verbunden zu sein und an ihm zum ersten Mal die Erfahrung gemacht zu haben, daß man in größeren Einheiten existierte als bloß in Familie, engerer Heimat oder Nation. Ein seltsames, ein abenteuerliches Gefühl, vor allem für einen Jungen wie Minot: das Europagefühl.

Kaum zurück vor der *Heldin*, spannte er das Pferd aus und machte sich daran, ihm den zähen Dreck von Bauch und Beinen zu bürsten, als plötzlich Gustave bei ihm stand. Er war hinter dem Feldbackofen hervorgetreten und begrüßte ihn freundlich, um sodann mit leiser, aber unüberhörbarer Angriffslust zu fragen:

„Sag, hast du deine Mutter besucht?"

„Nein!", antwortete Minot überrascht, fast schockiert.

„Oder einen Brief für sie zur Post gebracht?"

„Auch nicht! Machst du jetzt schlechte Witze wie die Knochensammler?"

„Dann hast du deine Mutter vergessen?"

„Unsinn! Ich brauche sie nur nicht mehr!"

„Denkst du überhaupt noch an sie und deine Schwestern?"

„Gustave! Wie redest du mit mir? Ich bin kein Kind!"

Schweigen griff um sich. Minot säuberte weiter den Gaul, bis er in ruhigem Ton sagte:

„Gestern habe ich übrigens den Hund wieder gesehen, den du erschießen wolltest."

„Wo?"

Gustave erhielt keine Antwort, worauf er selber fortfuhr:

„Also mir hat der Köter sich nicht mehr gezeigt."

Minot bot seinem Freund noch immer den Rücken dar, als er erwiderte.

„Das Gewehr kannst du trotzdem behalten, zu deiner Sicherheit!"

Gustave schwieg, den subtilen Frechheiten seines jugendlichen Freundes war er nicht gewachsen. Minot ließ ihn eine Weile schweigen, um schließlich zu sagen:

„Du wirst das Gewehr aber nicht mehr brauchen. Ich nehme den Hund nämlich mit."

„Wohin?"

„Nach Hause."

„Du fährst also doch zu Deiner Familie?"

„Natürlich."

„Wann?"

„Sobald ich den Hund habe."

„Na dann, viel Glück!"

Minots Ferien gingen zur Neige, und er hatte beschlossen, die Schule in Troyes auch weiterhin zu besuchen, bis zum regulären Abschluß. Nur so konnte er sich seinen ältesten Wunsch erfüllen, Tierarzt zu werden. Außerdem war seine Herzensformel: Ich bleibe, bis daheim alles wieder gut ist!, voreilig gewesen. Der Hof seiner Eltern lag nach wie vor unerreichbar in der roten Zone, und niemand hatte in den vergangenen Wochen einen Weg dorthin bahnen können. Selbst das seiner Mutter und seinen beiden Schwestern gegebene Versprechen, ihr Anwesen immerhin aufzusuchen, um es auch mit ihren Augen wiederzusehen, war unerfüllt geblieben. Minot hatte sein Ziel nicht erreicht, er würde alle drei zwangsläufig enttäuschen. Weiter als bis zur *Heldin* und ihrem rostigen Herd war er nicht gekommen. Seine Heimat, vermutlich sowieso zerschmettert bis in den untersten Grund, mußte warten. Keinen Meter hatte er sich ihr seit seiner Ankunft mehr genähert. Ja, sie war ihm sogar eher fern gerückt, zumal er es überhaupt nicht mehr eilig hatte, sie wieder in Besitz zu nehmen. Gustave hingegen war auf demselben Weg immer in Eile, er eroberte sich seine Heimat geradezu, ruhelos und ungeduldig, baute sie für sich und seine Kinder zur Festung aus, die kein Krieg je wieder antasten sollte, und war bereit, notfalls dafür zu sterben. Heimat, Familie, Nation bildeten für ihn ein einziges Bollwerk. Ständig in Sorge, lauschte er wie unter Zwang ins Land hinaus, ob sich ein Feind näherte, und dieser wehrhafte, kampfwillige Bauer schien allzeit bereit, in jedem, der sich näher heranwagte, den Feind zu erkennen, selbst in einem Hund. Minot war da anders beschaffen, das hatte die jüngste Zeit ihn gelehrt. Dieser Sechzehnjährige konnte sich damit begnügen, nicht bis ins Innerste der Heimat vorzustoßen, sondern stattdessen vorlieb zu nehmen mit ihrem Vorhof, zu dem das kleine Ruinengasthaus von Madame Berthe ihm zufällig geworden war, in dem Minot sich zu seiner Verblüffung aber trotzdem beheimatet fühlte wie nirgendwo sonst. Vielleicht war Heimat gar kein Ort, sondern ein Zustand, in dem man sich entfalten durfte, so wie er, das Kriegskind seiner Mutter, sich mit allen ihm bislang unbekannten Talenten im Umkreis der *Heldin* entfaltet hatte, nämlich als Gastwirt, als Koch und Bäcker, aber auch, ziemlich unerwartet, als Fremdenführer. Ganz besonders jedoch als beispielloser, völlig aus der Zeit gefallener *philantrope*, der sich vorgenommen hatte, in diesen Zeiten um jeden Preis gut zu sein und die Welt mit seiner Güte anzustecken.

Und plötzlich schoß ihm durch den Kopf: Womöglich braucht der Hund viel nötiger eine Heimat als ich!

Jetzt tauchten Jan und Pablo auf, und zwar so unvermittelt, als hätten sie gleichfalls hinter dem fahrbaren Backofen auf Minots Rückkehr gewartet. „Ihr habt mir aufgelauert, alle drei!", rief der Junge irritiert, und die beiden antworteten lachend mit einem lauten, mehrfachen Ja. „Natürlich!", riefen sie, „natürlich!" „Aber warum denn?" „Weil es mindestens drei Mann braucht, um dich zu überreden." „Wozu überreden?" „Daß du nach Hause gehst und die Schule beendest. Hier draußen verwilderst du nur!" „Aber spätestens an Ostern komme ich wieder, wenn ihr dann noch da seid." „O ja, wir werden da sein! Tot oder lebendig, in jedem Fall aber: reich und glücklich." „Und ihr haltet zusammen?" „Versprochen, wir halten zusammen, in diesen verrückten Zeiten, für die einer allein gar nicht verrückt genug sein kann, zwei zusammen aber schon!"

Mit Gustave hatten der Pole und der Spanier bereits vereinbart, daß sie nach Minots Fortgang die *Heldin* übernehmen und dort im Wechsel die Gäste bewirten würden, während der jeweils andere auf dem Schlachtfeld weiterhin Kupfer suchte, im wirtschaftlichen Wettstreit mit den Asiaten. Alle drei wollten sie auch die bevorstehenden Wintermonate nützen: Gustave, um pausenlos an seiner Heimat weiterzubauen, bis sie endlich bewohnbar war, die Grenzlandeuropäer, um ihre gefährliche Schatzsuche fortzusetzen, bis das angekündigte Gesetz zum Verbot des wilden Kriegsschrottsammelns in Kraft trat und die beiden aus dem Land gewiesen wurden, falls man sie denn zu fassen bekam.

Keine Stunde später, unterwegs zum Trichter von Berry, dachte Minot noch einmal scharf nach: Gustave hat wohl recht, dieser Hund ist wirklich ein Streuner, eine „Ausgeburt des Kriegs", wie er etwas übertrieben sagt, und seit längerer Zeit herrenlos. Seine letzte Heimat scheint die Front zu sein, das Niemandsland, der grauenhafteste Ort auf dem Kontinent. Wenn dort vollends abgeräumt ist, wird er gar keinen Platz mehr haben. Wohin soll er dann, wer will diese vierbeinige Kriegswaise, die ganz nach einem Rassehund aussieht und bestimmt noch nie Schafe gehütet oder an der Laufkette einen Bauernhof bewacht hat? Und wie ist er überhaupt hierher gekommen? Mit Truppen, die ihn als Melder oder als Sanitäter beschäftigt haben? Oder war er das Maskottchen einer Kompanie? Vielleicht kam er auch mit einem General, der seinen Hund so liebte, daß er ihn überallhin mitnahm, selbst auf das Schlachtfeld? Und der ihn dort verlor, durch einen dummen Zufall oder beim Kartenspiel?

Minot gestand sich lachend ein, daß er nicht genug Phantasie besaß, um den Kriegslebenslauf dieses Hundes ganz ausspinnen zu können. Er wußte nur, daß dieser Lebenslauf ein Ende haben mußte, und zwar bald. Auch ein Hund hatte doch Frieden verdient!

Das Gelände war heute noch gefährlicher als an trockenen Tagen, mancher Pfad unterspült, mancher Weg abgebrochen, mancher Grund bodenlos. Es galt, jeden Schritt und jeden Tritt noch argwöhnischer zu setzen als sonst. Wie schon am frühen Morgen barsten ringsumher immer noch, mal dumpf, mal hellauf schmetternd, mehr Sprengkörper als zu anderen Zeiten. Außer Minot trieb sich keiner in der Todesbrache herum. Doch der Junge war überzeugt, nichts fürchten zu müssen, weder die explosionsbereite Munition noch das unbekannte Tier.

Als er schließlich den größten Krater der Westfront erreichte, packte ihn das Staunen. Der Regen hatte dessen Steilwände umgebaut. Sie waren durchzogen von zahlreichen neu entstandenen Rinnen und Bächen, in denen mit anmutigem Geplätscher das Wasser aus der vollgesogenen Erde nach wie vor dem untersten Punkt des Trichters zulief. Wege und Pfade dagegen hatte die Regenflut der Nacht großenteils fortgespült. Doch Minot staunte noch mehr, als ihm auffiel, daß fast der gesamte Kraterboden überflutet und aus dem kleinen Teich in der Mitte ein stattlicher See geworden war, auf dem, kaum zu glauben, sich Wasservögel tummelten. Und am Ufer dieses Gewässers stand und trank der Hund.

Der hatte einmal Gorm geheißen, seinen Namen aber seit Monaten nicht wieder gehört. Ob er ihn, damit gerufen, überhaupt noch erkannt hätte? Auch sein Arbeitskleid trug er nicht mehr, jene Leibgürtung aus Leder, in die einst ein Stück Tuch mit rotem Kreuz auf weißem Grund eingenäht war, zum Zeichen, daß dies ein Sanitätshund sei, der im Kampf verwundete Soldaten rettet. Gorm hatte dieses Kleid mit Stolz getragen. Inzwischen war es abgeworfen, ein kräftiger Biß in einen der mürbe gewordenen Riemen hatte schließlich gereicht, um es loszuwerden. Das Rotkreuztuch war vorher schon verschwunden, ganz allmählich hatte es sich unter Dreck und Blut aufgelöst. Bis Kriegsende war dieser Hund ein Menschenfreund gewesen, hatte stets mit einem Herrn gelebt und ihm gehorcht. Nach dem Verlust seines letzten Herrn, eines Sanitätsgefreiten, als er völlig vereinsamt an der Front zurückgeblieben war, hatte Gorm sich in den nahegelegenen Dörfern ein neues Heim gesucht. Er wäre jedem gefolgt, der ihn freundlich behandelt hätte! Doch überall war er nur auf Feindseligkeit gestoßen, ja, man hatte ihn im Frieden feindseliger behandelt als im Krieg. Also war er zurück an die Front gegangen, die er für sich hatte, weil sie menschenleer war. Den Menschen hatte Gorm sich von da an fern gehalten, seine Sehnsucht nach ihnen war langsam unter Qualen vergangen und einer Gleichgültigkeit gewichen, die ihn mehr und mehr ausfüllte. Falls er doch auf Menschen traf, ging er ihnen ohne Hast aus dem Weg oder ignorierte sie einfach. Nie griff der ehemalige Kriegshund einen von ihnen an, so viel Menschenfreundschaft steckte noch in ihm. Ebensowenig rannte er vor ihnen weg, mit der Sehnsucht hatte Gorm auch seine Furcht verloren. Er aß, trank, schlief, und seine Tage verstrichen, indem er die Front auf- und abwanderte. Man hätte meinen können, er sei auf der Suche. Aber er drehte nur Runde für Runde, haltlos, ziellos, absichtslos. Da er am Leben war und sich, obgleich mit abnehmender Willenskraft, am Leben erhielt, erhielt Gorm auch das winzige Fünkchen Hoffnung am Leben, das die Enttäuschung noch nicht in ihm ausgelöscht hatte. Es flammte sogar noch einmal auf, wenn er streng den Kopf hob, um zu lauschen, wenn er auffuhr und um sich schaute, wenn er unruhig herumschnüffelte und doch nicht recht wußte, wonach. Dann wieder lag er stundenlang reglos und wie ergeben im Gelände, grad als biete er sich dem Tod dar.

Nach seinem Abstieg auf den Kratergrund über einen leidlich erhaltenen Weg schlich Minot sich im Rücken des Hundes vorsichtig an. Der konnte ihn im Rauschen und Plätschern von allen Seiten nicht hören. Außerdem trank er noch, diesmal im Stehen und sehr gemächlich. Der Junge machte in sechs, acht Metern Abstand hinter ihm Halt und wartete, daß der Hund ihn bemerkte. Draußen in der roten Zone ging wieder ein Blindgänger hoch. Hund und Junge reckten bei diesem Schlag unwillkürlich den Kopf in die Höhe. Dabei mußte das Tier vom Gast in seinem Rücken Witterung bekommen haben, denn heftig fuhr es herum und starrte ihn an, während Wasser von seiner Schnauze tropfte. Es trat einige Schritte auf Minot zu, blieb dann jedoch wieder stehen, weil der Junge ihm den Weg versperrte, jenen schmalen sandigen Streifen zwischen Trichterwand und See, den der Hund nehmen mußte, um von seiner halbwegs sauberen Trinkstelle zu einem der intakten Ausstiege zurückzufinden. Hätte Verzweiflung ihn getrieben, wäre er womöglich an der hier besonders steilen Wand hinaufgerast oder durch das trübe, teils schaumige Wasser geflüchtet, zwischen einem Pulk Enten hindurch. Doch Gorm wollte weder rasen noch flüchten, sondern sank einfach in die Knie und legte sich auf den Bauch, den Blick weiterhin unverwandt und mit wachsender Neugier auf seinen Besucher gerichtet. Er sah einen höchstens mittelgroßen, schlanken Knaben vor sich und entdeckte sogleich ein Kind in ihm, ein Kind, das ihn aus weit zurückliegender Vergangenheit anschaute, freundlich, furchtlos, vertrauensselig. Dann, unglaublich, verblüffte ihn dieses Kind, indem es sich gleichfalls niederlegte, sich sozusagen auf Augenhöhe zu ihm herabließ, mit ein paar leisen, teils geflüsterten, teils gesäuselten Worten auf den Lippen, die ihm, dem Hund, galten und unendlich wohltaten. Seit wie langer Zeit war Gorm nicht mehr angesprochen worden, und zwar mit dem warmen Klang der

Zuneigung, in einer Sprache, die mehr aus tierischen als aus menschlichen Lauten bestand und von Kindern besonders gut beherrscht wurde? Von außerhalb des Kraters war noch einmal der Knall einer Explosion zu hören, doch keiner der beiden sprang deshalb vor Schreck auf. Im Gegenteil, der Hund schmiegte sich noch enger an den nassen Kraterboden und begann zu robben, zügig und, so wie einst in der Schlacht, genau auf sein Gegenüber zu. Da erlebte er die nächste Überraschung, denn sein Gegenüber fing ebenfalls zu robben an, auf Knien und Ellenbogen geradewegs dem ehemaligen Sanitätshund entgegen. Kaum mehr einen Meter auseinander, blieben beide wieder still liegen wie unter Beschuß. Gorm schnupperte und sog den Geruch des Jungen ein, Minot versuchte, die Stimmung des Hundes abzuschätzen. Jedem von ihnen hätte die übergroße Nähe gefährlich erscheinen können, doch hielten sie in dieser Spannung aus und ließen mit Blicken nicht voneinander, minutenlang. Der Hund atmete in heftigen Stößen, sein Maul stand offen, bis er auf einmal innehielt und den Kopf hinunter auf die Pfoten bettete. Der Junge lobte ihn dafür und setzte sich mit ruhiger Bewegung auf, in den Schneidersitz, wobei er noch ein Stück näher an den Hund heranrückte. Wieder verstrichen Minuten und nichts geschah, nur ein sanftes Wort fiel hin und wieder und drang Gorm wie Gesang ins Ohr. Schließlich wagte Minot es, ihn an einer ausgestreckten Pfote zu streicheln, kaum merklich und bloß mit zwei Fingern, eine Berührung, die so lange entbehrt worden war, daß sie den Hund beinahe schmerzte.

So blieben die beiden den halben Mittag beieinander,

in überaus geringem und darum nervenaufreibendem Abstand. Es war schließlich Gorm, der sich als erster aufrichtete, eng an dem Jungen vorbeidrückte und ohne Eile hinüberschritt zu einem der weniger steilen Hänge, über den er den Krater offensichtlich verlassen wollte. Dabei wandte er sich mehrmals um, so als ob es ihm kaum gelinge, sich loszureißen. Minot folgte dem Hund und hielt dessen Zögern und Zurückschauen für ein ermutigendes Zeichen. Flink stieg er über einen anderen Weg durch die Trichterwand hinauf und war bereits oben, als Gorm ankam. Eher schlendernd, zugleich mit vielen freundlichen Worten, ging er in Richtung der *Heldin* davon, schaute jedoch nach ein paar Schritten bereits zurück, um zu sehen, ob der Hund ihm folgte, und sei es nur mit Blicken. Das tat er! Breitbeinig dastehend, mit fragendem, fast verdutztem Ausdruck glotzte er dem Jungen nach.

Diese Unentschlossenheit nützte Minot, indem er den Hund mit lauter Stimme lockte, dann wieder schmeichelte er ihm und liebkoste ihn mit Worten oder klatschte sich aufmunternd gegen die Schenkel. Gorm legte den Kopf schräg, grad als verwundere ihn diese Darbietung, die er jedoch sehr wohl zu verstehen schien, denn nur Sekunden später setzte er sich in Bewegung, wobei der Willensruck gut sichtbar durch seinen Körper lief. Der Kriegshund hatte angefangen zu vertrauen, er schien bereit, sein Nichts und Niemand aufzugeben, und trottete hinter dem Jungen her wie ferngesteuert. Der führte ihn durch das Wegenetz der Kraterlandschaft hinüber zur *Heldin*, schritt ihm voraus wie der Schäfer den Schafen und warf ihm hin und wieder ein Wort zu, über die Schulter nach hinten. Erst vor der Ausschankhütte blieben beide wieder stehen, Minot auf der Treppe, die hineinführte, der Hund in zehn, zwölf Metern Abstand, die er über die gesamte Strecke nie unterschritten hatte.

Unruhe ergriff ihn angesichts der menschlichen Behausung, fast übermächtig schien der Zwang, kehrt zu machen. Denn dieses Haus hatte Gorm schon einmal gesehen, als erstes und einziges seit Monaten. Und genau wie beim ersten Mal drangen Stimmen und ein vereinzeltes Lachen von drinnen ins Freie. Minot hatte das Lokal bei seinem Weggang nicht verschlossen, mittlerweile saßen Gäste drin und warteten auf den Wirt.

„Jetzt weißt du, wo ich wohne", sagte er zu dem Hund und verschwand in der Hütte.

Erst bei Dunkelheit kam er wieder heraus und rief nach ihm. Da Minot seinen Namen nicht kannte, gab er ihm sozusagen rufend seine Menschenstimme zu erkennen, in der Hoffnung, das genüge. Doch der Hund erschien nicht. Erst am anderen Morgen, als der Junge auf die gleiche Art seine Stimme vernehmen ließ, zeigte er sich, wahrte aber streng den alten Abstand. Minot schritt daraufhin, als wäre nichts selbstverständlicher zwischen ihnen, beherzt auf den Hund zu, hielt auf halbem Weg jedoch an, um einen Blechnapf mit Essensresten abzustellen, und nahm seinen Weg zurück.

„Fressen mußt du schon selber", sagte er.

An solche Kost war Gorm über Jahre gewöhnt gewesen. Solange er der Menschenwelt angehört hatte, bei seiner Bürgerfamilie in Brandenburg, später bei seiner Sanitäterausbildung in der Kaserne, war ihm oftmals vorgesetzt worden, was auch seine Herrschaft aß. Erst als man ihn in die Tierwelt zurückgestoßen hatte, war sein Speiseplan ein anderer geworden: Vögel, Mäuse und Feldhasen hatten ihm draußen im Niemandsland noch einigermaßen geschmeckt, aber auch mit Insekten, Würmern und angekohlten Tannenzapfen oder schimmeliger Baumrinde war er notfalls zufrieden gewesen, nur kriegsfette Ratten zu jagen, zu töten und aufzuessen, das hatte Gorm zu keiner Zeit über sich gebracht.

Was der Junge ihm servierte, mußte der namenlose Hund unwiderstehlich finden, und fortan erschien er täglich zur Fütterung. Die Menschennahrung tat ihm gut, sie brachte ihn zu neuen Kräften. Minot brauchte bloß vor die *Heldin* hinauszutreten und seine Stimme erschallen zu lassen, im Nu war er da. Als der Junge ihn einmal aus der falschen Richtung erwartete und für einige Momente übersah, schlug der Hund zwei-, dreimal an, um sich bemerkbar zu machen. Dabei verschaffte er seinem neuen, noch vorläufigen Herrn einen ersten Eindruck von der Macht seines Doggenbellens. Nur nachts tauchte Gorm niemals auf, wofür Minot insgeheim dankbar war, weil der Hund und sein Freund Gustave, der an den Abenden fast regelmäßig die *Heldin* besuchte, einander somit nicht über den Weg laufen konnten.

Eines Morgens jedoch, nur Tage später, mußte der Junge nicht mehr nach ihm rufen, weil Gorm bereits da war und ihn gespannt erwartete. Auf der kleinen Kuppe, nicht weit weg von seinem Futterplatz, sah er ihn liegen, den Kopf selbstbewußt hochgereckt und ebenso schön wie friedlich, grad als wolle er sagen: Ich werde keinem Angst machen! Minot dachte erfreut: Jetzt ist es soweit, jetzt kann ich es wagen!

Und am nächsten Tag, gleich beim ersten Licht, trat er mit Rucksack und Mütze vor die Kneipe hinaus, gab dem wiederum auf die Kuppe hingelagerten Hund sein Fressen und wartete stumm, bis er es verschlungen hatte. Dann brach Minot mit weit ausholenden, energischen Schritten in südlicher Richtung auf, dorthin, woher er Wochen zuvor gekommen war. Lauthals und ebenso energisch forderte er Gorm auf, mitzukommen, und dabei tönte seine Stimme streng, ja, beinahe ungehalten, so als säume der Hund und müsse ermahnt oder angetrieben werden. Er stutzte, als der Junge sich so überraschend, so schleunig, so entschlossen entfernte, ohne sich weiter um ihn zu kümmern. Schließlich fuhr er zusammen wie aus dem Schlaf gerissen und schien zu wissen, was jetzt nötig sei. Jedenfalls folgte der Hund Minot auf seinem Weg, leichtfüßig, rasch und anfangs noch wie über sich selbst erstaunt. Es kostete ihn Kraft zu beschleunigen, doch hielt er nicht wieder an, sondern lief dem Jungen zielstrebig hinterher, zuerst bis ans Ende des Niemandslands, doch schließlich auch darüber hinaus, in Gegenden, die nicht vom Krieg gezeichnet waren und die Gorm fast schon vergessen hatte.

Sein neuer Herr indes ließ ziemlich viel Zeit verstreichen, bevor er sich das erste Mal nach ihm umschaute.

Epilog

Das Lied vom Schlamm

Nach einer mehrstündigen Zugfahrt erreichte Elsie die Somme, und ihr war, als kehre sie heim. Denn überall hörte sie Englisch sprechen, weit mehr als Französisch und teils mit Akzenten, die ihr noch nie ans Ohr gedrungen waren. Sprachprobleme mußte sie an diesem Ort keine fürchten! Die Gegend wimmelte geradezu von Briten, auch Frauen darunter, die dieses ehemalige Kampfgebiet besuchten, in dem ihre Söhne, Brüder, Ehemänner gekämpft hatten und gefallen waren. Hier hatte der europäische Krieg sich zum Weltkrieg ausgeweitet, der vom Empire nicht allein mit Hunderttausenden von Schotten, Iren, Walisern und Engländern geführt worden war, sondern mit fast ebenso vielen Kanadiern, Neufundländern, Australiern, Neuseeländern und Südafrikanern. Elsie hörte auch von weit über hundert Soldatenfriedhöfen, die rings um das Flußtal angelegt sein sollten und sich erst allmählich füllten, eingebettet in eine Landschaft, die nahezu vollständig zerstört und entvölkert war. Sie vermutete, daß es sich bei den allermeisten Besuchern, die ihr begegneten, um Grabbesucher handelte. Und sagte sich: Jetzt, jetzt bist du in Jims zweiter Landschaft!

Die militärische Einheit ihres Ehemanns James Norton, die *Second Devons*, hatte im Jahr 1916 nämlich gleichfalls für einige Wochen an dieser Front gestanden, wie seine Frau von jenem Kameraden aus Exeter wußte, und zwar an einem Abschnitt zwischen den Dörfern Ovillers und La Boisselle.

Bei allem, was an der Somme bereits in den ersten Stunden auf Elsie einstürmte, hätte sie beinahe vergessen, wünschend und hoffend an den deutschen Kriegsgefangenen Franz zu denken. Ob er mittlerweile wohl gerettet war? Mit Rührung und einem Anflug von Heimweh gedachte sie ebenso ihrer Zufallsbekanntschaften aus der *Heldin der Ruinen*, vor allem natürlich des großen Kindes, genannt Minot. Nicht einen einzigen Krümel seines Brots würde sie achtlos verspeisen! Dessen Geschmack sowie ein paar unvergeßliche Erinnerungen würde sie vom europäischen Festland mit nach Hause nehmen.

Quartier hatte Elsie in einer Kleinstadt mit Namen Albert genommen, anderswo war ein Hotel oder eine Pension nicht zu finden gewesen. Aber auch dieses Provinzstädtchen lag noch größtenteils in Trümmern, und wie sein trauriges Wahrzeichen hing eine meterhohe Marienfigur mit dem Kopf nach unten vom zerschossenen Kirchturm. In ihrer notdürftig hergerichteten Unterkunft saß Elsie schon beim ersten Frühstück mit einer Frau bei Tisch, die ungefähr so alt war wie sie selbst und sich als Mary Borden vorstellte. Sie freute sich, endlich wieder einer Frau gegenüber zu sitzen, einer, mit der sie auch noch zwanglos und ungehemmt in ihrer Muttersprache reden konnte. Und in ihrem

Überschwang gestand Elsie dieser Frau sogleich freimütig, wie sehr sie sich ausgesperrt fühle von jener Männererfahrung namens Krieg und wie schwer es ihr falle, sich vorzustellen oder nachzuempfinden, was ihr Mann in seinen Kämpfen erlitten habe. Anderen Frauen, sagte sie mehrmals, müsse es ja wohl ähnlich ergehen. Elsie hatte Mary Borden ihre und Jims ganze Geschichte erzählt und war sich dabei so überzeugend, so glaubwürdig vorgekommen, daß sie einzig und allein mit lebhaftem Zuspruch meinte rechnen zu dürfen.

Mary ergriff ihre Hand und zeigte sich schwesterlich mitfühlend, besonders Elsies Pilgerfahrt zu den Leidensorten ihres Gatten hatte sie berührt.

Der erwartete Zuspruch jedoch blieb aus.

Stattdessen sagte Mary, leise und ohne aufzutrumpfen:

„Wenn du willst, kannst du noch mehr erfahren über die Männererfahrung namens Krieg."

„Von wem?"

„Von mir!"

So hörten die jungen Frauen voneinander, daß sie beide Krankenschwestern waren. Mary Borden allerdings hatte nie in einem Stadtkrankenhaus, sondern stets in einem Feldhospital gearbeitet, zuerst in Belgien, dann hier, kaum fünf Meilen hinter der Somme-Front, in dem Dorf Bray, und schließlich noch an der Aisne. Während des Kriegs war sie zwischen diesen drei Kliniken öfter hin und her gependelt und hatte in jeder eine Weile als OP-Schwester gedient: täglich bis zu achtzehn Stunden, nicht selten unter Fliegerbomben oder Gasangriffen und etliche Wochen über den Waffenstillstand hinaus. Oft genug habe man seinen Pausenkaffee zwischen amputierten Gliedmaßen geschlürft. Gegenwärtig stehe das Krankenhaus von Bray mit seinen dreitausend Betten zwar leer, es sei aber immer noch für jede Behandlung eingerichtet.

„Und was machst du jetzt hier, so lange danach?"

„Ich bin unterwegs mit amerikanischen Zeitungsreportern und darf sie morgen durch unsere Klinik führen."

„Wieso du? Wem gehört diese Klinik denn?"

„Mir."

Elsie mußte sich zwingen, höflich zu bleiben und nicht laut aufzulachen. Offensichtlich war sie an eine Hochstaplerin geraten. Noch immer besaß sie wenig Gespür für das Unwahrscheinliche. Und sogleich wurde die andere Frau ihr wieder zur Fremden.

Doch Mary redete im selben Ton weiter mit ihr:

„Du glaubst mir nicht. Würdest du mir glauben, wenn ich ein Mann wäre?"

Elsie schwieg stur. Sie dachte an Jan, den Polen, der am *Chemin des Dames* ihr Übersetzer gewesen war. Warum hatte sie dem eigentlich geglaubt? Weil er der einzige gewesen war, den sie verstand?

Doch Mary Borden sagte die Wahrheit. Elsie konnte es später daheim überprüfen. Die Geschichte, die sie ihr erzählt hatte, stand in zahlreichen Zeitungen, nicht nur in amerikanischen. Mary war berühmt und wurde im Lauf der zwanziger Jahre immer berühmter. Sie veröffentlichte Gedichte und Prosastücke, etwa die Sammlung *The Forbidden Zone - Die verbotene Zone*, geschrieben aus der Sicht einer Frontkrankenschwester.

Das Buch schockierte, nicht nur Elsie. Es berichtete von Naherlebnissen mit schwerverwundeten Soldaten und war mit quälender, ja, alptraumhafter Eindrücklichkeit verfaßt, in einer Sprache aus lastenden, oft wiederholten Bildern, denen man nicht entkommen konnte, die sich tief ins Bewußtsein senkten, selbst in Träumen wiederkehrten und kaum mehr abschütteln ließen. Elsie war jedoch Krankenschwester genug, um nachfühlen zu können, was Mary meinte, wenn sie vom „obszönen Anblick unschuldiger Wunden" sprach.

Eine Frau wie diese hatte sie noch niemals und nirgendwo getroffen! Gemeinsam wanderten die beiden einige Tage lang durch die Nachkriegslandschaft an der Somme.

Mary erzählte Elsie dabei auch von seelischen Wunden, wie Jim sie davongetragen hatte, und sie sagte, in der Absicht zu schonen, so sanft und tonlos wie möglich, daß diese Wunden „genauso wahr und wirklich sind wie die körperlichen und oft sogar noch weit dauerhafter". Allein von der Nervenzerrüttung im Dauerlärm eines Gefechts, dieser Ohrenbetäubung bis zur hypnotischen Erstarrung, erhole ein Mensch sich wahrscheinlich nie wieder ganz. Selbst engste Verwandte, nahe und nächste Personen seien darum „aus diesem Krieg als Fremde nach Hause gekommen".

Elsie wähnte und fürchtete zugleich, daß sie und ihr Mann mit den Folgen des *shell shock* ihr gemeinsames Leben bis ans Ende würden zubringen müssen.

„Doch genau wie auf Menschen wird sich auch auf Ort- und Landschaften, die der Krieg versehrt hat, eine unvergängliche Melancholie legen", fügte ihre Wandergefährtin hinzu. „Glaub mir, noch unsere Enkel können sie fühlen."

Mary Borden war in Chicago geboren und hatte bereits in jungen Jahren von ihrem Vater, einem Silberminenbesitzer und Grundstücksspekulanten, eine Unsumme Geld geerbt. Damit richtete sie mehrere Feldhospitäler ein, unter anderem auch das von Bray-sur-Somme. Es bestand aus Dutzenden von stabilen, geräumigen und teilweise transportablen Holzhäusern, war mit modernstem Medizingerät ausgestattet und beschäftigte hervorragende Ärzte sowie erfahrenes Pflegepersonal, darunter etliche *volunteers* aus erstklassigen Kliniken in den USA oder in Kanada. Die Sterblichkeitsziffer war in diesen Krankenhäusern um einiges niedriger als in den übrigen Militärkrankenhäusern der jeweiligen Front.

Schon kurz nach Kriegsbeginn hatte Mary sich selbst als Sanitätsfreiwillige gemeldet. Sie war damals achtundzwanzig Jahre alt gewesen und hatte gerade ihr drittes Kind zur Welt gebracht. Da sie keine gelernte Krankenschwester war, hatte sich diese literarisch und philosophisch Hochgebildete die nötigen Handgriffe bei Kollegen und Kolleginnen abschauen müssen. Moralisches Handeln stand für sie ungleich höher als alles Wissen und Können. Trotz ihrer Stiftertätigkeit durfte sie die verbotene Zone des Kriegsgebiets immer nur mit Sondergenehmigungen betreten, genau wie alle anderen ausländischen Zivilisten. Im Herbst 1916, auf dem Höhepunkt der Somme-Schlacht, war sie im Rang einer einfachen Krankenschwester in die Dienste ihres eigenen Hospitals eingetreten und hatte sich ohne Privilegien dessen Leitung unterstellt.

Ihre Arbeit an der Front, dieses Retten, Heilen und Zusammenflicken, nannte Mary übrigens „eine ziemlich zweischneidige Sache". Zwar habe sie damit die kriegführenden Männer nach Kräften unterstützt, den männerverschlingenden Krieg aber lang und länger am Leben erhalten.

Auch deshalb wollte sie von Komplimenten nichts wissen und bestritt lautstark, eine einsame, kaum zu überschätzende Ausnahme zu sein. Mindestens zwölf weitere solcher Ausnahmen seien bereits im Verlauf des Kriegs bekannt geworden, einige habe sie sogar persönlich kennenlernen dürfen: May Sinclair zum Beispiel, die sich noch im Alter von fünfzig zu einer Feldambulanz nach Flandern gemeldet und für sich als Frau Rettungseinsätze in den vordersten Linien erzwungen habe, sodann May Wedderburn Cannan, die sich für den Dienst als Serviererin in einer Soldatenkantine zur Verfügung gestellt habe und nachher, Gerüchten zufolge, vom Militärgeheimdienst angeheuert worden sei, oder auch Rose Macaulay, die jahrelang erfolgreich für die britische Feindpropaganda gearbeitet habe. Sie und noch einige andere Frauen hätten entschlossen dafür gesorgt, daß der Krieg keine reine Männererfahrung geblieben sei. Elsie könne sich davon selbst überzeugen, am besten indem sie nachlese, was diese Frauen geschrieben hätten, denn die meisten von ihnen seien Dichterinnen von Rang gewesen, die ihre zahlreichen *war poems* in Zeitungen, Frontgazetten, Broschüren oder Lyrik-Jahrbüchern veröffentlicht hätten. Nein, davon war Elsie noch nie etwas zu Ohren gekommen: daß Frauen ihres Landes Kriegsgedichte machten!

Wie zur Bestätigung legte Mary ihr ein Gedicht vor, das sie selbst verfaßt hatte und das Elsie, wenn sie nur wolle, von Hand abschreiben und mit nach Hause nehmen dürfe. Sie habe selbst nie kämpfend im Feld gestanden, aber im Krankenhaus und im Gedicht sei sie den kämpfenden Männern nah gewesen. Schreiben sei für sie Handeln aus Mitgefühl, fuhr Mary fort, ihr Ich werde dabei zum Gefäß für fremde Leiden, die unbedingt aufgefangen werden müßten in poetischer Verdichtung. Mit jedem Gedicht rufe sie Leserinnen und Lesern die dreifache Aufforderung zu: *„Look well, look close, look long!"* Doch die Aufforderung hinzuschauen, ähnle bei ihr immer dem „Siehe!" der Bibel und verlange, beim Sehen auch das Unsichtbare zu erkennen, andernfalls lohne die Anstrengung des Dichtens in keinem Fall.

Und Elsie Norton schrieb für sich und ihren Mann Jim in der violetten, spuckefeuchten Schrift ihres Tintenbleis Mary Bordens Gedicht am Frühstückstisch ab. Es war ein ungewöhnlich langes, rhapsodisches Gedicht, trug den Titel *The Song of the Mud - Das Lied vom Schlamm -* und entwickelte schon beim Abschreiben einen eigentümlichen Sog, der sich beim Lesen und Wiederlesen wahrscheinlich noch verstärken würde. Der ehemaligen Sängerin mit feinem Gespür für den Klang der Worte gab dieses Lied zusehends das Gefühl, als schwindle ihr, als drehe, kreisle und sause sie immer schneller und schneller um ihre eigene Achse, so daß Elsie alle paar Verse ihre Augen schließen und die Luft

anhalten mußte, um sich nicht in diesem Mahlstrom zu
verlieren:

Dies ist das Lied vom Schlamm, der Uniform des Soldaten.
Sein Mantel ist Schlamm,
Einst blau und weit, jetzt grau und starr von Klumpen und
Fladen.
Das ist der Schlamm, der ihn kleidet –
Seine Hosen und Stiefel sind Schlamm –
Seine Haut ist Schlamm –
Und Schlamm hängt im Bart.
Auf seinem Kopf ein Helm aus Schlamm,
Und dieser Helm steht ihm gut!
Der Soldat ist ein Modeschöpfer,
Er hat den todschicken Schlamm erfunden.

Schlamm, der sich auf eigenen Bahnen durch die
Schlacht wälzt,
Unverschämt, zudringlich, allüberall,
nirgends willkommen.
Schleimiger, unversöhnlicher Quälgeist,
Der die Gräben füllt,
Der sich ins Essen mischt,
Der in jede Öffnung dringt,
Der über die Gewehre kriecht,
Sie fest zwischen seine Lippen nimmt
Und runterschluckt.
Keinen Respekt hat er vor der Zerstörung,
Granaten hindert er am Bersten
Und langsam, sanft, kaum spürbar
Saugt er das Feuer, den Lärm, die Kraft und den Mut auf,

Saugt auf die Wucht der Armeen,
Saugt auf die ganze Schlacht –
Und macht ihr ein Ende auf seine Art.

Dies ist das Lied vom Schlamm, dem obszönen,
säuischen, stinkend fauligen
Flüssigen Massengrab der Armeen –
Darin unsere Männer ersoffen –
Ein monströser Blähbauch, voll mit unverdauten Toten –
Unsere Männer verschwanden darin.
Unsere feinen, mutigen, starken jungen Männer,
Oh, so viele von ihnen!
Verschwunden, versunken, verschluckt –
Kein Kreuz, wo sie untergingen.

Schlamm, tolle Tarnung der Kampfzone,
Schlamm, allesfressendes Maul des Kriegs,
Schlamm, wanderndes Grab der Soldaten.
Dies ist das Lied vom Schlamm.

*

Anmerkung

Einige Motive in meiner Hundegeschichte sowie im Erzählkomplex Kriegsgefangenschaft verdanke ich insbesondere dem bebilderten Frontwanderbuch der Brüder Maxim Ziese und Hermann Ziese-Beringer „Das unsichtbare Denkmal" von 1928, mit Fotografien von Wolfgang Vennemann. Das Zahlenspiel zur Errechnung des Kriegsendes stammt aus Arnold Zweigs Kurzgeschichte „Elfter Elfter Fuffzehn", geschrieben 1922, abgedruckt unter anderem in Zweigs Erzählungsband „Furchen der Zeit" von 1972. Die Figur der Mary Borden hat es tatsächlich gegeben, sie lebte von 1886 bis 1968; ihr Gedicht „Das Lied vom Schlamm" („The Song of the Mud", 1917) habe ich in der von Tim Kendall herausgegebenen Anthologie „Poetry of the First World War" (2013) entdeckt und den im Buch verwendeten Auszug selbst ins Deutsche übertragen, zumal von Bordens Kriegslyrik nicht ein einziges Wort übersetzt ist, sowenig wie von ihrer -prosa. Und auch der Leipziger Physik-Professor Otto Wiener hat wirklich und wahrhaftig gelebt, und zwar von 1862 bis 1927. Man kann einiges über ihn im Internet erfahren, seine Bücher und Aufsätze sind teilweise über den Gesamtkatalog der Universitätsbibliothek Tübingen zugänglich. Ebenso ist die Abhandlung des britischen Psychiaters Dr. Rivers unter dem Titel „Repression of War Experience" online zu finden.

Umschlagbild:
Aquarell von Eugen Kucher mit dem Titel „An der Westfront" (1916). Kucher, der von 1889 bis 1945 lebte, nahm als württembergischer Soldat am Ersten Weltkrieg teil. Der gebürtige Handwerkersohn war die meiste Zeit seines Lebens als Theatermaler in Stuttgart tätig. Mit einem Stipendium des Königs von Württemberg konnte er in München Malerei studieren, wo er mit Kandinsky und seinem Kreis in Berührung kam. Während des Kriegs entstanden zahlreiche Zeichnungen mit Motiven aus dem Soldatenalltag. Sie sind Eigentum von Professor Günther Kurz, der dem Autor und dem Verlag „An der Westfront" freundlicherweise als Titelbild überlassen hat.

Bibliografische Information der Deutschen Nationalbibliothek
Die Deutsche Nationalbibliothek verzeichnet diese Publikation in
der Deutschen Nationalbibliografie; detaillierte bibliografische
Daten sind im Internet über http://dnb.dnb.de abrufbar.

© 2019 · Klöpfer, Narr GmbH
Dischingerweg 5 · D-72070 Tübingen

Lektorat: Dr. Sabine Besenfelder, Tübingen

Internet: www.kloepfer-narr.de
eMail: info@kloepfer-narr.de

CPI books GmbH, Leck

ISBN 978-3-7496-1004-4 (Print)
ISBN 978-3-7496-6004-9 (ePub)